Millionär auf Abwegen

MIX
Papier aus verantwortungsvollen Quellen
Paper from responsible sources
FSC® C105338

Lilly Fröhlich

Millionär auf Abwegen

Komödie

Impressum

Bibliografische Information der Deutschen Nationalbibliothek: Die Deutsche Nationalbibliothek verzeichnet diese Publikation in der Deutschen Nationalbibliografie; detaillierte bibliografische Daten sind im Internet über http://dnb.dnb.de abrufbar.

TWENTYSIX – Der Self-Publishing-Verlag
Eine Kooperation zwischen der Verlagsgruppe Random House und BoD – Books on Demand

© 2019 Lilly Fröhlich

Herstellung und Verlag:
BoD – Books on Demand, Norderstedt

ISBN: 978-3-740-753153

Illustration: **Nicole Schwalbe**
Covermodelle Vorlage: Kues1, freepiks.com
Geschäftsfrau, freepiks.com

Alle Rechte vorbehalten.

Das vorliegende Werk ist mit all seinen Teilen urheberrechtlich geschützt und darf – auch teilweise – nur mit Genehmigung der Autorin wiedergegeben werden. Das Kopieren, die Digitalisierung, die Farbverfremdung und Ähnliches stellt eine urheberrechtlich relevante Vervielfältigung dar. Verstöße gegen den urheberrechtlichen Schutz sowie jegliche Bearbeitung der hier erwähnten schöpferischen Elemente sind nur mit ausdrücklicher vorheriger Zustimmung des Verlags und des Autors zulässig.

Inhaltsverzeichnis

Abserviert 1
Weiber! 25
Fix und Foxi 40
Date mit Hindernissen 59
Blasierter Affe 74
Mich tritt ein Elch! 81
›S‹ für Suche ein Weib 86
Schmierentheater 101
Müllauto in Schweinchenrosa 108
Geldgeierlady 135
Keine Chance 147
Du? 160
Aufgeflogen 174
Wunder(-frauen) 194

Abserviert

»Henrik Amandus Edmundus…«
Henrik horchte auf und spürte den klitzekleinen Anflug von Ärger in sich hochkriechen, wie ein Tausendfüßler, der sich unaufhaltsam seinen Weg in Richtung Kopf bahnte. Angewidert schüttelte er sich, als könnte er das unangenehme Gefühl auf diese Weise abstreifen. Er hasste seinen Namen und jeder, der ihn kannte, wusste das auch.
»…lass uns verreisen! Was hältst du von Bali oder den Malediven?« Anastasia Cassandra von Weltermann sprang die Gier förmlich aus dem Gesicht. Dollarzeichen und Reisebroschüren teilten sich dabei den Platz in ihren Augen.
Henrik schnitt eine Grimasse. »Anastasia, sprich-mich-NIE-wieder mit meinem vollen Namen an, sonst kannst du mit einer Nussschale über den Ozean schippern, und zwar ohne mich.«
Anastasia warf ihre langen Haare über die knochigen Schultern und rümpfte ihre dreißigjährige - vor drei Jahren jedoch verjüngte - Nase. Ihre frisch gezupften Augenbrauen hob sie leicht in die Höhe. »Immer bist du so empfindlich. Und so beschäftigt. Oftmals reagierst du erst, wenn ich dich mit deinem vollständigen Namen anspreche. Ich langweile mich. Urlaub ist gut gegen Langeweile.«
»Urlaub von was? Vom Nichtstun?«
»Jetzt blubbere mich nicht so an, nur weil ich dich falsch angesprochen habe«, knurrte Anastasia.
Henrik fragte sich zum zigsten Mal, was er eigentlich von seiner Errungenschaft wollte. Anastasia war von Beruf Tochter. Statt zu arbeiten, gab sie Unmengen von Geld

aus, welches ihr Vater monatlich auf ihr Konto überwies. Eigentlich brauchte sie Henriks Kohle nicht, um zu verreisen und doch erwartete sie mehrfach im Jahr, dass er sie auf Reisen mitnahm, vorzugsweise in Fünf-Sterne-Hotels.
»Du weißt, dass ich meinen Namen nicht ausstehen kann, also ziehe mich nicht ständig damit auf. Und warum müssen wir schon wieder verreisen? Waren wir nicht gerade erst auf Hawaii?«
Henrik war genervt. Nicht nur, dass seine Großmutter alle Verwandten und Freunde der Familie zu dieser schrecklichen Geburtstagsfeier eingeladen hatte, nein, nun nervte auch noch seine Lebensabschnittsgefährtin.
Okay, zugegeben, eigentlich zerrte sie mit ihrer ständig gelangweilten Art seit zwei Jahren an seinen Nerven, aber bisher war er zu beschäftigt gewesen, um das Problem zu beseitigen. Er war Inhaber von mehreren Firmen. Seine größte Firma - eine Unternehmensberatung, die andere als Haifischbecken bezeichneten, weil er ruinierte Firmen aufkaufte und zerstückelte - nahm ihn derart in Beschlag, dass er kaum noch Freizeit hatte. Und in der wenigen Freizeit, die er hatte, musste er sich auch noch mit den überflüssigen Problemchen seines Sexverhältnisses abgeben.
Anastasia stöhnte affektiert. »Henrik, das war vor drei Monaten! Ich kriege hier in der kleinen Großstadt noch einen Hüttenkoller.«
»Dann suche dir einen Job wie normale Menschen auch«, konterte Henrik. »Außerdem kannst du deine ausschweifenden Reisen von deinem eigenen Geld bezahlen. Warum muss ich ständig herhalten?«
»Einen Job? Bist du verrückt geworden? Dann müsste ich ja arbeiten.« Anastasia schnalzte pikiert mit der Zunge. »Wozu habe ich mir einen reichen Freund geangelt, wenn

der keinen Bock hat, mir mal die eine oder andere Gefälligkeit zu bezahlen?«

»Die eine oder andere Gefälligkeit? Ana, du wohnst mietfrei in meinem Loft, fährst meinen Mercedes und bist neulich sogar mit meiner Kreditkarte shoppen gegangen.«

»So viel habe ich nun auch wieder nicht eingekauft.«

»Die Rechnung belief sich auf zwanzigtausend Euro! Für Klamotten! Und das nennst du ›nicht viel‹?«

»Nun reg' dich nicht so auf. Das bezahlst du doch aus der Portokasse.«

»Boah, Ana, werde endlich erwachsen! Auch ich muss meine Portokasse füllen«, polterte Henrik heraus.

»Anastasia soll arbeiten gehen? Nee, da bricht ihr vielleicht noch ein Fingernagel ab«, mischte sich Henriks Schwester ein.

Pikiert blickte Anastasia sie an. »Ophelia, hast du je einen Finger rühren müssen? Du bist doch auch von Beruf Tochter und lebst auf Kosten deiner Familie.«

Ophelia erwiderte den Blick. »Ana, ich bin Industriekauffrau. Es sollte dir nicht entgangen sein, dass ich in der Reederei meines Vaters arbeite und täglich darauf hoffe, dass ich sie auch übernehmen darf. Im Gegensatz zu dir falle ich niemandem auf den Wecker.«

»Echt? Du hast eine Ausbildung gemacht? UND du gehst arbeiten? Jeden Tag? Warum? Du hast doch schon ein paar Millionen auf dem Konto.« Ungläubig musterte Anastasia die Schwester ihres Freundes.

Ophelia lachte höhnisch auf. »Hast du schon einmal daran gedacht, dass man automatisch Langeweile schiebt, wenn man NICHT arbeiten geht? Außerdem mehre ich mein Geld gerne. Warum sollte ich mich also mit fünf Millionen Euro zufrieden geben, wenn ich das Sechsfache haben kann?«

Anastasia überprüfte ihre Fingernägel. »Mir hat die Lehre zur Speditionskauffrau gereicht. Ständig sind mir die Fin-

gernägel abgebrochen oder ich hatte Kugelschreiberflecken auf der Haut. Einmal habe ich mir sogar mit Stempelfarbe die Bluse ruiniert. Den Schaden habe ich nicht einmal ersetzt bekommen! Und dann immer dieser Stress! Einfach nur anstrengend.«
»Darum bist DU ja auch verarmter Adel, während ICH zur reichen Unternehmerbranche gehöre«, erwiderte Ophelia und grinste frech.
»SO verarmt bin ich nun auch wieder nicht«, verteidigte sich Anastasia. »Immerhin bekomme ich fünftausend Euro pro Monat von meinem Vater aufs Konto.«
Ophelia fasste Henrik an den Oberarm und zwang ihn, sich ein paar Schritte von den Gästen zu entfernen. »Bist du sicher, dass du sie nicht langsam mal abschieben willst? Brauchst du sie wirklich? Oder ist sie so umwerfend im Bett? Die ist doch nur auf dein Geld aus, Henrik. Oder hast du wirklich das Gefühl, dass sie dich LIEBT?«
Henrik sagte nichts. Stattdessen blickte er nachdenklich durch seine Schwester hindurch. Vielleicht war es wirklich langsam Zeit, die Komfortzone zu verlassen. Fragend wandte er sich an Anastasia. »Warum sind wir eigentlich zusammen, Ana?«
Anastasia verschluckte sich an ihrer eigenen Spucke.
»Wie bitte?«
»Liebst du mich?«
»Natürlich, Schatz!«
»Oder liebst du vielmehr mein Geld?«, fuhr Henrik fort.
Anastasia holte tief Luft und hatte Mühe, ihre Stimme unter Kontrolle zu kriegen. »Natürlich nicht.«
Henrik lächelte hinterhältig. »Gut, dann kann ich ja auf das Angebot meines Vaters eingehen.«
»Und wie sieht das aus?« Geschmeidig wie eine Katze näherte sich Anastasia und drückte sich an Henriks stählernen Oberkörper. Dabei zwang sie Ophelia, zurückzuweichen.

Henrik blickte auf seine Freundin herab. »Er hat vorgeschlagen, dass ich für die nächsten fünf Jahre auf all mein Geld verzichte und noch einmal ganz klein von vorne anfange. Ich gehe zur Müllabfuhr und ziehe in eine kleine Ein-Zimmer-Wohnung. Kein Auto, keine Reisen.«
Anastasia wurde kreidebleich. Voller Entsetzen blickte sie Henrik an und wich ganz langsam von ihm weg, als hätte er ihr gerade gestanden, dass er an einem ansteckenden Fluch litt. »Willst du mich auf den Arm nehmen?«
»Nein.« Henrik hielt das Spiel aufrecht. »Je länger ich darüber nachdenke, desto sicherer bin ich mir, dass ich den Deal annehmen werde.«
»Was springt dabei für dich raus?«, fragte Anastasia tonlos.
Henrik blickte in die Ferne und ließ sich Zeit mit der Antwort. »Wenn ich ihm beweise, dass ich auf eigenen Beinen stehen und mein Geld vermehren kann, ohne auf ihn zurückzugreifen, überschreibt er mir das gesamte Familienunternehmen.«
»Außer der Reederei«, warf Ophelia ein, die das Spiel mitspielte.
»Außer der Reederei«, bestätigte Henrik. »Die gehört meiner Schwester.«
Ophelia drehte sich schmunzelnd weg, als Anastasia - einer Ohnmacht nahe - auf eines der Sofas sank. »Henrik, das halte ich für keine gute Idee. Du sollst ernsthaft auf ALLES verzichten? FÜNF JAHRE lang? Kein Auto, keine Reisen, keine Ausritte mehr? Ich meine, wir reden von JAHREN, nicht von TAGEN.«
»Nein, auch keine Ausritte mehr. Natürlich darf ich reiten gehen. Wenn ich mir die Reitstunden leisten kann. Ich muss sie nämlich, wie jeder andere Besucher unseres Gestüts auch, BEZAHLEN.«

Kopfschüttelnd saß Anastasia Cassandra von Weltermann auf dem dreihundert Jahre alten Sofa. »Und wovon sollen wir leben?«
»Ich weiß nicht, wovon DU leben wirst, Ana, aber ICH werde von meiner Arbeit als Müllmann leben. So schlecht verdienen die schließlich auch nicht.« Henrik lächelte sich eins ins Fäustchen. Das war die perfekte Gelegenheit, um sein mittlerweile höchst lästiges Anhängsel endlich loszuwerden. Ihr blödes Getue rund um Geld und Reisen ging ihm nämlich mächtig auf den Zeiger. Sie kam ja nicht einmal mit den fünftausend Euro ihres Vaters aus. Sie lebte in Henriks sechs Zimmer großen Eigentumswohnung in der HafenCity, nutzte zum Einkaufen immer öfters seine Kreditkarte und buchte spätestens alle drei Monate einen Urlaub in Übersee. Sie war wie eine lästige Klette, die ihm nicht nur die Luft zum Atmen nahm, sondern auch noch das Geld aus der Tasche zog.
Anastasia blickte ihn an. »Unter diesen Umständen…« Sie verstummte und schluckte. »…sollten wir vielleicht… eine Pause einlegen.«
Henrik nickte. Dann ging er zu ihr und nahm ihre Hände. »Ich denke, unter diesen Umständen ist es sogar besser, wenn wir uns gleich trennen und nicht nur eine Pause machen. Vielleicht guckst du dich heute ein wenig um auf der Party meiner Großmutter. Irgendein Cousin wird sicher für dich abfallen.«
»Du machst Schluss mit mir und schlägst mir allen Ernstes vor, ich solle mir einen weiteren Edmundus schnappen? Nee, Henrik, also wirklich! So weit kann ich gar nicht sinken. Deine Familie ist total verrückt.«
Henriks Augenbrauen wanderten in die Höhe. »Wie bitte?«
Anastasia räusperte sich. »Nun, ich meinte, vielleicht sollte ich mich erst einmal erholen. Umsehen kann ich mich dann ja immer noch.« Sie starrte ein Loch in den Teppich,

dann blickte sie lächelnd auf.»Aber wenn du in eine kleine Ein-Zimmer-Wohnung ziehst, kann ich doch in deiner Hafenwohnung wohnen bleiben, oder?«
»Kannst du nicht. Deine Sachen werden just in diesem Moment gepackt und innerhalb der nächsten drei Stunden zu deinen Eltern gebracht«, presste Henrik hervor.
»Was? Du setzt mich ernsthaft vor die Tür? Wo soll ich denn hin?« Mit offenem Mund blickte Anastasia zu Henrik.
»Keine Ahnung. Aber ein Müllmann und eine Adlige passen einfach nicht zusammen.«
»Das finde ich auch, aber…« Anastasia schnitt eine Grimasse, »…aber warum willst du ausgerechnet bei der städtischen Müllabfuhr anfangen? Es gibt eine Milliarde Jobs. Warum arbeitest du nicht als Tellerwäscher, Barkeeper oder in einer der vielen Firmen, die du ständig aufkaufst und teuer wieder verscherbelst?«
Henrik lächelte. »Ich will meinem Vater beweisen, dass ich in jeder Branche Erfolg haben und aus Scheiße Gold machen kann. Und so schlimm ist es nun auch wieder nicht, bei der Müllabfuhr zu arbeiten.«
»Was? Henrik Amandus, was erzählst du denn da für einen Blödsinn?«, ertönte eine weibliche Stimme.
Henrik drehte sich langsam um und blickte nicht nur seiner Mutter, sondern auch seinem Vater und seiner Großmutter in die Augen. »Hallo Leute!«
»Ist das hier ein Theaterstück?«, fragte Henriks Großmutter hoffnungsvoll.»Ich LIEBE Seifenopern.«
»Anastasia möchte sich bei euch verabschieden.« Henrik packte die Gelegenheit beim Schopfe und half Anastasia auf die Beine.
»Wieso, Liebes, willst du verreisen?«, fragte Cecile Anabeth Edmundus, Henriks Mutter. »Mal wieder«, fügte sie fast ein wenig schnippisch hinzu.

Anastasia schüttelte den Kopf. Sie war den Tränen nah. Dann streckte sie die Hand aus und reichte sie Henriks Mutter. »Henrik und ich haben entschieden, uns zu trennen.«

»Wirklich? Warum?« Fragend blickte Henriks Mutter erst zu Anastasia, dann zu ihrem Sohn. »Ich dachte, ihr heiratet bald mal und schenkt uns ein paar Stammhalter.«

»Cecile, das ist doch die Entscheidung der jungen Leute«, mischte sich nun auch Vincent Theobald Edmundus, Henriks Vater, ein.

»Genau. Wir haben einfach festgestellt, dass die Liebe nicht mehr da ist«, erklärte Henrik emotionslos.

Anastasia blickte ihn überrascht an. »Haben wir das?«

»Ja.« Henrik nickte seiner Ex-Freundin zu, als hätte diese nicht alle Murmeln im Säckchen. »Haben wir.«

»Das ist aber schade«, bedauerte Henriks Mutter. Sie gab Anastasia links und rechts ein angedeutetes Küsschen in Richtung Wange und blickte der schniefenden Ex-Freundin ihres Sohnes hinterher.

»Und was hast du jetzt vor?«, wandte sie sich an Henrik, als hätte er gerade seinen Untergang beschlossen.

Dieser zuckte mit den Schultern. »Was soll ich schon vorhaben, Mama? Jetzt feiern wir erst einmal Omas Geburtstag und morgen läuft das Leben in seinen fast gewohnten Bahnen weiter.«

Oma Lisbeth zog ihren Enkel beiseite. »Ich gratuliere dir, mein Kleiner!«

»Wozu?«, fragte Henrik überrascht.

»Es wurde höchste Zeit, dass du die alte Schrapnelle mal abschießt«, antwortete Oma Lisbeth.

Zunächst blickte Henrik mit ernster Miene auf seine Großmutter, dann fing er an zu lachen. Glucksend nahm er sie schließlich in den Arm. »Ach, Oma! Du bist doch die Beste! Ein Unikat!«

»Natürlich bin ich das. Wir sind alle Unikate. Aber DIE da«, sie deutete zur Tür, »war ein besonders anstrengendes Exemplar der faulen, menschlichen Rasse.«
»Faul war sie in der Tat. Die nächste Frau, die über meine Schwelle tritt…«
»…und in dein Bett kommt«, unterbrach Oma Lisbeth ihren Enkel grinsend.
Henrik nickte. »Genau, und die in mein Bett kommt, darf NICHT wissen, dass ich stinkreich bin und nicht nur ein beträchtliches Erbe erwarte, sondern vor allem selbst schon einige Milliönchen gescheffelt habe.«
Oma Lisbeth kniff Henrik in die schmale Wange. »Das machst du richtig. Und wann fängst du nun bei der Müllabfuhr an?«
Perplex starrte Henrik auf seine zwei Köpfe kleinere Großmutter herab. »Oma! Sag bloß, du hast uns belauscht!«
»Mein Lieber, wenn du an meinem Hörgerät vorbeiwillst, dann musst du schon früher aufstehen«, konterte Oma Lisbeth.
Henrik grinste. »Du trägst doch gar kein Hörgerät.«
»Nee, ich habe gute Gene. Aber deine Idee finde ich gut. Schau dir mal was anderes an als deinen goldenen Bürostuhl! Komm raus aus der Komfortzone und arbeite mit deinen Händen!«
»Oma, das war ein Scherz! Ich fange doch nicht bei der städtischen Müllabfuhr an und mache mir Nase und Hände schmutzig«, konterte Henrik pikiert.
Oma Lisbeth musterte ihren Enkelsohn. »Ich wusste gar nicht, dass du feige bist.«
»Feige?«
Ophelia drängte sich zwischen die beiden und kniff ihrem Bruder ebenfalls neckisch in die Wange. »Ja, feige. Du hast die Nase voll von reichen, verwöhnten Tussis oder von denen, die vorgeben, reich zu sein. Dann musst du

auch als bodenständiger, ›*normaler*‹ Mann leben und das Feld in der Arbeiterschicht nach einer ›*normalen*‹ Frau abgrasen.«

»Ophelia hat Recht«, stimmte Oma Lisbeth ihr zu. »Henrik will eine ›*uninteressante*‹ Frau…«

»Nein«, widersprach Henrik, »›*normal*‹ ist doch nicht gleichbedeutend mit ›*langweilig*‹, Oma! Sie soll einfach nur nicht so abgehoben sein.«

»Du meinst, nicht so abgehoben wie der Rest, den du die letzten Jahre hier angeschleppt hast? Dann musst du auch in den richtigen Kreisen nach einer Braut suchen. Ich gehe schließlich auch nicht zum Fleischer, um Brot zu kaufen«, sagte seine Großmutter.

»Was ist das denn für ein Vergleich?«, fragte Henrik pikiert.

Oma Lisbeth kicherte.

Ophelia grinste. »Ich finde den Vergleich super. Bisher hast du immer Fleisch gekauft, obwohl du eigentlich ein kleines, fluffiges Brötchen haben wolltest. Und sieh dir mal an, was dabei herausgekommen ist! Erst hattest du nach dem Abitur Jolanda von und zu Irgendwas. Die war jawohl so was von schräg drauf!«

»War das nicht die Olle, die ihre Hunde mit einer goldenen Zahnbürste geschrubbt hat?«, fragte Oma Lisbeth.

Ophelia hob einen Daumen. »Genau. Und danach kam diese Rothaarige. Wie hieß sie noch gleich?«

Henrik starrte aus dem Fenster. »Belinda von der Hagenwand.«

Ophelia warf den Kopf zurück und lachte laut auf. »So kann man vielleicht sein Toilettenpapier nennen, aber doch nicht sein Kind! Genau, Belinda. Mann, die war echt krass drauf!«

»Schön war sie aber«, warf Oma Lisbeth ein. »Das hätte zauberhafte Kinder gegeben. Zauberhaft, aber strunzendumm. Das Mädel hatte doch einen Schuhtick, oder? Kam

die nicht mit den Schuhen aus echtem Gold, die mit Hundert von Diamanten besetzt waren?«
»Ja«, Ophelia hob einen Finger,»und das eine Mal hatte sie ernsthaft Schuhe aus Glas an.«
»Das Mädel hatte zu viele Märchen geguckt. Wie Cinderella sah sie ja nun wirklich nicht aus«, bemerkte Oma Lisbeth.
»Okay, schön, dass ich zu eurer Belustigung beitrage«, warf Henrik ein,»seid ihr dann bald mal fertig mit eurer Aufzählung? Oder wollen wir gleich noch deine Fehltritte auflisten, Ophelia?«
Seine Schwester kicherte hinter vorgehaltener Hand.»Meine Fehltritte waren kein Deut besser, Brüderchen. Aber über deine gibt es mehr Geschichten zu erzählen. Während mich die Typen immer nur verarscht und ausgenommen haben wie eine Weihnachtsgans, waren deine Ex-Freundinnen durch die Bank weg ECHT verkorkst und hatten dazu noch irgendeinen bescheuerten Tick.«
Henrik verzog das Gesicht.»In Ordnung, ich mach's.«
»Was?« Fragend starrte Ophelia ihren Bruder an.
»Ich gehe gleich morgen zur Müllabfuhr und besorge mir dort einen Job. ABER«, er hob einen Finger,»kein Wort zu Mama und Papa. Sonst beende ich das Projekt sofort.«
Oma Lisbeth und Ophelia blickten sich an, dann wandten sie sich an Henrik.»Geht klar. Wir schweigen wie dein Franz.« Oma Lisbeth deutete auf Henriks Schildkröte und schloss ihren Mund mit einem imaginären Schlüssel ab. Dann warf sie den unsichtbaren Gegenstand aus dem geschlossenen Fenster.
Henrik verdrehte die Augen.
Manchmal war er sich nicht sicher, ob seine Familie nicht am durchgeknalltesten von allen war.
Ophelia hielt eine Hand vor sich.»Schlag ein, Bruderherz!«

Henrik klatschte seine Hand auf ihre, Oma Lisbeth besiegelte den Pakt. »Dann ist es abgemacht. Henrik fängt bei der Müllentsorgung an und gibt uns jede Woche Bericht. Ach, endlich gibt es mal etwas Abwechslung im Alltagstrott. Und vergiss nicht, bei der Arbeit auch die Mädels anzubaggern, wenn du mit dem Müllauto herumfährst! Pfeife ihnen hinterher und hau ein paar coole Sprüche heraus!«
»Oma!« Ophelia verdrehte kichernd die Augen.
»Ihr wollt einen Wochenbericht?«, fragte Henrik ungläubig.
»Na, klar! UND du brauchst eine andere Wohnung«, warf Ophelia ein.
Henrik verdrehte die Augen. »Ach nö! Ehrlich?«
Ophelia nickte bestimmt. »Natürlich. Oder hast du schon einmal einen Mitarbeiter der Müllabfuhr gesehen, der in einer fünf Millionen Euro teuren Wohnung in der Hafen-City wohnt, einen Fußboden aus reinem Marmor hat und echt goldene Wasserhähne?«
»Und was mache ich so lange mit meiner Wohnung?« Sehnsüchtig dachte Henrik an seine schicke Unterkunft, die er zufälligerweise abgöttisch liebte.
»Ich werde ab und zu nach dem Rechten sehen und zwischendurch ausschweifende Partys darin feiern«, sagte Ophelia grinsend.
»Das wirst du nicht!« Ernst blickte Henrik seine Schwester an. »Du feierst in meiner Wohnung KEINE Partys! Sonst beende ich das Projekt, bevor es angefangen hat.«
Oma Lisbeth legte ihrem Enkelsohn eine Hand auf die Schulter. »Mein Lieber, reg dich nicht auf! Ophelia wird natürlich KEINE Partys in deinen heiligen Hallen feiern. Sie wird dein Eigentum ehren und achten. Und nun kommt mit zur Kuchenbar. Ich habe Hunger gekriegt. Pläneschmieden macht mich immer so wahnsinnig hungrig.«

Lächelnd legte Henrik ihr einen Arm um die Schultern. »Na, dann komm, Oma! Gehen wir uns den Bauch vollschlagen!«

»Genau, nutze es aus, Bruderherz«, wisperte Ophelia grinsend. »Wer weiß, wann du wieder was zu beißen kriegst.«

Henrik zeigte mit dem Finger auf sie. »Wenn mein Geld nicht reicht, um im Supermarkt um die Ecke einzukaufen, dann bettele ich dich an!«

»Geht klar!« Ophelia nickte. »Und bis dahin nehme ich deine ganzen Kreditkarten an mich.«

»Ha! Das könnte dir so passen. Nein, nein, Schwesterherz, so viel Großmut kann ich nicht annehmen. Ich lege meine Karten in den Safe. Da sind sie sicherer aufgehoben als bei dir, du alte Shoppingschnecke!«

Ophelia schnitt eine Grimasse. »Musst du mich ans Shoppen erinnern?«

»Kindchen, heute geht niemand shoppen! Beherrsche dich, Ophelia Grazia Edmundus«, sagte Oma Lisbeth entschlossen. »Heute wird gefeiert. So lange musst du deine Kaufsucht zügeln.«

**

»Boah, ich habe so was von die Nase voll«, stöhnte Kathalea Pfennigbaum. Stöhnend ließ sie sich am Küchentisch nieder.

»Extra große Portion Pommes?«, fragte Stine Appelton nach.

Kathalea nickte und lächelte ihre langjährige Freundin an. »Du weißt immer, was ich brauche, wenn ich total fertig bin. Wie gut, dass DU wenigstens eine Konstante in meinem Leben bist. Die einzige, wohlgemerkt.«

»Na, Kathalea, du siehst ja heute richtig scheiße aus! Hat dich dein Macker mal wieder verlassen oder bist du schon

wieder in den Gefilden der Arbeitslosen?« Rolf Appelton lächelte in die Runde, gab seiner Frau Stine einen Kuss und ließ sich ächzend auf der Eckbank nieder.
»Du hast leicht reden, Mr Oberlehrer«, konterte Kathalea pikiert.
»Entschuldige dich SOFORT bei Kathi für dein flegelhaftes Verhalten oder verlasse diesen Ort der kulinarischen Köstlichkeiten!«, forderte Stine ihren Mann auf.
Perplex blickte Rolf auf. »Aber Liebste! Was verlangst du von mir?«
Streng blickte Stine auf ihren Mann hinab und wedelte mit der Pommeskelle herum. »Pommes oder Hungern?«
Rolf verzog das Gesicht. »Holde Kathalea, bitte verzeiht einem dummen Mann die ungehobelte Wortwahl und gewährt mir ein paar geile, fettige Pommes aus den frischen Früchten meines Gartens!«
Kathalea unterdrückte ein Kichern und bemühte sich um eine strenge Miene. »Hm.«
Stine schwang die Kelle. »Ich finde nicht, dass deine Entschuldigung ausreicht, mein Lieber!«
Rolf verdrehte die Augen. Er rutschte vom Stuhl auf den Boden und kniete vor Kathalea nieder. »Holde Kathalea, Freundin meines noch holdigeren Weibes, bitte, BITTE vergebt einem Dummkopf mit drei grauen Haaren auf dem Kopf seine Blasiertheit. Natürlich seid ihr ein tolles Weib mit Zauberkräften und anderen unschlagbaren Fähigkeiten, und jeder Kerl, der das noch nicht erkannt hat, ist ein noch größerer Dummkopf als ich.« Fragend blickte er zu Stine, die wieder die Kelle schwang.
»Und natürlich ist jeder Arbeitgeber, der dein Talent nicht erkennt, dem Untergang geweiht«, fügte er theatralisch hinzu.
Stine grinste. »Prima, geht doch.« Sie schnappte sich seinen Teller und füllte exakt zehn Pommes auf.

Rolf zog eine Lupe aus seiner Hosentasche und suchte den Teller ab.
»Was suchst du? Pommesläuse?«, fragte Stine naserümpfend.
Rolf unterdrückte ein Lächeln. »Nein, holdiges Weib, ich suche mein Essen.«
Stine nickte. »Süßer, die erste Fuhre ist für uns hart arbeitende, ewig doppelt und dreifach belastete Weibsbilder, die NICHT verbeamtet sind. Du wirst wohl oder übel auf den zweiten Schwung Erdapfelbratlinge warten müssen.«
»Echt jetzt?«, fragte Rolf nach und blickte so jämmerlich drein, dass Kathalea Mitleid bekam. Sie reichte Rolf ihren Teller. »Willst du die erste Fuhre?«
Rolf hob beide Hände. »Niemals würde ich es wagen, Euch Euer Essen wegzumampfen, Eure Blondiertheit!«
Voller Empörung zog Kathalea ihren Teller wieder weg. »Meine blonden Haare sind NICHT gefärbt. Du spinnst wohl! Die sind echt.«
»Aber so was von«, bestätigte Stine.
Rolf lächelte. »Ich weiß, ich kenne die Geschichte bereits auswendig. Ihr zwei seid schon seit der Steinzeit befreundet und habt schon in der Krabbelgruppe wilde Küsschen ausgetauscht. Es ist ein Wunder - und ich darf mich überglücklich schätzen-, dass Stine MICH armseligen Tropf geheiratet hat und nicht dich, Kathi.«
»Genau«, sagte Kathalea. »Und nun iss deine zehn Pommes, bevor sie kalt werden!«
Seufzend machte sich Rolf über seine karge Erdapfelauswahl her. »Also, Mädels, was gibt es Neues an der Front? Kathi, du siehst wirklich...«
Stine räusperte sich.
Rolf grinste. »...leidend aus. Was ist passiert?«
Kathalea zuckte mit den Schultern. »Die Internetfirma, für die ich als Grafikdesignerin arbeiten sollte, ist pleite.«

»Und das, nachdem sich Kathi extra den Computer angeschafft hat«, warf Stine ein.
»Computer? Ein iMac ist doch nicht einfach nur ein Computer. Das ist eine ECHTE Investition«, widersprach Rolf.
»Leider«, seufzte Kathalea, »nur, dass ICH jetzt auf den Kosten sitze.«
»Entschuldige, welche seriöse Firma verlangt bitte, dass die Mitarbeiter ihr Arbeitswerkzeug selbst mitbringen? Und ich rede nicht von einem Kugelschreiber für drei Euro fünfzig, sondern von einem Computer, der zweieinhalb tausend Euro kostet«, empörte sich Rolf.
Stine nickte. »Das war wirklich leichtsinnig von dir, Kathi.«
»Ich weiß. Aber ich wollte den Job SO gerne haben. Das klang alles SO cool! Und jetzt sitze ich hier in eurer Küche, schlage mir den Bauch mal wieder mit selbstgemachten Pommes voll, bin nach gefühlten zehntausend Gammeljobs mal wieder arbeitslos und habe etliche Beziehungsreinfälle hinter mir.« Kathalea raufte sich die langen blonden Haare und zerstörte dabei auch noch ihre neue Brille. Bestürzt betrachtete sie die verbogene Fassung. »Oh nein, auch das noch!«
»Der Optikerriese repariert dir das doch bestimmt sofort«, warf Rolf schulterzuckend ein.
Kathalea schnaufte. »Wenn ich die dort gekauft hätte, sicherlich. Aber ich habe mir die Brille bei einem super hippen Optiker aufschwatzen lassen, zu dem Tim unbedingt gehen wollte.«
»Wer ist Tim?«, fragte Rolf emotionslos.
»Mein Ex. Also, der, der seine neue Freundin auf der Eisbahn kennengelernt hatte, weil sie vor ihm hingefallen war und er sich beim Aufhelfen unsterblich in sie verliebt hat«, erklärte Kathalea genervt.

Rolf schüttelte den Kopf. »War das nicht dieser arme Tropf, den du die sechs langen Wochen eurer Beziehung überallhin hast einladen müssen? Der Typ hat doch noch nicht einmal seinen Toilettengang alleine bezahlen können, oder?«
»Rolf!«, mahnte Stine kopfschüttelnd.
»Ist doch wahr! Der Blödian hatte nicht einmal fünfzig Cent einstecken, um die dumme Schranke bei den Toiletten in der Europapassage zu bezahlen«, ereiferte sich Rolf. »Was war das nur für ein Waschlappen! Sei bloß froh, dass du den los bist, Kathi.«
»Die anderen Verflossenen waren leider auch nicht besser«, warf Kathalea ein. »Irgendwie habe ich kein glückliches Händchen bei der Wahl meiner Männer.«
Stine streichelte die Hand ihrer Freundin. »Süße, der Richtige wird auch dir noch über den Weg laufen.«
»Das sagst du so! Ich frage mich, was mein Sachbearbeiter im Universum eigentlich den lieben, langen Tag macht? Spielt der mit seinen Kollegen Karten? Oder hat er sich gedacht, ich muss erstmal eine ganze Reihe armer Schlucker und hirnloser Idioten abgrasen, bis ich Mr Perfect treffe?«
»Ich habe doch auch Rolf gefunden«, sagte Stine aufmunternd.
»Kann ja nicht jeder so viel Glück haben wie du«, murrte Kathalea.
»Glück? Na, manchmal bin ich mir da nicht so sicher«, witzelte Stine.
Rolf schnappte sich seine Frau und zog sie auf seinen Schoß. Dann tat er so, als würde er ihr den Hintern versohlen. »Ab und zu ist meine Kleine noch aufmüpfig, aber das treibe ich ihr schon noch aus, nicht wahr, Schatz?«
Stine lachte leise. Dann biss sie ihm in den Oberarm.
»Au! Was war das denn?«, rief Rolf leicht verärgert.

Stine richtete sich auf. »Das war ein Liebesbiss, Schatz! Was soll Kathi nur für einen Eindruck von dir bekommen, wenn du mich übers Knie legst? Demnächst ruft sie noch beim ›Weißen Ring‹ an, weil sie glaubt, ich sei ein Opfer häuslicher Gewalt.«
»Entschuldigt Mädels, ich wollte nur witzig sein. Kommt nicht wieder vor.« Rolf warf einen Blick in die Friteuse. »Wie lange brauchen die Erdäpfel noch, Schatz?«
Stine tippte auf ihre Uhr. »Zwei Minuten, du hungriger Wolf.«
»Ich würde nicht einmal im Traum daran denken, dass Du Stine weh tust. Schließlich ist sie meine Freundin und ich habe den schwarzen Gürtel«, warf Kathalea ein und zwinkerte Rolf zu.
Rolf schluckte. »Du hast WAS? Den schwarzen Gürtel? In was? Im Scheitern oder im Jobverlieren?«
Kathalea schnitt eine Grimasse. »Sehr witzig, Rolf! Wusstest du nicht, dass ich seit einundzwanzig Jahren Karate mache?«
»Wann - zwischen all deinen Beziehungsdesastern und Jobkatastrophen - hast du denn bitte noch Zeit zum Trainieren?«, platzte Rolf heraus.
Stine grunzte. »Schatz, Kathi ist Deutsche Meisterin in ihrer Gewichtsklasse.«
»Beim Karate gibt es Gewichtsklassen?«, hakte Rolf verwundert nach.
»Ja. Und Altersklassen. Wusstest du das etwa nicht? Vielleicht solltest du mal über den Tellerrand deines Physik- und Chemie-Lehramtes hinausgucken«, schlug Kathalea vor.
»Ich bin kein Fachidiot«, verteidigte sich Rolf. »Aber ich wusste wirklich nicht, dass es Gewichtsklassen beim Kampfsport gibt.«
»Jetzt weißt du es«, sagte Stine und reichte ihrem Mann Pommes.

»Danke, holdes Weib! Endlich bekomme ich etwas zu essen. Ich dachte schon, ich muss mein naturwissenschaftlich überbeanspruchtes Hirn leiden und hungern lassen«, witzelte Rolf.
»Musst du nicht.« Stine gab ihm einen Kuss aufs Haar. »Schließlich sorgst du dafür, dass wir dieses riesige Haus finanzieren können.«
»Endlich wird das mal gewürdigt«, scherzte Rolf, zwinkerte seiner Frau aber zu. »Schließlich baut der Beamte sein Haus wie ein Biber.«
»Wie ein Biber?«, hakte Kathalea verwirrt nach.
Stine lachte leise. »Mit dem Schwanz, Süße!« Sie wandte sich an Rolf. »Dann streng dich mal an, dass die Kinder auch noch kommen, solange ich noch nicht in der Menopause bin!«
»Jetzt gleich?«, witzelte Rolf. »Oder darf ich noch aufessen?«
»Du darfst dich erst noch stärken!« Seufzend setzte sich Stine an den Tisch. »Was machen wir jetzt mit dir, Kathi?«
Kathalea zuckte mit den Schultern. »Ich brauche schnell einen Job, weil ich sonst die Raten für den Computer nicht bezahlen kann.«
»Vielleicht solltest du dir lieber mal einen reichen Macker suchen, einen, bei dem es total egal ist, als was du arbeitest und was du monatlich verdienst«, schlug Rolf vor.
»Ich meine, verarschen tun dich eh alle, dann kannst du dir wenigstens einen suchen, der Kohle hat.«
»Danke für dein Resümee, Rolf.« Kathalea täuschte ein Lächeln vor.
»Ich finde, das ist eine super Idee«, widersprach Stine.
»Kathi, such dir doch mal einen Millionär!«
»Klar, die laufen ja auch alle auf der Straße herum, ständig auf der Suche nach abgebrannten Frauen, die nix auf die Reihe kriegen«, konterte Kathalea voller Ironie. »Und

man erkennt sie auch gleich auf den ersten Blick, weil sie alle eine goldene Haarsträhne haben.«

»Hier in Hamburg gibt es wirklich viele Millionäre«, hielt Rolf dagegen. »Da wird sich doch wohl irgendwo einer für dich auftreiben lassen.«

Kathalea rubbelte sich nachdenklich über die Nase. »Hm. Vielleicht ist die Idee gar nicht so schlecht. So kann ich wenigstens noch ein paar von diesen tollen Brillen kaufen, die ich neulich gesehen habe.«

»Die wievielte wäre das dann?«, fragte Stine pikiert.

Kathalea lächelte. »Die dreißigste?«

Stine stöhnte. »Wenn das mal reicht. Wenn man dein Schlafzimmer sieht, könnte man meinen, dort hätte ein Optiker seine Ware vergessen.«

»Ich kann eben an keinem Brillengeschäft vorbeilaufen. Du bist dafür vernarrt in Bücher. Und dein Haus ist voller, bis oben gefüllter Bücherregale.«

»Eine Sache habt ihr bei eurem Plan aber noch vergessen, Mädels«, warf Rolf ein.

»Die wäre?«

»Kathi bewegt sich nicht in Kreisen, die ein Millionär aufsuchen würde. Die bleiben doch stets unter ihresgleichen. Wo wollt ihr so einen reichen Schatz aufgabeln?«

Fragend blickte Rolf die beiden Damen am Tisch an.

Nachdenklich rieb sich Kathalea übers Kinn. Plötzlich ging ein Ruck durch ihren Körper. Sie sprang auf, holte ihr Handy und hatte innerhalb von wenigen Minuten gefunden, was sie gesucht hatte.

»Hier! Wusste ich doch, dass da was war! Am nächsten Samstag steigt auf der ›*Rickmer Rickmers*‹ eine Gala-Party.« Breit grinsend winkte sie mit ihrem Telefon. »Da gehen wir hin. Coole Idee, oder?«

Rolf hob eine Augenbraue. »Du weißt schon, dass ›*Gala*‹ eine nette Umschreibung für ›*Spendenaktion*‹ ist, oder?«

»Und die Party ist für jedermann?«, hakte Stine skeptisch nach.
Kathalea warf noch einen Blick auf ihr Display. »Hm. Wohl eher nicht. Nur für geladene Gäste.« Traurig blickte sie auf und ließ sich mit hängenden Schultern auf dem Küchenstuhl nieder. Langsam fiel ihr Kopf auf die Tischplatte. »Ich bin so ein armer Tropf! Kein Mann, kein Geld, kein Job. Nicht einmal eine schnöde Party. Nur einen Haufen Schulden und jede Menge Lebenserfahrung.«
Stine sprang auf. »Warte! Eine Arbeitskollegin von mir hat gerade erst einen ziemlich reichen Mann geheiratet. Ich rufe sie jetzt an und frage, ob sie von der Party gehört hat. Vielleicht kann sie uns reinschleusen.«
Naserümpfend blickte Kathalea ihr hinterher. »Wozu arbeitet die Trulla in der Krankenversicherung, wenn sie einen reichen Macker zuhause hat, der ihr ein Mondgrundstück kaufen könnte?«
Rolf zuckte ahnungslos mit den Schultern.
Stine holte ihr Handy aus dem Flur und rief sogleich den Kontakt auf. Dann nahm sie es ans Ohr und wartete. »Ja, Sandra, hallo! Ich bin's, Stine. Du sag mal, hast du schon von der Gala-Party auf diesem Segelschiff gehört?«
Stine horchte, während Kathalea und Rolf sie gespannt beobachteten.
Nachdem Stine ungefähr eintausend Mal ›*Ja*‹ gesagt hatte, sagte sie: »Und könntest du eine Freundin von mir und mich dort mit hinnehmen? Es ist lebenswichtig.«
Rolf verdrehte die Augen. »Guter Gott, wer soll das bezahlen? Frag sie, wie viel du spenden musst! Da gibt es doch bestimmt einen Mindestbetrag, wenn die schon Champagner und Kaviar servieren.«
Kathalea zog die Stirn kraus. »Mindestbetrag? Jeder Gast MUSS spenden?«
»Na klar«, antwortete Rolf, während Stine unwirsch abwinkte. Sie drehte sich vom Tisch weg und lauschte in

den Hörer. »Okay, danke, Sandra! Dann bis morgen.« Sie atmete tief durch, legte ihr Handy beiseite und holte die nächste Fuhre Pommes aus der Friteuse. »Wer will nochmal, wer hat noch nicht?«

»Ich! Wer weiß, wie lange ich mir das Essen noch leisten kann«, sagte Rolf.

Er und Kathalea hielten ihre Teller hungrig in die Höhe und bekamen sogleich Nachschub.

»Also, Weib, rück raus mit der Sprache! Werde ich am nächsten Samstag arm zugunsten irgendwelcher Straßenkinder in Timbuktu?«

Stine nahm seinen Teller wieder weg und ließ die Pommes galant auf ihren Teller rutschen. »Du wartest besser auf den nächsten Durchgang. Ich glaube, die Pommes haben dein Gehirn vernebelt.«

Rolf stöhnte. »Oh Gott, ich muss mein Haus verkaufen, weil meine Frau ihre Freundin dabei unterstützen will, einen reichen Kerl zu finden, der ausgerechnet auf einer Spendengala herumturnen soll.«

Stine und Kathalea kicherten leise.

»Wir müssen nichts spenden, weil Sandras Mann spendet, auch wenn er am Wochenende verhindert ist. Er hat einen Termin in Dubai bei irgendeinem Scheich. Also freut sie sich, dass wir sie begleiten werden. Und da wir als ihre Gäste mitkommen, wird sie ihr Portemonnaie schütteln.«

»»*Schütteln*‹ reicht da schon? Und ich dachte immer, man muss auch was rauskullern lassen«, sagte Rolf mit hungrigem Blick

Stine hielt ihm ihren Teller hin. »Iss! Damit du nicht vom Fleisch fällst und ich daran schuld bin, wenn du nächste Woche nicht mehr unterrichten kannst.«

»Wie gnädig du doch bist, Stinchen«, sagte Rolf mit einem merkwürdigen Gesichtsausdruck, der nicht darauf schließen ließ, was er momentan dachte. »Aber ich bin sehr erleichtert zu hören, dass WIR nichts spenden müssen.«

»Die Spendengala ist im Übrigen für deutsche Familien, die aufgrund ihres Einkommens nicht in der Lage sind, Klassenfahrten zu bezahlen und diese auch nicht von der Behörde bezahlt werden, weil sie ein Euro über der Einkommensgrenze von Hartz IV-Empfängern liegen«, erklärte Stine.

»Echt?«, fragte Rolf erstaunt nach. »Das ist ja mal was ganz Neues. Spenden für deutsche Familien. Ich sehe im täglichen Berufsleben, wie viele Kinder das tatsächlich betrifft.«

»Sind das wirklich so viele?«, fragte Kathalea verwundert nach.

»Ja«, antwortete Rolf, »viele Eltern arbeiten, verdienen aber zu viel, um staatliche Unterstützung zu bekommen und zu wenig, um ihre Kinder auf Klassenreise schicken zu können.«

»Und damit ICH nicht dazu gehöre, werde ich mir schleunigst einen reichen Mann suchen«, sagte Kathalea entschlossen.

»Wieso? Du hast doch gar keine Kinder«, warf Rolf ein.

Kathalea grinste. »Noch nicht, Rolf. Noch nicht.«

»Oh Gott, Kathi!« Erschrocken blickte Stine sie an. »Sag nicht, dass du von Tim schwanger bist!«

Kathalea verzog das Gesicht. »Nein, wo denkst du hin? Natürlich nicht. Ich bin doch nicht blöd und lasse mich von so einem Loser schwängern!«

»Du wärest nicht die erste Frau, die sich irgendwelche Schlappschwänze zur Familiengründung sucht«, sagte Rolf und hielt seinen Teller in die Höhe. »Was mich gleich wieder zur nächsten Portion Pommes führt. Stine, ich hätte gerne noch ein paar frittierte Erdäpfel, um mich armen Biber zu stärken.«

Stine erhob sich und holte Pommes aus der Friteuse. »Du kannst was verdrücken! Nur gut, dass du Beamter bist, Schatz!«

»Das ist alles geplant, Liebling. Ich war schon immer ein Vielfraß. Darum habe ich mir einen Job als Lehrer gesucht.« Rolf grinste breit in die Runde.

Kathalea verdrehte die Augen. »Ich hätte auch besser mal eine andere Ausbildung gemacht. Wenn ich auf meinen Vater gehört hätte, dann wäre ich zur Marine gegangen und hätte dort auf Staatskosten irgendwann etwas Vernünftiges studiert. Aber nein, ich musste ja eine Lehre bei der Bank machen und ein BWL-Studium dranhängen, mit dem keine Sau etwas anfangen kann.«

»Du wusstest halt nicht, wo du hin wolltest«, verteidigte Stine ihre beste Freundin.

»Du meinst, alle, die Wirtschaft studieren, wissen nicht, wo sie hin wollen?« Kathalea kicherte.

Rolf nickte. »Zumindest ist das das Gerücht, welches schon seit Urzeiten durch die Gegend geistert.«

»Na, dann schlage ich doch vor, geistern wir am Samstag erst einmal übers Schiff und suchen nach Leuten, die nicht Wirtschaft studiert haben, sondern das nackte Leben«, sagte Kathalea und putzte ihren Teller leer.

Weiber!

»Herr Erdmann, Ihre Papiere scheinen alle in Ordnung zu sein. Selbst wenn Sie ein Ex-Knasti wären, würde ich Sie einstellen. Wir haben leichten Personalmangel und ich kann jede helfende Hand gebrauchen.« Die vollschlanke Version von George Clooney reichte Henrik die Hand. »Willkommen bei der städtischen Müllabfuhr!«
»So schnell bin ich eingestellt?«, fragte Henrik überrascht.
»Sie haben eine kaufmännische Ausbildung mit ›*sehr gut*‹ abgeschlossen, einen Lkw-Führerschein und Sie sind körperlich fit. Genau das, was wir hier brauchen.« Horst Schlamm lächelte. »UND«, er hob einen Finger, »Sie haben ein Empfehlungsschreiben meines früheren Chefs Vincent Theobald Edmundus.«
»Sie haben mal für Herrn Edmundus gearbeitet?«, fragte Henrik überrascht.
Das Empfehlungsschreiben hatte er selbstverständlich gefälscht, ebenso seine Zeugnisse. Oma Lisbeth hatte ihm dabei geholfen und die Unterschrift ihres Sohnes perfekt nachgemacht. Offenbar schien sie darin Übung zu haben - aber dem hatte Henrik lieber nicht weiter nachgehen wollen.
Den Führerschein hatte er beim Bund gemacht und die kaufmännische Ausbildung war auch nicht frei erfunden. Lediglich beim Namen hatte er etwas schnitzen müssen, denn natürlich hieß er ›*Henrik Amandus Edmundus*‹ und nicht ›*Henrik Erdmann*‹.
Er hatte Ophelia gebeten, ein paar Beziehungen spielen zu lassen. So hat sie ihren Ex-Freund bei der Rentenversicherung angespitzt, ein bisschen nachzuhelfen, denn ohne

Sozialversicherungsnummer war Henriks Plan, getarnt bei der Müllabfuhr zu arbeiten, natürlich für die Katz.
»Oh ja. Ich habe meine Ausbildung als Speditionskaufmann bei Herrn Edmundus absolviert. Und das gar nicht mal so schlecht«, erzählte Herr Schramm.
»Wie kommt es dann, dass Sie den Beruf gewechselt haben?«, fragte Henrik neugierig.
Sein Vater war eigentlich als gutherziger, wenngleich auch gnadenloser Arbeitgeber bekannt.
»Nun«, Herr Schramm strich sich über den Bauch, »vor vielen Jahren hatte ich die Gelegenheit, hier eine gut bezahlte Führungsposition zu übernehmen. Und da meine Frau und ich Kinder haben wollten, habe ich zugegriffen.« Er blickte auf Henriks Lebenslauf. »Sie sind Single und kinderlos?«
»Ja.«
»Nun, das kann sich manchmal schneller ändern, als man denkt«, beruhigte Herr Schramm seinen neuen Mitarbeiter. »Sie werden sehen, wenn Sie sich erst einmal eingearbeitet haben, dann werden Sie bestimmt auch neue Freunde finden und darunter vielleicht sogar eine Frau.«
»Sie beschäftigen Frauen?«
»Nun, in der Regel sind unsere Mitarbeiterinnen nicht auf der Straße, sondern eher bei der Koordination im Büro«, gab Herr Schramm zu. Er deutete zur Tür. »Ich zeige Ihnen Ihren Arbeitsplatz. Morgen werden Sie dann das erste Mal mitfahren.«
»Wann beginnt meine Arbeitszeit?«, fragte Henrik vorahnungsvoll.
»Um vier Uhr morgens.«
Halleluja, dachte Henrik erschrocken. Warum hatte er nicht vorgeschlagen, als Bademeister zu arbeiten? Dann hätte er ein paar Stunden länger schlafen können.
»Das ist doch kein Problem für Sie, oder?«, wandte sich Herr Schramm an seinen neuen Mitarbeiter.

Henrik schüttelte eilig den Kopf. »Nein, nein. Natürlich nicht.«
Innerlich verdrehte er sämtliche Augen, die er aufbringen konnte, darunter mindestens drei imaginäre Hühneraugen. Vier Uhr morgens Dienstbeginn bedeutete, dass er um drei Uhr aufstehen musste, um von seiner kurzfristig angemieteten Ein-Zimmer-Wohnung mit dem Bus auf Arbeit zu kommen.
Er nahm sich vor, sich umgehend nach einer anderen Wohnung umzusehen, die näher am Arbeitsplatz lag, damit er zu Fuß oder mit dem Rad zur Arbeit fahren und Zeit einsparen konnte.

***

»Gut, Mädels, auf in den Kampf!« Kathalea straffte ihre Schultern und rückte ihre Bluse zurecht. Sie hatte extra die Klamotten vom vorletzten Vorstellungsgespräch aus dem Schrank geholt, weil diese noch am ehesten nach Geld aussahen. Alles andere war eher ausmusterungsbedürftig und bedurfte einer dringenden Altkleideraktion.
»Dann lasst uns mal die Welt der Reichen erobern«, sagte Sandra grinsend und warf ihre hüftlangen, brünetten Haare über die Schulter. Sie sah in ihrem fast bodenlangen Seidenkleid aus wie eine Prinzessin aus irgendeinem Märchen. Nur hatte die Zofe vergessen, der Prinzessin die Haare hochzustecken.
»Danke, dass du uns mitnimmst, Rapunzel«, witzelte Stine und hakte ihre Arbeitskollegin unter.
»Danke, dass ihr mich in die Höhle der Reichen begleitet. Ihr werdet sehen, es sind immer dieselben Gesprächsthemen und dieselben langweiligen Leute«, erwiderte Sandra.
»Na, da wir zum ersten Mal auf so einer Party sind, laufen wir ja zum Glück nicht Gefahr, dass uns dieselben Leute

mit denselben Gesprächsthemen langweilen«, wisperte Kathalea und versuchte, ihr Herzklopfen zu ignorieren.
Am Eingang zeigte Sandra die Karten vor, der Schrank von Mann glich ihre Namen mit der Einladungsliste ab, dann ließ er sie aufs Schiff.
Die Musik war bereits in vollem Gange und man bekam schnell den Eindruck, dass die Party nur zum Schlemmen und Zwitschern gedacht war, denn Essen gab es im Überfluss und der Alkohol floß in Strömen.
Nachdem die drei das gesamte Schiff abstolziert hatten, verlor Kathalea ihre Freundin und dessen Arbeitskollegin aus den Augen. Schließlich erreichte sie eine Bar. Ächzend ließ sie sich auf einem Barhocker nieder und sackte für den Bruchteil einer Sekunde in sich zusammen. »Herr im Himmel, die Schuhe bringen mich um.«
Der Mann neben ihr beugte sich neugierig zu ihren Füßen hinunter. »Aber schön sehen sie aus.«
»Die Schuhe oder ich?«, witzelte Kathalea und blies die Backen auf.
Der Mann lachte. Dann streckte er die Hand aus. »Beides. Ich bin Henrik. Freut mich, dich kennen zu lernen.«
Kathalea ergriff seine Hand und lächelte. »Die Freude ist ganz auf meiner Seite. Kathi.«
»Ist das ein Name?«
»Eigentlich heiße ich Kathalea.«
»Schöner Name! Darf ich dir einen Drink spendieren, Kathi?«
Kathalea unterdrückte ein Grinsen. »Ich dachte, die Getränke sind frei.«
»Sind sie auch. Aber wenn sie etwas kosten würden, würde ich dich einladen.«
»Ach!« Neugierig musterte Kathalea Henrik. Er hatte kurze, blonde Haare und trug einen modischen Vollbart - gestutzt und sexy, nicht so einen verlotterten Obdachlo-

senbart, wie Tim ihn angeschleppt hatte, bevor sie auf die Eisbahn gegangen waren.
Er trug ein hellblaues Hemd und eine elegante schwarze Stoffhose. Seine blitzeblank geputzten Schuhe sahen auch nicht gerade billig aus.
Erleichtert atmete Kathalea auf. Er schien zumindest einen guten Kleidergeschmack zu haben - und Geld. »Bist du immer so großzügig zu Damen, die du nicht kennst?«
»Ja. Heute war Zahltag. Aber wenn du mich Mitte des Monats angetroffen hättest, hättest DU mich einladen müssen.« Henrik zwinkerte ihr zu. »Außerdem hast du dich mir ja gerade vorgestellt, nicht wahr? Ich kenne also zumindest deinen Namen.«
Kathalea bemühte sich um einen möglichst neutralen Gesichtsausdruck.
Heiliger Bimbam, das war doch nicht möglich, oder? Sie war auf DER Party der reichsten Reichen und traf ausgerechnet einen armen Schlucker - vermutlich den einzigen hier! Was hatte sie bloß verbrochen, dass sie so ein Pech mit den Typen hatte? Trieben die Sachbearbeiter im Universum ihre Späßchen mit ihr? Lachten die sich da oben ordentlich ins Schicksalsfäustchen?
»Was arbeitest du denn?«
Henrik lehnte sich zu ihr hinüber und sprach so leise, wie es eben bei der lauten Musik ging: »Ich habe endlich einen neuen Job. Ich arbeite seit letztem Monat bei der Müllabfuhr.«
Mit schreckgeweiteten Augen blickte Kathalea ihn an.
»Ist das dein Ernst?«
»Ja. Das ist ehrliche Arbeit«, verteidigte sich Henrik.
»Ja, das ist es.«
Gott, ging es noch schlimmer?
MÜLLABFUHR?

DAS fand der Sachbearbeiter im Universum bestimmt unglaublich witzig! Vermutlich lachte der sich da oben scheckig!

Kathalea schnüffelte unauffällig in Henriks Richtung. Wurden Müllmänner nach ihrer Schicht den Gestank nach gammeligem Müll eigentlich wieder los?

»Was passt dir daran nicht? Bist du etwa auch so eine reiche Tussi, die sich hier unter ihresgleichen tummeln und fortpflanzen will?« Henrik musterte sie neugierig.

Kathalea schnaufte. »Ich? Nee. Ich bin so was von abgebrannt, wie man nur pleite sein kann. Ich habe mal wieder meinen Job verloren, weil die Firma Konkurs angemeldet hat. Die zigste im Übrigen. Und heute dachte ich mir, die Sterne stehen günstig, angele ich mir doch mal einen Millionär.«

Henrik lachte laut auf. »Nun, ehrlich bist du ja zumindest. Um dir einen reichen Typen zu angeln, bist du hier genau richtig, aber bei mir leider an der falschen Adresse.«

»Ach! Ich wusste gar nicht, dass ich dich am Haken habe«, konterte Kathalea.

»Hatte.«

»Hatte?«

»Ja, du hattest mich am Haken, bis du gesagt hast, dass dir nur noch ein Millionär auf deine Bettkante kommt.«

»Wer hat denn von Bettkanten gesprochen? Ich rede von meinem Esstisch. Der ist nämlich leer. Ins Bett kann ich mir notfalls auch noch Wärmflaschen legen.«

»Ach!« Henrik betrachtete sie amüsiert. »Und was ist mit dem Rest? Helfen da auch Wärmflaschen? Oder nutzt du lieber Sexspielzeuge und Co.?«

»Ich wüsste nicht, was dich das angeht. Aber ich schätze, wenn man bei der Stadtreinigung arbeitet, dann stumpft man etwas ab, weil man den lieben langen Tag nur Sexspielzeuge anderer Leute entsorgen muss«, sagte Kathalea

schnippisch und nahm ihren Champagner mit Cassis-Likör entgegen.
»Falsch. Ich entsorge nur am frühen Morgen. Ich fange um vier Uhr morgens an und bin mittags um halb eins fertig. Aber es stimmt, die Leute schmeißen eine Menge Zeug weg.«
»Und der Job macht dir Spaß?«, fragte Kathalea ungläubig.
»Nö, aber man kann damit eine Familie ernähren.«
Kathalea nickte und zwang ihr Gedankenzentrum im Oberstübchen, sich von diesem sympathischen, männlichen Objekt zu verabschieden. Dieses Exemplar Mann war nicht nur scheinbar vergeben, sondern auch noch arm wie eine Kirchenmaus. »Du hast also Frau und Kinder?«
»Nein. Nichts von beidem. Aber wenn ich es hätte, könnte ich sie ernähren. Der Job wird nicht schlecht bezahlt.«
Henrik trank einen großen Schluck aus seiner Bierflasche. Mann, sah er süß aus, schoss es Kathalea durch den Kopf.
»Kann man hier Bier aus FLASCHEN trinken? Ich dachte, die feine Gesellschaft trinkt nur vornehm aus Gläsern und die sind vorzugsweise gefüllt mit Champagner«, sagte Kathalea überrascht.
Henrik schüttelte den Kopf. »Du würdest dich wundern, wie NORMAL es bei den Reichen zugeht.«
»Ach!« Kathalea stemmte sich die Hände in die Hüften. »Und das weißt ausgerechnet du? Du gehörst doch gar nicht zur Oberschicht. Wenn ich dich richtig verstanden habe, bist du ein Abkömmling des Proletariats. So wie ich.«
Henrik blickte sie mit ernster Miene an. »Da hat Frau Psychologin aber gut kombiniert. Oder sollte ich dich Sherlockina nennen?«
Kathalea rümpfte die Nase. »Nichts von beidem. Ich bin bloß eine verkappte Wirtschaftsstudentin, die ständig Pech bei der Jobwahl hat - UND bei der Wahl ihrer Männer.«

»Verstehe!« Henrik leerte seine Flasche und orderte eine neue. »Und darum hast du dir in den Kopf gesetzt, dir einen reichen Typen zu angeln, der dir das Leben in Hülle und Fülle versüßt.«
»Exakt.«
»Es ist doch immer dasselbe mit den Weibern«, brummte Henrik angefressen.
»Wie bitte?«
Henrik blickte sie an. »Ihr Weiber seid doch alle gleich«, wiederholte er. »Zu faul zum Arbeiten und darum darf der Macker das Drecksgeld ranschaffen, damit ihr in Ruhe eure Fingernägel polieren und auf Partys gehen könnt.«
Voller Empörung rutschte Kathalea vom Barhocker und baute sich vor Henrik auf. »Was bist du denn für ein heruntergekommener...«, sie suchte nach Worten, »Müllmann?«
Henrik rutschte ebenfalls vom Hocker und blickte im Abstand von wenigen Zentimetern auf Kathalea hinab. »Dasselbe könnte ich dich fragen, Madam!«
»Wieso? Ich arbeite nicht bei der Müllabfuhr.«
»Nee, du arbeitest ja offensichtlich gar nicht. Wo hast du denn die Klamotten her? Vom Schlussverkauf? Designer-Outlet mit Sonderrabatten? Oder hast du die Kleidung von der Freundin geliehen, die dich auf diese Party geschleust hat?«
Mist, verdammt, schoss es Kathalea durch den Kopf. Der Kerl war nicht nur wahnsinnig gut aussehend und roch so unglaublich männlich, er war vor allem schlagfertig und hatte sie auch noch durchschaut.
Wie peinlich war das denn!
Jetzt musste eine gute, eine SEHR GUTE Ausrede her!
Kathalea räusperte sich. »Wer sagt denn, dass ich arbeitslos bin und keine Kohle habe? Vielleicht habe ich ja eine reiche Tante, die mich heute mitgenommen hat.«

»Genau. Deshalb suchst du auch einen Millionär und pumpst nicht deine Tante an. Schon klar.« Er beugte sich vor und schnüffelte auffällig.
»Was wird das denn jetzt?«, fragte Kathalea pikiert und nahm Abstand.
»Ich rieche an dir.«
»Das sehe ich. Aber wieso?«
Fieberhaft überlegte Kathalea, ob sie nach der heutigen Dusche das Deo vergessen hatte, als Henrik mit der Antwort herausplatzte: »Ich wollte überprüfen, ob du nach Geld stinkst oder eher nach billigem Parfüm.«
»Du bist ein unmöglicher, ungehobelter Klotz! Ich frage mich, wie DU auf die Party gekommen bist«, empörte sich Kathalea. »Manieren hast DU keine. Die hätten sie am Eingang mal lieber checken sollen statt den Namen.«
»Hallo Henrik!«, flötete eine wunderschöne Frau, die aus dem Nichts aufgetaucht war.
Kathalea musterte sie verstohlen.
Die elegante, hochgewachsene junge Frau hatte wunderschöne lange Haaren, die ihr schneewittchenmäßig bis zur Hüfte reichten. Ihre grünen Augen hatte sie perfekt geschminkt und ihr langes Seidenkleid war vermutlich noch teurer und exklusiver als Sandras.
»Baggerst du etwa die Damenwelt an?«, fragte sie und zwinkerte Kathalea zu.
Oh Gott, war das etwa seine Freundin?
Scham kroch in Kathalea hoch, weil sie mit Henrik halbwegs geflirtet hatte - zumindest anfangs.
»Niemals«, log Henrik.
Hatte der Kerl nicht gesagt, er sei Single?
Fieberhaft kramte Kathalea in ihrem Gedächtnis herum.
Nee, er hatte lediglich gesagt, dass er keine ›Frau‹ hatte.
Legten Männer die Worte wirklich derart auf die Goldwaage, nur um Frauen abzugrasen?
»Willst du mich nicht vorstellen, Henrik?«

»Das ist Kathalea. Kathalea, das ist Ophelia, meine... Freundin.«
Fast kam es Kathalea so vor, als wenn Ophelia überrascht zu Henrik hinüberblickte. Doch dann wahrte sie wieder die Etikette und streckte freundlich lächelnd die Hand aus.
»Henrik übertreibt manchmal ein wenig. Ich hoffe, er hat dich anständig behandelt.«
»Er...« Kathalea stockte. »Ja, natürlich.«
Henrik war ein hirnverbrannter Idiot mit null Manieren und einer der schönsten Frauen des Universums an seiner Seite - und baggerte eine nicht einmal halbwegs so hübsche Frau an - aber das konnte sie dieser feinen Lady ja schlecht auftischen. Vermutlich war er eine Granate im Bett, dass sie sich einen müllschluckenden, UNTREUEN Arbeiter suchte. Sie war doch hundertpro mehrere Millionen schwer.
Fragend hob Ophelia beide Augenbrauen.
»Er war bemüht«, platzte Kathalea schließlich heraus.
Ophelia grinste. Dann tätschelte sie Henriks Brust. »Das sieht ihm ähnlich. Manchmal ist er etwas neben der Spur, aber ansonsten ist er ein ganz netter Kerl.«
»Wirklich? Die nette Seite weiß er aber gut zu tarnen«, entfuhr es Kathalea.
Ophelia legte den Kopf in den Nacken und lachte lauthals los. Ein paar umstehende Männer blickten sie hungrig an. Dessen war sich Ophelia offensichtlich bewusst, denn sie klimperte mit ihren langen Wimpern und warf ihre langen braunen Haare zurück, als wollte sie einen Preis mit dieser Geste gewinnen.
»*›Bemüht‹* trifft es ganz gut. Du gefällst mir. Ich glaube, du wärest genau die Richtige für Henrik.«
Kathalea klappte der Unterkiefer auf. »Wie bitte?«
Versuchte die Alte jetzt etwa, IHREN Macker an sie zu verticken? Wollte sie ihn loswerden? Naja, vermutlich hatte sie ihn längst durchschaut!

Eine Million Gedanken suchten sich gleichzeitig ihren Weg durch Kathaleas Gehirn, aber keiner wollte so richtig zu den Umständen passen.

Das schien auch Ophelia zu bemerken. Sie klopfte Henrik auf die Brust und legte schließlich einen Arm um seine Schultern. »Darf ich dir meinen Cousin vorstellen: Henrik Erdmann.«

»Cousin? Ist das legal?«, platzte Kathalea heraus.

»Legal? Was meinst du?«, fragte Ophelia.

»Ich dachte, ihr seid ein Liebespaar. Henrik hat dich doch als seine Freundin vorgestellt.«

Ophelia winkte ab. »Wir sind kein Liebespaar. Das behauptet er nur gerne, um sich vor geldgierigen Frauen zu retten, die es nur auf seinen stählernen Körper abgesehen haben.«

»Und Henrik ist wirklich dein Cousin? Ich hätte dich, ehrlich gesagt, in einer anderen Liga einsortiert als ihn.«

Ophelia grinste. »Henriks Familie hat ihr gesamtes Hab und Gut verspekuliert. Er ist arm wie eine Kirchenmaus. Während meine Eltern so reich sind, dass sie ihr Vermögen in diesem Leben vermutlich nicht mehr ausgeben werden können.«

Heilige Scheiße!

Das würde sie auch gerne von sich und ihrer Familie behaupten, schoss es Kathalea durch den Kopf. So viel Kohle, dass man es nicht einmal schaffte, alles in hundert Jahren auszugeben.

Gott, was würde sie sich alles kaufen!

Ein riesiges Haus mit mehreren Bädern, einem Ankleidezimmer und einem extra Zimmer für ihre vielen Brillen, die sie sammelte.

Wahnsinn!

Im Garten würde sie Rosenstämmchen anpflanzen - oder vielmehr von ihrem Gärtner anpflanzen lassen.

Aber sie hatte keinen Reichtum. Sie hatte ja nicht einmal eine Familie!

»Kathi! Hier steckst du!« Stine und Sandra tauchten neben ihr auf und unterbrachen ihre himmlischen Tagträume über die Macht des Geldes, welches sie vermehren würde wie Dagobert Duck.

»Ja, hier stecke ich.« Kathalea hob ihr Glas und prostete ihrer Freundin und dessen Arbeitskollegin zu.

»Guck nicht zu tief ins Glas! Nicht dass wir dich morgen bei irgendeinem Typen auslösen müssen«, witzelte Stine.

Kathalea verdrehte die Augen.

Das war bisher nur ein einziges Mal vorgekommen. Und die ›*Auslösung*‹ hatte der Idiot nur gefordert, weil er sie am Abend zuvor mit Essen und Alkohol abgefüllt hatte und sie in seinem Bett in einen komatösen Zustand gefallen war. Er war nicht zum Zug gekommen und hatte sie ernsthaft nicht gehen lassen wollen, bis sie ihre ›*Schulden*‹ bei ihm - in finanzieller oder immaterieller Form - abbezahlt hatte. In ihrer Not hatte sie Stine und Rolf angerufen, die sie mit dreißig Euro hatten auslösen müssen.

Das war echt ein schockierendes Erlebnis gewesen.

Und peinlich obendrein!

Seitdem mied sie alle Typen, die Schnurrbärte trugen und den Anschein erweckten, geizig und sexbesessen zu sein.

»Wen hast du denn aufgegabelt?«, fragte Stine und legte ihrer Freundin einen Arm um die Schultern.

»Niemanden.«

Stine gab ihr einen dicken Kuss auf die Wange. »Interessanter Name. Besser als ›irgendjemand‹, oder?« Sie reichte Henrik die Hand. »Hallo Niemand!«

»Deine Freundin hat Humor. Gefällt mir«, sagte Henrik und ergriff Stines Hand. »Zumindest mehr als du, Kathi!«, fügte er leise hinzu.

»Leider ist sie schon verheiratet«, konterte Kathalea.

Henrik nickte. »So ist das immer. Die Guten sind besetzt und die geldgierigen Geierwallys laufen alle noch frei herum.«
Kathalea öffnete den Mund, sagte jedoch nichts.
Ophelia klopfte Henrik auf den Arm. »Komm, Henrik, lade uns zu einer Runde Champagner ein!«
»Warum? Der ist doch eh kostenlos.«
»Eben. Den kannst du dir leisten.« Ophelia kicherte leise.
Henrik verdrehte die Augen, ging aber zur Bar und holte fünf Gläser.
Dankend lehnte Kathalea ab. »Ich hätte lieber ein Bier getrunken.«
»Warum hast du das nicht gleich gesagt?«, stöhnte Henrik. Er beugte sich vor und flüsterte ihr ins Ohr: »Kathalea, Kathalea, du wirfst mir vor, ich hätte keine Manieren, aber wenn du dir wirklich einen Millionär angeln willst, solltest du ganz dringend einen Knigge-Kurs besuchen.«
»Wenn du den bezahlst, gerne«, erwiderte Kathalea leise.
Henrik wühlte in seiner Hemdtasche herum.
»Du willst mir jetzt nicht ernsthaft einen Geldschein in die Hand drücken, oder?«, fragte Kathalea verwundert.
Henrik schüttelte den Kopf. »Nein. Meine Visitenkarte.«
»Bei der Müllabfuhr habt ihr Visitenkarten?«
»Nein«, sagte Ophelia und lachte. »Mein Cousin beliebt zu scherzen. Natürlich hat er keine Visitenkarten dabei. Aber er tut gerne so, als wenn er welche hätte.«
Henrik lächelte verkniffen. »Stimmt, wir haben bei der Stadtreinigung ja gar keine Visitenkarten. Dann muss ich dir meine Nummer wohl auf den Arm schreiben.«
Ohne eine Antwort abzuwarten, zückte Henrik einen Kugelschreiber und kritzelte seine Handynummer in riesigen Zahlen auf Kathaleas Unterarm.
»Wie sieht das denn aus?«, empörte sich Kathalea stirnrunzelnd.

»Standesgemäß«, erwiderte Henrik und zwinkerte Kathalea zu.
»Sehr witzig.« Kathalea schnappte ein. »Wozu brauche ich deine Nummer? Ich werde dich ohnehin nicht anrufen.«
Henrik fasste sich theatralisch an die Stirn. »Stimmt. Du suchst ja einen Millionär! Das hatte ich für einen Moment vergessen. Schade, ich glaube, wir zwei hätten VIEL Spaß miteinander gehabt!« Er beugte sich vor, nahm sie am Arm und zog sie von der Frauengruppe weg. »Aber ich bezahle dir gerne deinen allerersten Knigge-Kurs, damit du in der Welt der Reichen überhaupt eine Chance hast.«
»Wie überaus großzügig von dir. Danke, aber nein, danke!«, sagte Kathalea. Sie war ihm so nahe, dass ihr Körper erschauerte.
Verflixt, warum roch der Kerl so gut?
Als er sich wieder von ihr löste, blickten sie sich Sekundenlang in die Augen und plötzlich war es um Kathalea geschehen. Ihr männliches Checkerprogramm hatte seine wunderschönen blauen Augen gescannt, seinen Duft für verführerisch eingestuft und seine Lippen als Kussmund identifiziert.
Aber auch Henrik schien sie mit einem Mal mit anderen Augen zu betrachten, denn etwas in seinem Blick hatte sich verändert.
Ein Mann rempelte Kathalea an und stieß sie versehentlich gegen Henrik. Er fing sie auf und landete dabei mit seinen Lippen fast auf ihren.
»Verzeihung!«, hauchte Kathalea nervös.
»Kein Problem. Ich habe dich gerne aufgefangen. Soll ich dem Arsch eine reinhauen?«, fragte Henrik.
Kathalea grinste. »Danke, nett von dir. Aber ich denke, das war ein schnöseliger Vollidiot. Der wird gar nicht wissen, dass er eine Dame angerempelt hat.«
»Das glaube ich auch.« Henrik blickte auf sie herab.

Und bevor sie sich versah, landeten seine Lippen tatsächlich auf ihrem Mund.

War es der Alkohol oder die Stimmung, die alles zwischen ihnen verändert hatte?

Kathalea wusste es nicht.

Sie wusste nur eins: Sein Kuss fühlte sich phantastisch an, so, als wäre sie endlich nach Hause gekommen. Ihr Herz pochte wild gegen ihre Rippen, die Nackenhaare richteten sich auf und augenblicklich schoss ihr die Leidenschaft wie eine hungrige Schlange durch den Magen.

Reiß dich bloß zusammen, Kathi!, fuhr es ihr durch den Kopf.

Sie durfte keinerlei Gefühle zulassen, denn Henrik war ein einfacher Müllmann und von einfachen Männern hatte sie ein für alle mal die Nase voll.

Fix und Foxi

Henrik plumpste auf das feine englische Sofa seiner Großmutter und schloss erschöpft die Augen.
Plötzlich rumpelte etwas neben ihm und ein weiblich duftendes Wesen landete neben seinem geschundenen Körper.
Ohne die Augen zu öffnen, sprach er: »Ophelia, mach dich nicht so breit! Ich relaxe.«
Ophelia stupste ihn an. »Was ist los, Bruderherz? Schlaucht dich etwa die wahre, ehrliche Arbeit?«
Henrik öffnete ein Auge. »Willst du mich verarschen? Habe ich je etwas anderes getan, als ehrlich zu arbeiten?«
Ophelia stützte ihr Kinn auf seiner Schulter auf und tat so, als wenn sie nachdenken würde. »Lass mich mal überlegen! Du kaufst seit Jahren Unternehmen auf und zerstückelst sie, um sie anschließend gewinnbringend wieder zu verkaufen. Ich würde das eher ein Haifischgeschäft nennen. Da lässt sich über Ehrlichkeit streiten.«
»Meine Arbeit ist durchaus legal«, verteidigte sich Henrik. »Aber die Arbeit bei der Stadtreinigung ist ECHT körperlich herausfordernd.«
»Na, meine zwei Enkelfrüchtchen! Was geht ab bei euch?«
Ophelia lachte leise. »Oma! Wo hast du denn den Ausdruck her?«
Oma Lisbeth grinste. »Ich wollte auch mal cool sein.«
»Oma«, sagte Henrik und schloss seine Augen wieder, »du bist cool. Du bist die coolste Oma, die ich kenne.«
»Danke, mein Schatz! Du bist auch der coolste Enkel, den ich habe«, erwiderte Oma Lisbeth.

»Du hast auch nur einen Enkel«, konterte Henrik und gähnte herzhaft.
»Du hast Edward vergessen«, warf Oma Lisbeth ein.
»Bei Edward bin ich mir nie sicher, ob er männlich, weiblich oder divers ist«, verteidigte Henrik sich.
»Und du hast eine Enkelin«, warf Ophelia ein. »Edward ist lediglich bi und das schadet ja bekanntermaßen nie.« Henrik hob zur Bestätigung müde eine Hand und gähnte offenherzig.
»Hand vor den Mund, Henrik!«, mahnte Oma Lisbeth. »Sonst kommt der Teufel mit den drei goldenen Haaren und reißt dir die Mandeln raus.«
»Oma!« Pikiert setzte sich Henrik aufrecht hin und rieb sich die Augen. »Wie eklig ist das denn!«
Oma Lisbeth grinste. »Immerhin bist du jetzt wach.« Sie musterte ihn kritisch. »Ich glaube, ich muss dich nicht fragen, wie dir das harte Leben eines einfachen Arbeiters bekommt. Du siehst schrecklich aus.«
»Ich fühle mich auch schrecklich. Das frühe Aufstehen bringt mich um. Der Job ist nix für mich.« Stöhnend fiel Henrik wieder ins Sofakissen zurück. »Lange halte ich das nicht durch.«
»Und das alles, um ein holdes Weib zu finden, das NICHT aufs liebe Geld aus ist. Ich bin mir NICHT sicher, ob du auf dem richtigen Weg bist, Bruderherz.« Ophelia knabberte an ihrem Fingernagel.
»Warum musstest du auch ausgerechnet bei der Müllabfuhr anfangen? Du hättest ebenso als Sekretär oder stinknormaler Sachbearbeiter in irgendeiner unserer Firmen arbeiten können«, mokierte sich Oma Lisbeth.
»Stimmt«, pflichtete Ophelia ihr bei. »Ich bin mir auch ziemlich sicher, dass dein weiblicher Fang vom Schiff sicherlich mehr Interesse an dir gezeigt hätte, wenn du dich nicht gerade als straßensäubernder Sonderling geoutet hättest.«

»Oh, was hören meine verwöhnten Großmutterohren da? Nähern sich bereits Urenkel?« Oma Lisbeth wackelte mit den Augenbrauen.
Henrik verdrehte die Augen. »Nein, Oma! Die nähern sich ganz bestimmt nicht. Ich habe Kathalea zwar meine Nummer auf den Arm gekritzelt, weil ich ihr als Müllmann ja schlecht eine meiner Visitenkarten in die Hand drücken konnte, aber sie hat sich nie wieder bei mir gemeldet.«
»›Nie wieder‹?« Ophelia lachte. »Die Gala ist doch erst eine Woche her.«
»Echt? Siehst du, der Job macht mich fertig. Ich habe gar kein Zeitgefühl mehr.«
»Ich fand sie sehr sympathisch. Sie wirkte nett und bodenständig«, warf Ophelia ein.
Henrik blinzelte. »›Nett‹ und ›bodenständig‹? Ich suche keine Putzfrau, Ophelia! Ich suche eine Frau, die sexy ist, Humor hat und gesellschaftsfähig ist. Eine, die mir nicht permanent das Geld aus der Tasche zieht. Was mich im Übrigen gleich wieder zu Kathalea führt. Sie war nämlich scharf auf mein Geld.« Er schloss die Augen wieder. »Darum braucht sie eigentlich auch gar nicht anzurufen. Ich will sie gar nicht haben.«
»Du willst uns wohl verkohlen, Henrik Amandus ›Erdmann‹«, witzelte Ophelia. »Sie geht davon aus, dass du ein Müllschlucker bist. Ein Ärmling. Warum also sollte sie da scharf auf dein Geld sein? So ein Quatsch!«
Henrik lächelte höhnisch und sprach mit geschlossenen Augen: »Das erste, was sie mir offenbarte, nachdem sie erschöpft auf den Barhocker geplumpst war, war die Aussage, dass sie nur noch einen Millionär an ihren Esstisch lässt.«
»Vermutlich hat die Kleine schlechte Erfahrungen gemacht und der letzte Freund hat ihr die Haare vom Kopf

gefressen«, verteidigte Oma Lisbeth Kathalea, obwohl sie sie gar nicht kannte.
Henrik schaute seine Großmutter an. »Du nimmst sie in Schutz? Sie will sich einen Millionär angeln, Oma! Das ist total oberflächlich.«
Oma Lisbeth zuckte mit den Schultern. »Und was willst du?«
Henrik stutzte.
»Du willst eine ›normale‹ Frau, die auch einen Ärmling nimmt und arbeitest dafür sogar als Müllmann!«
Seine Oma hatte Recht!
Er hatte den Job als Mitarbeiter bei der städtischen Müllabfuhr nur angenommen, um endlich mal eine Frau kennenzulernen, die eben NICHT scharf auf sein Geld war und sich nur mit ihm verabredete, weil er über ein fettes Bankkonto verfügte.
Seine Großmutter lächelte zufrieden. »Siehst du! Deine Denkmaschine springt endlich an. Du machst genau dasselbe, nur mit dem umgekehrten Ziel. Du hältst dich in anderen Gefilden auf, um genau das Gegenteil deiner Verflossenen zu treffen. Und diese Kathalea macht dasselbe in Grün. Sie geht auf Partys, auf die sie nicht gehört, um das Gegenteil von ihren Verflossenen kennenzulernen, nämlich einen Mann, der SIE mal ins Restaurant einlädt. Ich finde, das ist nur legitim. Gleiches Recht für alle.«
»Wie war denn der Kuss, Bruderherz?«, fragte Ophelia neugierig.
Oma Lisbeth öffnete staunend den Mund. »WAS? Du hast sie GEKÜSST?«
»Entspann dich, Oma! Es war nur ein Kuss«, wiegelte Henrik ab, aber seine Großmutter war bereits Feuer und Flamme. Sie klatschte in die Hände und blickte gen Himmel. »Das ist SO romantisch! Henrik! Ein Kuss. Auf einem Schiff. Im Mondlicht.«

Henrik lächelte. »Ja, ja, Oma, ein Kuss. Zwei Lippen, die sich berühren und das war es auch schon.«
Seine Großmutter beugte sich vor und musterte ihren Enkel kritisch. »So, war es so?«
Henrik wackelte mit dem Kopf. »Nun, vielleicht war es ein bisschen mehr.«
»Ahaaaaa!« Zufrieden lehnte sich Oma Lisbeth zurück. »ETWAS mehr. Etwas anderes hätte mich auch überrascht. Schließlich bist du ein Abkömmling meiner Spezies.«
»Ich fand, es sah nach ziemlich viel Gefühl aus. Und«, Ophelia hob einen Finger, »danach habt ihr euch angesehen, als wenn Magie zwischen euch war.«
»Magie?«, hakte Henrik ungläubig nach.
»Ja, genau, Magie!« Schwärmerisch rollte Ophelia mit den Augen und ließ ihre Finger wie eine Zauberin durch die Luft kreisen. »Magie!«
Oma Lisbeth grinste breit. »Oh wie schön! Magie ist etwas Einzigartiges. Ach, Gott, ist das lange her, dass ich einen magischen Kuss austauschen durfte!«
Henrik grinste nun auch. »In Ordnung, bevor ihr nun in Begeisterungsstürme ausbrecht, gebe ich zu, dass der Kuss umwerfend war.«
»Warum hast du sie nicht nach ihrer Nummer gefragt?« Kopfschüttelnd musterte Oma Lisbeth ihren Enkel. »Du solltest dir vielleicht einen anderen Job suchen. Dieser scheint deine Sinne und deinen Edmundus-Kampfgeist zu eliminieren.«
Entschlossen schüttelte Henrik den Kopf. »Nein. Ich ziehe das jetzt durch. Ich arbeite für ein Jahr bei der Müllabfuhr. Und du, Ophelia, darfst mir helfen, Ersatzeltern zu finden, die ich meiner Zukünftigen dann präsentieren kann. Sie müssen nicht toll sein. Ich brauche einfach nur ein paar heruntergekommene Hochhausbewohner, die den lieben, langen Tag nix anderes machen als abzuhängen.«

»Henrik, wie redest du denn über Menschen?«, fragte Oma Lisbeth pikiert. »Sei froh, dass du mit einem goldenen Löffel geboren wurdest!«
»Entschuldige, Oma!«
»Echt jetzt?«, fragte Henriks Schwester ungläubig. »Ich soll dir ›Ersatzeltern‹ besorgen?«
»Ja. Alles muss perfekt sein. Wenn sich eine Frau für mich interessiert - für mich als Person und nicht für mein Geld - dann auch mit einem schrecklichen, familiären Hintergrund. Das sind Testkriterien à la carte.«
»In Ordnung. Ich besorge dir Ersatzeltern.«
»Danke, du bist die Beste!«
»Ich weiß«, sagte Ophelia und verdrehte die Augen. »Boah, wenn das man bloß nicht unsere Eltern spitz kriegen! Mutter dreht durch, wenn sie erfährt, dass du nicht nur als Müllmann arbeitest, sondern dir auch noch assoziale ›Ersatzeltern‹ gesucht hast.«
»Sie werden nichts erfahren. Nicht wahr, Oma?« Fragend blickte Henrik seine Großmutter an.
Diese seufzte laut, doch dann nickte sie. »Aber diese Kathalea will ich trotzdem mal kennenlernen.«
»Geht nicht, du bist reich, Oma!«, widersprach Henrik.
»Irrtum. Geht doch.« Ophelia tippte sich auf die Brust. »Schließlich hält sie mich für deine reiche Cousine. Wir nehmen sie einfach mal mit auf die Rennbahn. In den nächsten Wochen finden einige Derbys statt.«
»Von mir aus. Vorausgesetzt, sie meldet sich«, murrte Henrik.
Ophelia nickte entschlossen. »Sie wird sich melden. Das habe ich in ihrem Blick gesehen.«

***

»Willkommen an Bord, Frau Pfennigbaum! Auf gute Zusammenarbeit.« Hans Müller reichte Kathalea lächelnd die Hand.
Mit wild klopfendem Herzen ergriff Kathalea seine Hand. Sie war warm und trocken, sein Lächeln war aufrichtig. Erleichtert atmete Kathalea durch.
Aus lauter Verzweiflung hatte sie einen Job bei einer neuen, innovativen Werbeagentur angenommen, aber nicht wie geplant als Grafikdesignerin, sondern - weil das die einzige freie Stelle war - als Vertriebsmitarbeiterin.
Nun sollte sie in einem ihr zugeteilten Gebiet Kunden akquirieren. Und davon hatte sie null Ahnung, ach, was sagte sie, auf einer Skala von eins bis zehn hatte sie in etwa minus eintausend Kenntnisse in der Kundenakquise, obwohl sie Betriebswirtschaftslehre studiert und gar nicht mal so schlecht abgeschlossen hatte.
Nach zig Bewerbungen hatte sie endlich das eine millionste Vorstellungsgespräch in der Werbeagentur ›V3‹ hinter sich gebracht.
»Vielen Dank, Herr Müller!«
»Ich habe da auch gleich einen Auftrag für Sie! Das erleichtert den Einstieg. Wir möchten gerne die Stadtreinigung mit Werbeschildern ausstatten, die an den großen Müllfahrzeugen angebracht werden sollen. Dafür zahlen wir ein hübsches Sümmchen an die Stadt, die letzte Woche den Werbeträgervertrag unterzeichnet hat«, sagte Herr Müller und reichte ihr einen Stapel Unterlagen. »Hier haben Sie unsere Preislisten und das ausgearbeitete Projekt.« Er räusperte sich. »Da wir erst starten, können wir Ihnen zu Anfang auch noch nicht so viel bezahlen. Aber über die Provision können Sie Ihr Fixum sicherlich noch ein bisschen aufbessern.«
Kathalea bedankte sich und verließ das Büro.
Sie atmete tief durch, dann stakste sie unsicher durch das Großraumbüro, lächelte höflich nach links und rechts und

hoffte, dass sie möglichst bald einen Job finden würde, der sie auch ausfüllen würde. Ein Job, bei dem sie keine Türklinken putzen musste.

Sie war es leid, immer nur IRGENDWELCHE Jobs annehmen zu müssen, nur um sich finanziell über Wasser halten zu können. Am liebsten hätte sie ihre eigene Firma, Mitarbeiter, die sich nach ihr richten mussten, nicht umgekehrt. Eine Firma, die Veranstaltungen organisierte und für den Spaß der Großstädter sorgte, wäre wundervoll. Aber stattdessen dümpelte sie seit ein paar Jahren von einem schrecklichen Job zum nächsten. Vielleicht könnte sie sich auch als Brillendesigner eine goldene Nase verdienen, aber dazu fehlte ihr einfach das Kapital.

An ihrem Schreibtisch angekommen ließ sie sich ächzend auf ihrem Stuhl nieder und las sich die Unterlagen durch, die Herr Müller ihr in die Hand gedrückt hatte.

Sie war eine Macherin und jeder, der sie kannte, wusste, dass sie zu den wenigen Menschen gehörte, die hochdiszipliniert Dinge zuende brachte und sich auch nicht selbst zum Arbeiten motivieren musste. Wenn sie sich für etwas entschieden hatte, zog sie das auch durch. Dennoch fühlte sie sich leicht überfordert, wenn man ihr den Wald zeigte und von ihr verlangte, einen Tisch zu bauen, ohne ihr Werkzeug an die Hand zu geben.

Und genau das hatte Hans Müller getan. Er hatte ihr ein paar Unterlagen in die Hand gedrückt und erwartete nun, dass sie ihr Handwerk der Kundenakquise beherrschte, obwohl sie nicht einmal das Wissen dafür hatte.

Nach einer guten Stunde - und dreifacher Visualisierung, dass schon alles gut gehen würde - erhob sie sich, schnappte sich ihre Jacke und machte sich auf den Weg zur Stadtreinigung.

Es nützte nichts, noch länger mit der Akquise zu warten, denn davon vermehrten sich ihre Kenntnisse auch nicht.

Also zog sie es vor, ins kalte Wasser zu springen und aus ihren Fehlern zu lernen.

Es war bereits nach zwölf und ihr knurrte der Magen ganz gewaltig. Kurzentschlossen hielt sie an einem Imbiss an und gönnte sich einen Döner ohne Knoblauch und Zwiebeln - schließlich wollte sie nicht gleich beim ersten Kunden einen schlechten Geruchseindruck hinterlassen.

Mit einem Gefühl im Magen, als hätte sie einen Stein verschluckt, hetzte sie zur Zentrale der Stadtreinigung und ließ sich bis zum verantwortlichen Mitarbeiter für das Marketingkapital durchlotsen. Da dieser aber über den Umfang des Projektes nicht alleine entscheiden durfte, wurde sie zum Geschäftsführer durchgereicht.

»Guten Tag, Frau Pfennigbaum, ich bin Tim Peter! Herr Müller hat sie bereits angekündigt. Da sich die Geschäfte nicht von alleine führen lassen, haben Sie exakt«, er blickte demonstrativ auf seine Armbanduhr, »fünf Minuten Zeit, um mich von Ihrem Werbekonzept zu überzeugen.«

»Vielen Dank, Herr Tim!« Kathalea stutzte, »oder heißen Sie Peter mit Nachnamen? Ich bin leicht verwirrt, weil beide Namen wie Vornamen klingen.«

Der schlanke Mittfünfziger vor ihr lächelte. »Tim. Peter ist mein Vorname.«

Konnten sich die Leute anno dazumal keine ordentlichen Nachnamen leisten oder warum musste man ganze Familien mit einem Vornamen versehen, knurrte Kathalea innerlich.

Das war ja schon gleich ein mega peinlicher Einstieg!

»Die Idee ist folgende«, startete sie tapfer durch, »wir lassen feste Werbeträger an Ihren Müllfahrzeugen installieren und schalten darauf wöchentlich Werbung. Von den Werbeeinnahmen bekommt die Stadtreinigung zehn Prozent...«

Herr Tim hob eine Hand. »Stopp! Sie wollen ernsthaft Plakatwände an Autos festtackern?«

Kathalea nickte unsicher. »Ja. Wir haben einen Vertrag mit einer Firma geschlossen, die sich das Plakatsystem hat patentieren lassen. Es ist alles bis ins kleinste Detail ausgetüftelt.«
»Entschuldigen Sie bitte meine Skepsis, aber mir würde wirklich kein einziges seriöses Unternehmen einfallen, das auf MÜLLfahrzeugen Werbung schalten würde. Vermutlich müssten Sie die Werbeplätze derart billig anbieten, dass von den zehn Prozent nicht viel übrig bleiben würde.«
Kathalea schluckte. Bevor sie darauf reagieren konnte, sprach Herr Tim weiter. »Die Idee hat sicherlich Potential, aber ich schlage vor, Sie kommen wieder, wenn Sie Kunden haben, die definitiv auf unseren Fahrzeugen Werbung schalten wollen. Und dann liefern Sie auch gleich die Mietpreise, damit ich mir ein Bild davon machen kann, ob sich das lohnt.«
Kathalea öffnete den Mund, um etwas zu sagen, doch Herr Tim hob nur eine Hand und sah sie streng an. »Ihre fünf Minuten sind um. Auf Wiedersehen!«
Kathalea blieb nur noch Zeit, einmal tief durchzuatmen, dann stand sie auch schon wieder im Flur vor dem Zimmer des Geschäftsführers.
Sie legte den Kopf in den Nacken und stöhnte leise. »Na, super, Kathalea! Das hast du ja gleich toll verbockt! Schlimmer konnte es echt nicht laufen.«
Wieso hatte sie sich derart über den Mund fahren lassen? Sie war doch sonst so schlagfertig!
Nun ja, die Antwort war einfach: Sie hatte nicht genug Wissen in Sachen Kundenansprache, und damit auch nicht ausreichend Selbstvertrauen und schwups, hatte der zeitlich beschränkte Kunde keine Geduld mehr für sie gehabt.
»Na, Prinzessin! Suchst du etwa HIER nach deinem Millionär?«

Erschrocken öffnete Kathalea die Augen und machte einen Satz nach hinten. »Henrik! Hast du mich erschreckt!«
Henrik deutete eine Verbeugung an. »Verzeiht, holde Maid! Aber habt Ihr Euch nicht in der Adresse geirrt?«
Kathalea hob ihre Unterlagen an und schüttelte langsam den Kopf. »Nein. Habe ich zufälligerweise nicht. Ich hatte einen Termin bei Herrn Tim.«
Überrascht stand Henrik der Mund offen. »Sag bloß, du willst hier auch als Müllfrau anfangen?«
»Nein, das war kein Vorstellungsgespräch.«
»Hätte mich auch gewundert. Das führt man nämlich mit dem Personalchef, nicht mit dem Geschäftsführer«, konterte Henrik. »Was hast du dann hier gemacht?«
»Ich habe heute morgen bei einer ganz neuen Werbeagentur angefangen. Da sie keinen Posten mehr als Sachbearbeiter hatten, musste ich nehmen, was übrig war«, erklärte Kathalea tonlos. »Außendienst.«
Henrik hob beide Augenbrauen. »Sag bloß, du hast dich in die Reihe der Handelsvertreter eingereiht und sollst nun Kunden akquirieren?«
Kathalea nickte schweigend. Sie fühlte sich elend und war den Tränen nahe. »Ja. Und weil ich null Ahnung davon habe, habe ich es auch mächtig versaut.«
Irgendwie hatte sie das Gefühl, ständig im falschen Leben zu sein. Eilig versuchte sie, den aufkommen Staudamm unter Kontrolle zu halten.
Henrik schien ihren Stimmungswechsel zu spüren. Er zog sie ans Ende des Flures zu einem geöffneten Fenster. »Wo drückt denn der Schuh? Kann ich deinen Erfahrungen als Außendienstmitarbeiter irgendwie auf die Sprünge helfen?«
«Du?« Kathalea wischte sich verstohlen über die tränennassen Augen.
»Ja, ich. Kundenakquise war jahrelang mein Steckenpferd.«

»Echt?«

»Ja.« Henrik verzog das Gesicht und angelte nach einem Taschentuch aus seinem leicht verdreckten, knallorangefarbenen Overall. »Nicht weinen, Prinzessin! Oder sollte ich dich lieber ›*Supergirl*‹ nennen?«

Kathalea lächelte und nahm das Taschentuch dankend an, um sich die Tränen aus den Augen zu tupfen. »Du meinst, ich bin genauso arm dran wie ›*Kara Zor-El*‹, die zur Tarnung einen Job als Assistentin annehmen muss, wo sie tagtäglich nur getrietst wird von ihrer Chefin?«

Henrik nickte lächelnd. »Genau.«

»Es gibt nur einen entscheidenden Unterschied zwischen ›*Supergirl*‹ und mir«, sagte Kathalea schniefend.

»Und der wäre?« Henrik verschränkte die Arme vor der Brust.

»Kara ist eine Heldin, während ich ein Loser bin, der nichts, aber auch wirklich gar nichts auf die Reihe kriegt. Nicht einmal einen einfachen Auftrag kann ich an Land ziehen. Ich hatte fünf Minuten Zeit, um Herrn Tim vom Konzept der Werbeidee zu überzeugen. Welches im Übrigen echt gut ist. Und das habe ich gründlich vermasselt.«

»Bereits Winston Churchill sagte ›*Gib nie, nie, niemals auf!*‹« Henrik breitete seine Arme aus, um Kathalea zu trösten, doch er roch so entsetzlich nach Müll, dass Kathalea dankend die Arme hob. »Vielleicht verschieben wir die Trösteraktion lieber, bis du geduscht hast und umgezogen bist.«

Erstaunt blickte Henrik an sich herunter und schlug sich dann gegen die Stirn. »Stimmt. Ein bisschen unsexy, was?«

Kathalea lachte leise und trocknete sich die Tränen. »Nur ein bisschen. Kaum erwähnenswert.«

»Dann verschieben wir die Trösteraktion auf später?«, fragte Henrik hoffnungsvoll. »Die Gala ist fast zwei Wochen her und du hast mich nicht angerufen.«

»Ich weiß. Ich fühlte mich nicht in der Lage zu einem Date.«
»So schlimm?«
Kathalea blickte ihn nachdenklich an, schließlich nickte sie seufzend. »Ja. Aber okay, was soll's! Dann bist du eben ein armer Müllschlucker. Du bist nett. SEHR nett. Und unser Kuss hatte wirklich etwas Magisches. Wenn du dann auch noch treu bist, dann habe ich wenigstens nicht ins Klo gegriffen.«
»Wie bitte?« Vollkommen geschockt blickte Henrik sie an. »Soll das heißen, ich bin eine schlechte Wahl?«
»Nein, das soll heißen, du passt hervorragend in mein Leben. Ich werde ohnehin niemals einen reichen Typen an der Angel haben und darum kann ich auch genauso gut mit dir ausgehen. Du hast wenigstens Charakter und siehst gut aus.«
»Das klingt jetzt nicht wirklich überzeugt. Und ein Kompliment ist das auch nicht gerade«, sagte Henrik leise.
»Entschuldige! Es ist nicht böse gemeint. Ich finde dich total nett und sympathisch. Mehr noch, aber ich hätte mir einfach gewünscht, mal einen Mann an meiner Seite zu haben, den ich nicht auch noch durchfüttern muss. Davon hatte ich bereits genug.«
»Ernsthaft? Was lernst du bloß für Typen kennen? Und untreu sind die elendigen Schmarotzer auch noch gewesen?« Henrik musterte sie mitleidsvoll.
Kathalea lächelte zaghaft. »Ja. Die meisten. Oder sie hatten irgendwelche anderen komischen Macken.«
»Davon würde ich wirklich gerne mehr hören. Was meinst du, treffen wir uns am Freitagabend bei mir? Wir könnten dann in eine Kneipe gehen, die in der Nähe meiner Behausung liegt.«
»Klar, warum nicht. Gib mir einfach deine Adresse und ich komme hin.«

»Ist es in Ordnung für dich, wenn du mich beim ersten Date abholst?«, fragte Henrik mit ziemlich angespannter Miene.
Kathalea dachte kurz darüber nach. »Ja. Passt auch ins Bild meiner Verflossenen.«
Henrik seufzte. »Es ist das einzige Mal, versprochen. Danach hole ich dich ab.«
»Gut.«
Henrik beugte sich verschwörerisch vor. »Und jetzt gehst du noch einmal zu Herrn Tim, klopfst energisch an und sagst ihm, dass er ein Idiot ist, wenn er sich diese einmalige Gelegenheit entgehen lässt. Selbst Speditionen hätten schon Interesse an deiner Idee angemeldet. Erzähle ihm was vom Pferd!«
»Ich soll ihn ernsthaft als Idiot betiteln?«, fragte Kathalea ungläubig.
Henrik grinste und schüttelte schließlich den Kopf. »Nein, nur sinngemäß. Sag ihm einfach, die fünf Minuten waren noch nicht um, weil du gar keine Möglichkeit hattest, etwas zu sagen, weil er dich zugetextet hat.«
»Woher willst du wissen, dass er mich zugetextet hat?«, fragte Kathalea mit spöttischem Grinsen.
Henrik zuckte mit den Schultern. »Herr Tim spielt gerne den Alleinunterhalter. Er redet gerne und lässt andere kaum zu Wort kommen. Übrigens eine schlechte Angewohnheit für einen Geschäftsführer. Ich habe also nur geschlussfolgert.«
»Du bist ein Hellseher!«
»Ja, aber verrate das nicht weiter! Insgeheim bin ich nämlich der beste Kaffeesatzleser aller Zeiten. Ich bin sogar besser als Merlin.«
»Der Zauberer?« Kathalea grinste breit. »Gab es zu seiner Zeit denn schon Kaffee?«
Henrik zwinkerte ihr zu. »Offiziell gab es im Neunten Jahrhundert noch keinen Kaffee in Europa. Aber natürlich

konnte sich Merlin ALLES herbeizaubern. Nur das schnöde Volk bekam erst im Sechzehnten Jahrhundert eine Kostprobe von dem braunen Gesöff.«
»Verstehe. Okay, du Held der Wahrsagung, dann versuche ich noch einmal mein Glück bei Herrn Tim. Und wir sehen uns am Freitag.« Kathalea hob eine Hand zum Gruß und straffte ihre Schultern.
»Ich freue mich«, sagte Henrik und zwinkerte ihr zu.
Kathalea nickte lächelnd und wandte sich dann ab.
Entschlossen ging sie auf die Tür zu, hämmerte fast dagegen und platzte in den Raum, bevor Herr Tim sie überhaupt auffordern konnte, hereinzukommen.
»Sie sagten, Ihre Geschäfte würden sich nicht von alleine führen lassen, aber wenn sie anderen keine Möglichkeit geben, Verbesserungsvorschläge zu machen, weil Sie sie gar nicht zu Wort kommen lassen, dann werden Sie sich doppelt abstrampeln«, leitete Kathalea ihren Angriff ein.
Herr Tim war so perplex, dass er nur stumm auf den Stuhl vor seinem Schreibtisch deutete.
Kathalea schloss die Tür und unterbreitete ihm noch einmal ihre Idee mit den Werbeträgern an den Müllfahrzeugen.
Zehn Minuten später ging sie zum zweiten Mal innerhalb von einer Stunde durch die Bürotür - nur dieses Mal mit ihrem ersten Geschäftsabschluss in der Tasche. Im Innenhof legte sie erst einmal einen Freudentanz hin. Dabei bemerkte sie nicht, dass Henrik sie schmunzelnd beobachtete.

***

»Ist er das?« Kaugummi kauend deutete die dürre Frau mit den schulterlangen, strähnigen Haaren auf Henrik.
Ophelia nickte. »Ja, das ist er.« Sie steckte sich ebenfalls ein Kaugummi in den Mund und kaute es so übertrieben

auffällig, dass die Frau stutzte. Sie schloss den Mund und winkte das Geschwisterpaar in die Wohnung.
»Hereinspaziert in die gute Stube«, witzelte die Frau und lachte. Dann streckte sie die Hand aus, die Henrik nur zögernd ergriff. »Ich bin Roswita. Erdmann. Heinz sitzt im Wohnzimmer. Kommt mit!«
Sie ging ihnen voraus, den dunklen Flur entlang in ein schäbiges Wohnzimmer. Am Fenster stand ein altes Sofa mit durchgesessenem Polster und etlichen Flecken. Darauf saß ein älterer Mann mit Halbglatze, Schweinenase und unförmigem Schwabbelbauch. Vor ihm stand ein schmutziger, zerkratzter und vollgemüllter Tisch.
Henrik würgte den Ekel hinunter, der langsam seine Speiseröhre emporkroch und ihm mitzuteilen versuchte, dass er hier schleunigst das Weite suchen sollte.
Wollte er wirklich vorgeben, dass DAS seine Eltern waren? War es das wert, nur um endlich eine Frau zu finden, die es ernst mit ihm meinte? Vielleicht sollte er lieber vorgeben, tote Eltern zu haben! Alles war besser, als diese zwei Gestalten hier!
Zweifelnd blickte Henrik sich um. Als er Anstalten machte, das Zimmer wieder zu verlassen, drückte Ophelia ihn auf einen zerbrechlich wirkenden Stuhl. »Setz dich, Bruderherz!«
»Du bist also der verwöhnte Fatzke, der so tun will, als ob WIR seine Eltern sind?«, fragte der Typ auf dem Sofa und zog lautstark die Nase hoch.
Henrik schluckte.
»Genau, das ist er«, antwortete Ophelia.
»Das ist Heinz«, erklärte Roswita und mühte sich ein Lächeln ab.
Heinz Erdmann hob eine Hand zum Gruß.
»Und wie viel Kohle wollen Sie nochmal springen lassen«, fragte Roswita leise.

»Der Deal gilt für maximal ein Jahr«, erklärte Ophelia.
»In der Zeit gibt es viertausend Euro pro Monat.«
»Unter der Hand, oder?«, fragte Heinz.
Ophelia hielt einen schriftlichen Vertrag in die Höhe. »Von mir aus. Aber ein Vertrag muss schon sein. Schließlich sollten alle Parteien sicher sein können, dass alles seine Ordnung hat und niemand einen Rückzieher macht.«
»Und wer kommt dann alles in unsere Wohnung?«, knurrte Heinz.
»Die eine oder andere Dame, um Sie als potentielle Schwiegereltern vorzustellen«, antwortete Ophelia wage. Heinz zog lautstark die Nase hoch und grunzte. »Aber keine Nutten, oder?«
»NEIN!«, rief Ophelia entsetzt.
»Roswita muss dann nicht jedes Mal so viel putzen wie jetzt, oder? So eine Rumrammelei nervt nämlich gewaltig.«
»Sie haben geputzt?«, fragte Henrik ungläubig nach.
Roswita nickte stolz. »Und aufgeräumt.«
»Genau. Und wenn meine Süße noch mehr aufräumen muss, dann hat sie keine Zeit mehr für mich und vielleicht brechen ihr sogar noch die teuren Fingernägel ab. Das kostet dann Aufschlag«, platzte Heinz heraus.
Ophelia beäugte ihn durch zwei Schlitze. »Ich denke, bei einer Gage von viertausend Euro pro Monat, die Sie unversteuert und ohne Meldung ans Arbeitsamt von uns bekommen, sind auch neue Fingernägel drin. Meinen Sie nicht auch?«
Es war mucksmäuschenstill im Raum.
Roswita schluckte und Heinz winkte schließlich ab. »Ja, ja. Aber Sie melden sich an, bevor Sie kommen!«
»Natürlich. Und Sie gehen ans Telefon, wenn mein Bruder anruft, um sich anzukündigen«, konterte Ophelia.
»Wenn ich Lust habe…« Heinz grinste schmierig.

»Sie haben Lust. Sonst habe ich vielleicht keine Lust, das Geld zu überweisen«, sagte Ophelia verärgert.
Roswita hob eine Hand. »Bloß keine Überweisung, Fräulein! Bringen Sie das Geld lieber bar mit. In einem Umschlag. So wie im Fernsehen.«
Ophelia seufzte. »In Ordnung.« Sie legte den Vertrag auf den Tisch und zückte einen Kugelschreiber.
Neugierig musterte Roswita den Stift. »Ist das echtes Gold?«
»Ja.«
»Können wir den behalten?« In heller Aufregung entglitt ihr ein gieriges Grinsen.
Ophelia schüttelte bedauernd den Kopf. »Tut mir leid, aber der ist von meiner Großmutter. Wenn Sie Ihre Sache gut machen, schenke ich Ihnen einen anderen goldenen Stift, sobald die Vertragslaufzeit abgelaufen ist.«
»Also in einem Jahr?«, fragte Roswita fast schon enttäuscht.
Ophelia nickte erneut. »Ja. Als kleines Extra. Vielleicht ein Anreiz, Ihre Sache gut zu machen.«
»Und wenn Sie Glück haben, tauche ich nur ein oder zweimal hier auf«, sagte Henrik leise.
Roswita leckte sich über die Lippen. »Das ist echt ein cooler Deal! Geben Sie schon den Stift her! Ich unterschreibe.«
Eilig kritzelte sie ihre Unterschrift unter den Vertrag, ohne ihn durchgelesen zu haben. Dann stupste sie Heinz an. »Na, los, Heinzi, unterschreib! Das ist besser als ein Lottogewinn.«
Grummelnd nahm Heinz Erdmann den Schreiber und setzte seinen Namen unter den Vertrag.
Erleichtert, dass das Gespräch beendet war, schnappte sich Ophelia das Blatt Papier und verabschiedete sich.
Draußen im Flur atmeten beide Geschwister erst einmal tief durch.

»Bist du sicher, dass du das willst, Henrik? Alles, um eine Frau zu finden, die ›*normal*‹ ist?« Zweifelnd blickte Ophelia ihren ein Jahr älteren Bruder an.
Dieser nickte. »Ja. Ich ziehe das jetzt durch.«
»Und wenn du keine Frau findest und du dich umsonst abrackerst? Dann werfen wir die Kohle für nichts aus dem Fenster!«
»Das nennt man dann Lehrgeld, Schwesterherz! Komm, lass uns hier verschwinden! Das Hochhaus drückt sich auf mein sonniges Gemüt.«
»Mit Vergnügen.«

Date mit Hindernissen

Skeptisch musterte Kathalea das Hochhaus und überprüfte zum zehnten Mal die Adresse auf dem Zettel, den Henrik ihr Anfang der Woche in die Hand gedrückt hatte.
Vor ihr stand ein Haus, in dem geschätzte eintausend Familien wohnten. Um sie herum war das reinste Beton-Ghetto. Nicht ein grünes Pflänzchen war zu sehen. Und in dieser Betonecke spielten mehrere Kinder Ball.
Wenn sie nicht aufpasste, würde es sie auch in so eine Gegend verschlagen. Und hier wollte sie nie, NIEMALS landen!
Seufzend ging Kathalea auf die Haustür zu und versuchte, bei den endlos vielen Klingeln Henriks Namen zu entdecken.
Plötzlich ging die Tür auf. »Wen suchen Sie denn, junge Frau?«
»Herrn Erdmann«, antwortete Kathalea.
Der ältere Herr musterte sie. »Der Heinz wohnt im zehnten Stock.«
Heinz?
Kathalea stutzte.
Da der ältere Mann ungeduldig wurde beim Türaufhalten, schlüpfte Kathalea kurzerhand ins Treppenhaus. »Dankeschön!«
Sie schaltete das Licht an und ging zum Fahrstuhl.
»Der ist kaputt, junge Frau«, rief der ältere Herr.
Kathalea verdrehte die Augen.
Auch das noch!
Zehn Stockwerke zu Fuß!
Leise vor sich hinschimpfend, stieg sie die Stufen hoch. Nach einer gefühlten Ewigkeit erreichte sie endlich den

Himmel und suchte an den Türen nach einem Namensschild. Doch entweder hatten die Bewohner gar kein Klingelschild oder es lautete nicht ›*Erdmann*‹.
Nachdem sie den gesamten Flur abgesucht hatte, ging sie am Ende des Ganges zum Fenster und blickte auf die Stadt hinunter. Es war, weiß Gott, kein schöner Stadtteil, in dem mehrere Hochhäuser nebeneinander standen.
Irgendwie hatte sie das Gefühl, in ihrem trostlosen Leben nun auch in einem trostlosen Wohnort angekommen zu sein, der einen Mann beherbergte, den sie zwar total süß fand, aber der noch ärmer als arm zu sein schien - und sogar noch ärmer als sie!
Es war wirklich zum Haare raufen!
Warum nur hatte sie so ein Pech mit den Männern - und mit dem Geldfluss? Dabei hieß es doch immer, das Geld würde im Universum im Überfluss herumschwimmen. Nur komisch, dass sie noch nie darin baden durfte!
Es wurde Zeit, dass sie sich einen geldfesten Badeanzug besorgte, und zwar schnell.
»Suchen Sie wen?«, ertönte eine weibliche Stimme hinter ihr.
Kathalea drehte sich um.
Vor ihr stand eine dürre Gestalt, die wohl in einem anderen Leben mal eine Frau hatte werden sollen. Nun steckte sie in viel zu abgewetzten Klamotten und hatte einen Haarschnitt, der nicht nach Frisör aussah.
»Ich suche Henrik Erdmann.«
Erstaunt öffnete die Frau den Mund. »Oh! Hm. So, so.«
»Kennen Sie ihn?«
»Ja.« Die Frau nickte. Dann winkte sie sie mit. »Kommen Sie! Ich bringe Sie hin.«
Sie gingen den langen Flur hinunter und hielten an einer Tür ohne Namensschild. Die Frau zückte einen Schlüssel und schloss die Tür auf.

Misstrauisch beäugte Kathalea erst die Frau, dann die Wohnung, die sich von ihnen auftat.
War das jetzt die Hexe von Hänsel und Gretl, die sie erst mästen und dann im Ofen backen würde? Waren selbst die Märchenhexen jetzt schon verarmt, dass sie sich kein Holzhäuschen mehr leisten konnten?
Sie konnte doch nicht mit dieser fremden Frau in eine fremde Wohnung gehen, nicht wissend, was sich dahinter verbarg!
Kathaleas Alarmglocken sprangen an. »Könnten Sie Henrik bitte ausrichten, dass ich da bin!«
Die Frau schaute sich um. Sie schniefte laut, dann lachte sie leise auf. »Die feine Dame hat wohl Angst, dass sie sich schmutzig macht, wenn sie in meine Wohnung kommt, was?«
»Nein, die Dame hat Angst, in eine fremde Wohnung zu gehen. Was ist, wenn es da drinnen keinen Henrik gibt und Sie mich einfach nur beseitigen wollen?«, konterte Kathalea.
Die Frau stutzte. Dann lächelte sie plötzlich freundlich. »Sie haben Recht! Es ist falsch, in fremde Wohnungen zu gehen, vor allem, wenn sie in Vierteln sind wie in diesem hier. Warten Sie, ich hole meinen Sohn!«
Kathalea verschränkte die Arme vor der Brust und wartete geduldig, bis sich Henrik blicken ließ.
»Hallo, da bist du ja schon!«, begrüßte er sie.
War es ihm überhaupt nicht peinlich, sie in diese namenlose Höhle zu locken? Wäre es nicht sinnvoller gewesen, sich gleich in einer Kneipe zu treffen?
War es für ein Date nicht viel ratsamer, sich von seiner besten Seite zu zeigen und nicht gleich das Elend zu präsentieren? Eins musste man ihm lassen: Henrik hatte ECHT Mut!
Er schien ihre Gedanken erraten zu haben. »Komm bitte noch kurz herein! Ich spiele am Freitagnachmittag immer

mit meinen Eltern Skat. Ich muss nur eben das Spiel beenden, sonst schmollt mein Vater drei Wochen lang mit mir und meine Mutter kocht mir kein Essen mehr.«
Kathalea verzog das Gesicht. »Du lässt dich von deiner Mutter bekochen?«
»Ja, du etwa nicht?«
Kathalea schüttelte den Kopf. »Meine Eltern sind beide tot. Ich war ein Wunschkind, aber meine Eltern waren schon sehr alt, als ich geboren wurde. Sie kamen vor zwei Jahren bei einem Autounfall ums Leben. Mit fast achtzig sollte wohl niemand mehr Auto fahren.«
»Oh, das tut mir leid! Hast du Geschwister?«
Kathalea betrat die Wohnung und zögerte, ob sie wirklich die Schuhe ausziehen sollte.
»Lass die Schuhe an«, sagte Henrik leise.
»Nein. Ich habe keine Geschwister, keine Onkel oder Tanten, keine Cousins. Ich bin quasi allein auf weiter Flur.«
»Das klingt aber einsam.«
»Ja«, seufzte Kathalea, »manchmal ist es das.«
Sie betraten das Wohnzimmer.
Ein dicker Mann mit Halbglatze hob grummelnd eine Hand. »Setz dich! Und stör' das Spiel nicht!«
»Hallo, ich bin Kathi!«
»Das ist mir herzlich egal, Kleine!«
»Heinz! Sei nett zu unserem Besuch! Das ist eine Freundin von unserem Sohn.« Die dürre Frau von eben betonte das Wort ›Sohn‹ äußerst merkwürdig, dachte Kathalea. Sie kam gerade aus der Küche und bot ihr einen Kaffee an.
Kathalea lehnte dankend ab.
Die Frau streichelte Henrik über den Haarschopf.
Dieser zuckte kaum merklich zusammen.
»Ja, ja«, brummte der Mann. »Ständig bringt der Bub neue Frauen mit. Das geht hier ja schlimmer zu als im Taubenschlag.«

»Das stimmt überhaupt nicht, Heinz«, blaffte die Frau ihren Mann an. »Die letzte Freundin, die Henrik mitgebracht hat, war vor einem Jahr hier. Das wäre ja ein armseliger Taubenschlag. Sieh dir mal den Thomas an von den Schmitzes nebenan! Der hat JEDE WOCHE eine neues Mädel am Start.«
Heinz blickte auf. »Jede Woche? Der spinnt wohl.« Er wandte sich an Henrik. »Lass dir nicht einfallen, jede Woche eine andere Trulla hier anzuschleppen! Dann lernst du mich kennen, mein Freund. Ein Erdmann hat etwas mehr Ausdauer. Sieh dir deine Mutter und mich an! Wir sind schon seit dreißig Jahren ein Team.«
»Ja, Papa, ich weiß«, würgte Henrik hervor.
Fast ein wenig amüsiert beobachtete Kathalea die Szene.
Nach einer Viertelstunde, in der sie ausreichend Zeit hatte, um sich verstohlen in der Wohnung umzusehen, war das Spiel endlich beendet. Henrik erhob sich und verabschiedete sich von seinen Eltern.
Erleichtert atmete Kathalea auf, als sie draußen auf der Straße standen und auf die Kneipe zusteuerten.

***

»Hallo Oma!« Henrik beugte sich hinab und drückte seiner Großmutter einen Kuss auf die Wange. Dann begrüßte er Ophelia.
»Nun halte dich nicht lange mit Begrüßungsfloskeln auf, Henrik Amandus, erzähl!«, drängte Oma Lisbeth ungeduldig.
Henrik bestellte sich einen Kaffee und setzte sich an den Tisch des kleinen Cafés.
»Wie ist dein Date gelaufen mit dieser kleinen…wie hieß sie noch gleich?«
»Kathi. Kathalea Pfennigbaum«, präzisierte Henrik. Er seufzte tief. »Wenn sie nach diesem Abend nicht mehr mit

mir ausgehen will, würde ich ihr das nicht einmal übel nehmen. Meine ›*Ersatzeltern*‹ sind schrecklich und alles andere als vorzeigewürdig. Ich habe so getan, als wenn ich jeden Freitagnachmittag mit Heinz Skat spielen müsste. Es war einfach nur peinlich.«

»Sie besitzen nicht einmal ein Namensschild in ihrer schäbigen Wohnung im zehnten Stock«, klärte Ophelia ihre Großmutter auf.

Oma Lisbeth zog die Augenbrauen hoch. »Du hast dir wirklich ›*Ersatzeltern*‹ gesucht? Wozu?«

»Um glaubwürdiger zu wirken, Oma! Wenn ich Kathi meine ECHTEN Eltern vorstelle, riecht sie doch gleich den Braten und weiß, dass ich Geld habe«, antwortete Henrik und nahm seinen Kaffee dankend entgegen.

Oma Lisbeth schüttelte den Kopf. »Ach Henrik, was hast du nur wieder für Flausen im Kopf? Ich habe ja schon oft gehört, dass sich Leute wegen ihrer Familien schämen, aber das betrifft schräge oder arme Familien. Vincent und Cecile sind weder schräg noch arm. Sie sind absolut gesellschaftsfähig.«

»Das weiß ich doch, Oma«, lenkte Henrik ein, »aber wenn ich vorgebe, ein armer Arbeiter zu sein, kann ich keine Eltern vorzeigen, die vor lauter Geld gar nicht wissen, wie sie es ausgeben sollen.«

»Und wie ist das Date an sich gelaufen?«, hakte Ophelia ungeduldig nach. »Ihr habt doch wohl nicht den ganzen Abend in deren Wohnung verbracht, oder?«

»Nein. Wir sind in eine benachbarte Kneipe gegangen. Wobei ich darauf geachtet habe, dass das eine In-Kneipe ist, in der sich vor allem junge Leute zum Klönschnack treffen«, sagte Henrik. Erschöpft fuhr er sich durch die Haare.

»Und du willst dieses Schmierentheater wirklich ein Jahr lang durchhalten?« Oma Lisbeth blickte ihren Enkelsohn skeptisch an. »Was ist, wenn ihr euch ernsthaft ineinander verliebt? Du willst doch nicht behaupten, dass ein Netz aus Lügen eine solide Basis für eine dauerhafte Beziehung ist?«

»Nein, Oma. Das behaupte ich ja gar nicht.«

»Ich finde es nicht in Ordnung, dass du Kathi so ein Theater vorspielst. Du suchst eine Frau fürs Leben und willst dabei so tun, als ob du ein armer Schlucker bist, nur um dir sicher zu sein, dass sie dich und nicht dein Geld liebt. Das kann auf Dauer nicht gut gehen«, sagte seine Großmutter.

»Du hast es erfasst. Oma. Ich bin es einfach leid, dass mir die Frauen hinterherschwänzeln, weil sie mein Bankkonto lieben«, erklärte Henrik. »Ich muss das jetzt durchziehen.«

»Nun, wenn Kathi mit dir ausgeht, obwohl du bei der Müllabfuhr bist, dann kannst du dir doch bereits sicher sein, dass sie auch DICH will und nicht dein Geld«, beharrte Oma Lisbeth. »Ich würde an deiner Stelle schnell die Karten auf den Tisch legen. Was ist, wenn sie deine zweite Hälfte ist, der Teil deines Kugelmensch-Daseins, den die Götter dir einst entrissen haben? Dann verprellst du sie vermutlich durch deine Lügen.«

Henrik blickte seine Großmutter lange an. »Okay, dann kläre ich sie eben auf. Bei der nächstbesten Gelegenheit.«

»Hast du sie wenigstens eingeladen und auch wie ein Gentleman nach Hause gebracht?«, bohrte seine Großmutter weiter.

Henrik verzog schmerzhaft das Gesicht. »Alles, was ich noch im Portemonnaie hatte, waren fünf Euro. Ich konnte gerade mal meine Cola bezahlen. Ich musste sie sogar danach alleine mit der Bahn nach Hause fahren lassen. Es war wie verhext. Total blamabel!«

»Henrik Amandus! Schämst du dich denn gar nicht? Also, manchmal frage ich mich, ob sie dich bei der Geburt vertauscht haben. Wenn man ein Date hat, checkt man doch

VORHER alle Eventualitäten ab«, empörte sich seine Großmutter. »Machst du das bei wichtigen Geschäftstreffen auch? Prüfst du da auch erst deine Unterlagen, wenn du vor versammelter Mannschaft stehst? Dann frage ich mich, wie du es so weit gebracht hast, mein Junge.« Oma Lisbeth schüttelte den Kopf. »Lade das arme Mädchen nächste Woche mit auf die Rennbahn ein, Schatz! Und dann bezahlst du nicht nur das Essen und die Getränke, sondern bringst sie auch, wie es sich gehört, anschließend nach Hause.«
»Geht klar, Oma! Aber ich bin mir noch nicht sicher, ob ich sie noch einmal ausführen will. Schließlich will sie eigentlich einen Millionär angeln.«
»Nun hab dich nicht so! Du klingst wie eine beleidigte Leberwurst, dabei kann Kathi gar nichts für deinen verletzten Stolz«, empörte sich Oma Lisbeth.
»Was sagt denn dein Herz, Bruderherz? Dein Verstand sagt ›nein‹, weil sie einen reichen Macker haben will, aber was sagt dein Gefühl?«, fragte Ophelia und schlürfte ihren Kakao durch einen Strohhalm. »Mann, diese Algen-Strohhalme sind total cool. Mal sehen, ob die auch schmecken.« Sie fing an, darauf zu kauen.
»Mein Verstand sagt eindeutig ›nein‹. Schließlich hatte ich genug Frauen, die nur auf mein Geld aus waren. Aber mein Herz spricht leider eine andere Sprache«, stöhnte Henrik. »Ich finde sie toll, auch wenn ich das nur ungerne zugebe. Sie ist hübsch, intelligent, lustig und hat das Herz auf dem rechten Fleck. Ich fühle mich wahnsinnig wohl mit ihr und beim Küssen zieht es mir regelrecht die Schuhe aus.«
»Dann schenke ihr reinen Wein ein, Henrik, und mach ihr den Hof wie ein Gentleman«, sagte nun auch Ophelia.
Henrik orderte sich ein Stück Kuchen. »Vielleicht will SIE mich auch nicht wiedersehen! Nach dem Abend würde ich es ihr nicht einmal verübeln.«

***

Seufzend plumpste Kathalea auf das Sofa und streckte alle Viere von sich.
»So k.o. von dem bisschen Arbeit?«, warf Rolf ein. Kritisch musterte er die Freundin seiner Frau.
Kathalea schloss die Augen. »Weckt mich bitte auf, wenn ich mein besseres Leben erreicht habe.«
»Was soll das denn nun wieder heißen? Ich dachte, es hat geklappt mit dem neuen Job!«, sagte Stine. Sie holte den Tee aus der Küche und tischte etwas Kuchen auf.
Gemeinsam mit Rolf setzte sich sie auf das zweite Sofa.
»Ja. Seit Montag arbeite ich bei ›V3‹.«
»›V3‹? Was soll das denn bitte heißen?«, fragte Rolf unwirsch. »›Verlierer hoch drei‹?«
Kathalea blinzelte. »Nein, ›voll bescheuert hoch drei‹.«
Stine lachte leise und schenkte ihrer Freundin Tee ein. »Süße, erzähl! Was ist das für ein Job und wie viel bleibt dir am Ende des Monats?«
Kathalea setzte sich aufrecht hin und nahm ihren Tee entgegen. »Ich bin eine einfache, schnöde Handelsvertreterin und laufe von Haustür zu Haustür wie ein Staubsaugervertreter in den Fünfziger Jahren, um Werbekunden zu akquirieren. Und am Ende des Monats kommt laut *Google* Gehaltsrechner ein Betrag von etwa tausend Euro auf mein Konto. Je nachdem, ob ich Kunden an Land ziehe, vielleicht auch etwas mehr. Dafür habe ich studiert. Unfassbar, oder?«
»Heiliger Bimbam, dafür würde ich nicht einmal meinen Zündschlüssel umdrehen«, trotzelte Rolf.
Stine schlug ihm gegen den Oberarm. »Rolf, du bist unmöglich! Es kann ja nicht jeder so einen sicheren, gut bezahlten Beamtenjob ergattern. Stell dir nur vor, wir wären alle Lehrer! Dann würdest du vermutlich weniger verdienen als Kathi.«

»Mann, seid ihr empfindlich. Das war nur ein WITZ!«, murrte Rolf.
»Schlechter Witz«, sagte Kathalea und nahm sich etwas Kuchen.
»Dann hat es also mit dem Posten als Sachbearbeiterin oder Abteilungsleiterin nicht geklappt?«, hakte Stine nach.
»Nee. Mann, ich studiere NIE wieder. Man hat hinterher nur einen megagroßen Haufen BAföG-Schulden an der Backe und findet eh keinen Job. Das Leben ist manchmal richtig beschissen«, beschwerte sich Kathalea. »Ich bin so, so müde, immer für alles kämpfen zu müssen und doch unterm Strich nix gewonnen zu haben.« Verzweifelt biss sie in den Schokoladenkuchen. »Wahnsinn, der Kuchen ist göttlich, Stine!«
»Ich dachte mir schon, dass du Seelenfutter brauchst. Darum ist echte Schokolade drin. Habe ich extra im Wasserbad geschmolzen. Wie war dein Date?«
»Du hattest ein Date?«, fragte Rolf überrascht und angelte bereits das zweite Kuchenstück. »Erzähl!«
»Ja. Mit Henrik.«
»Wer ist das nun schon wieder?«, hakte Rolf neugierig nach.
»Der Müllmann vom Schiff«, kam Stine ihrer Freundin mit einer Erklärung zuvor.
Rolf runzelte die Stirn. »Du verabredest dich mit einem Müllmann? Was ist mit deinen guten Vorsätzen, dir einen reichen Millionär zu angeln?«
»Gibt es auch arme Millionäre?«, feixte Kathalea.
»Erwischt!«, sagte Rolf und schnitt eine Grimasse.
»Aus euren Mündern klingt das so, als wenn ich mein weniges Geld mal wieder für einen Gigolo ausgeben würde«, schnaufte Kathalea empört.
Rolf schüttelte den Kopf. »Ist er wenigstens verbeamtet?«

»Nein. Er hat erst vor kurzem bei der Stadtreinigung angefangen. Er ist noch in der Probezeit.«
»Schieß ihn ab, solange du noch kannst! Ehrlich, Kathi, was kommt als nächstes? Verabredest du dich dann mit einem Vampir, der rote Tinte herstellt? Oder gar einem Zombie, der als Fleischer arbeitet? Bald hast du das Feld der Loser komplett abgegrast.«
»Das ist NICHT witzig, Rolf«, knurrte Kathalea.
»Also wirklich, Schatz, ETWAS mehr Respekt bitte!«, stimmte Stine ihr zu und schnalzte verächtlich mit der Zunge. »Nur, weil jemand den Dreck anderer wegmacht, muss er doch kein schlechter Mensch sein.«
»Das meinte ich auch gar nicht. Ich dachte nur, Kathi wollte sich einen Millionär angeln. Einer, der seine Rechnungen zur Abwechslung mal alleine bezahlen kann«, verteidigte sich Rolf.
Kathalea stöhnte. »Ich habe ihn gestern bei seinen Eltern abgeholt. Ihr glaubt nicht, in was für einer Bruchbude die beiden leben.«
»Wo wohnen sie denn?«, fragte Stine.
»In Altona.«
»Der Stadtteil ist mittlerweile total in«, sagte Rolf. »Eine Kollegin ist gerade dorthin gezogen und zahlt über tausend Euro Miete für eine Drei-Zimmer-Wohnung.«
»Das Hochhaus seiner Eltern war trotzdem schrecklich. Die haben im zehnten Stock gewohnt und das war noch nicht einmal ganz oben. Der Fahrstuhl war kaputt und so musste ich hochlaufen. Dann habe ich stundenlang nach der richtigen Tür gesucht, bis ich Henriks Mutter getroffen habe«, berichtete Kathalea und nippte an ihrem Tee.
»Gab es keine Klingelschilder?«, fragte Stine verwundert.
»Datenschutz«, witzelte Rolf. »Demnächst gibt es nur noch Nummern an den Türen und am Klingelbrett.«

»Und wie waren seine Eltern so? Waren sie nett? Haben sie dich herzlich willkommen geheißen?«, bohrte Stine weiter und ignorierte die Bemerkung ihres Mannes.
Kathalea grunzte. »Nee. Der Vater wollte in Ruhe sein Skatspiel beenden. Ich musste mich mucksmäuschenstill in eine Ecke setzen und brav warten, bis die Herren ihr Spiel beendet hatten. Die Wohnung sah dermaßen heruntergekommen aus, dass ich mich an Henriks Stelle geschämt hätte, mein erstes Date dorthin zu verlegen.«
»Echt? Dann wollte er dich prüfen«, platzte Rolf heraus.
Stine und Kathalea guckten ihn fragend an.
»Wie meinst du das denn?«, fragte Stine schließlich.
»Nun, wenn die Wohnung so heruntergekommen war und seine Eltern nicht wirklich vorzeigewürdig, dann würde kein Mann der Welt diese Schmach auf sich nehmen und seine Auserwählte noch vor dem ersten Date in die *Rocky Horror Picture Show* einladen«, führte Rolf aus. »Jeder versucht doch, sich von seiner besten Seite zu präsentieren, Mädels. Das, was du erzählst, Kathi, klingt aber nicht gerade nobelpreisverdächtig.« Rolf holte tief Luft. »Also gehe ich davon aus, dass er prüfen wollte, ob du ihn wirklich magst. So, wie er ist. Und so, wie sein Familienbackground ist.«
»Familienbackground?«, hakte Kathalea nach.
»Herkunft, Kathi.«
Stine streichelte lächelnd Rolfs Arm. »Ich denke, du hast den Nagel mal wieder auf den Kopf getroffen. Für mich hört sich das auch so an, als wenn dich Henrik auf die Probe stellen wollte. Wer weiß, was er für schlechte Erfahrungen gemacht hat.«
»Ich bin eben ein Mann. Und ein Lehrer. Kombinieren liegt mir im Blut, Watson!«, feixte Rolf. Er riss Stine in seine Arme und gab ihr einen Kuss.
»Apropos, Kuss! Habt ihr euch geküsst?«, fragte Stine neugierig.

»Wir waren zuerst in einer kleinen Kneipe, haben etwas getrunken und dann hat er sich mit einem höchst leidenschaftlichen Kuss verabschiedet, bevor ich alleine in die Bahn gestiegen bin, um nach Hause zu fahren«, berichtete Kathalea.
»Er hat dich NICHT nach Hause gebracht?«, fragte Rolf ungläubig. Als Kathalea mit dem Kopf schüttelte, winkte Rolf ab. »Dann schieß ihn ab, BEVOR du dich verliebst. So eine Nullnummer! Es ist ja eine Sache, arm zu sein, aber Manieren kosten kein Geld.«
»Ich finde, Rolf hat Recht, Kathi! Verschenk dein Herz nicht an einen Typen, der dich nicht einmal nach Hause bringt. Hamburg ist zwar nicht unbedingt ein unsicheres Pflaster, aber Kriminalität gibt es trotzdem«, pflichtete Stine ihrem Mann bei.
»Hat er dich wenigstens zur Cola eingeladen?«, hakte Rolf nach.
Stöhnend sackte Kathalea ins Sofakissen. »Nein! Er hatte gerade mal fünf Euro im Portemonnaie. Ein Geldautomat war weit und breit nicht in der Nähe. Und von mir wollte er auch kein Geld nehmen.«
»Das wäre ja auch noch schöner«, lachte Rolf höhnisch.
»Wir haben jeder das Getränk selbst bezahlt«, erzählte Kathalea weiter. »Und um mich nach Hause zu bringen, hätten wir entweder drei Stunden Fußmarsch in Kauf nehmen müssen oder er wäre schwarz mit der Bahn gefahren. Er hätte ja nicht einmal einen Fahrschein bezahlen können.« Sie nahm ein Kissen und drückte es sich aufs Gesicht. »Warum nur habe ich so ein Pech mit den Männern? Und warum muss mir das Universum ausgerechnet solche Verlierer servieren, die auch noch mein Herz höher schlagen lassen? Könnte nicht mal jemand mit einem Silbertablett daherkommen und mir einen ordentlichen Job und einen ordentlichen Mann liefern? Was habe ich nur getan? Ich habe weder Eltern, noch Geschwister oder

sonst irgendeine Familie. Ich bin mutterseelenallein und trotzdem schenkt mir das Universum mehr schlechte als gute Erfahrungen, während sich andere im Glück suhlen. Schaut euch nur die ganzen reichen Hollywood-Schauspieler an! Die sind schön, reich UND erfolgreich, beruflich wie privat. Oh Gott, ich bin eine Nullnummer!«
»Nun ja, ich würde nicht unbedingt Hollywood-Schauspieler auf die Liste setzen«, warf Rolf ein, »außerdem sind das auch nur ein paar Leute. Schau dir mal die anderen armen Tröpfe in unserem Land an! Noch nie war die Armutsquote so hoch wie momentan, obwohl die Arbeitslosigkeit sinkt. Rein rechnerisch sind 12,9 Millionen Menschen hierzulande arm.«
»Wer gilt denn als arm?«, hakte Stine nach.
»Jemand ist arm, wenn er weniger als sechzig Prozent des mittleren Einkommens hat. Wer als Single also etwa neunhundert Euro verdient, ist arm«, erklärte Rolf.
Kathalea runzelte die Stirn. »Mann, dann bin ich ja ab meinem nächsten Gehaltseingang tatsächlich nicht mehr extrem arm, sondern nur noch ein bisschen arm. Super! Ich bekomme nämlich ein Nettogehalt von knapp eintausend Euro.«
»Du hättest doch zwischendurch Arbeitslosengeld beziehen können«, warf Stine ihrer Freundin vor.
Kathalea schüttelte den Kopf. »Nein, nein. Dann hätte ich wieder alles erklären und dazu noch fünf Millionen Bewerbungen ins Leere schicken müssen. Nein, danke! Ich habe mich auch so irgendwie über Wasser gehalten.«
»Und unseren Kuchen aufgegessen«, knurrte Rolf.
Stine stupste ihn an. »Rolf! Kathi ist alle zwei Wochen bei uns. Wenn sie mal mitisst, fällst du nicht gleich vom Fleisch.«
»Ich weiß. War auch nicht ernst gemeint. So, Mädels, ich muss an den Schreibtisch.« Rolf erhob sich.

»Ich dachte, du bist Lehrer«, sagte Kathalea überrascht. »Hast du da nicht längst Feierabend?«
»Ich muss Arbeiten korrigieren. Lehrer können auch nicht um Punkt vierzehn Uhr den Stift fallen lassen«, erwiderte Rolf und verließ winkend das Wohnzimmer.

Blasierter Affe

»Hallo Ophelia! Du sagtest, es sei dringend. Was gibt es denn? Ist das etwa eine Party?« Vorsichtig lächelnd blieb Kathalea vor Ophelia stehen und schaute sich um. Sie fühlte sich auf diesem riesigen Anwesen mit dem herrschaftlichen Herrenhaus ein wenig deplatziert. Noch dazu, wo Hunderte von fein gekleideten Menschen über den Rasen wandelten.
Ophelia zog sie beiseite, damit die anderen Gäste passieren konnten. »Komm mit in den Garten! Ich will dir meinen Cousin vorstellen. Du wolltest doch unbedingt einen reichen Mann kennenlernen, oder?«
»Ja, klar.« Kathalea hechelte ihr hinterher und blickte sich dabei ehrfürchtig um. »Wohnst du etwa hier?«
Das Haus hatte drei Stockwerke und mindestens zwanzig Fenster an der Vorderseite. Es sah eher aus wie ein Schloss oder der Landsitz eines Prinzen.
»Ja. Gelegentlich. Ich habe aber noch eine Wohnung in Hamburg in der HafenCity. Ist mir unter der Woche manchmal zu weit, um von Hamburg nach Lüneburg zu düsen. Ich arbeite ja am Hafen«, erklärte Ophelia. Sie kamen an ein paar Butlern vorbei, die Silbertabletts mit Canapés reichten.
»Hat jemand Geburtstag?«, fragte Kathalea.
Ophelia winkte ab. »Nein, nein. Meine Großmutter feiert gerne und viel. Heute feiert sie die Frühlingsgöttin.«
Kathalea lachte leise. »Chantet sie dann etwa auch durch den Garten?«
Ophelia stimmte in das Lachen ein. »Manchmal. Ich denke, wenn die meisten Gäste ausreichend abgefüllt sind, kommt das Lagerfeuer und anschließend werden die

Trommler auftreten. Das ist meistens so ein Riesenspektakel, dass die Gäste gar nicht mitkriegen, dass meine Oma ihre spirituelle Seite damit ausleben will. Die denken dann, dass das zum Partyprogramm gehört.«
»Hört sich an, als wenn du eine ziemlich coole Oma hast!« Kathalea lächelte verträumt. Sie hätte auch zu gerne noch eine Großmutter gehabt. Aber ihre Eltern waren bereits bei ihrer Geburt steinalt gewesen. Ihre Großeltern kannte sie nur von Fotos.
»Edward!« Ophelia hob eine Hand zum Gruß.
Ein junger, schlanker Mann im Karoanzug mit dunkelroten Haaren und großen, blauen Augen drehte sich um. Als er Ophelia erkannte, lächelte er. Er umarmte sie, gab ihr links und rechts ein Küsschen und verbeugte sich schließlich vor Kathalea. »Es ist mir eine besondere Ehre, eine Freundin von Ophelia kennenzulernen. Darf ich mich vorstellen, Prinzessin? Ich bin Edward Cornelius von und zu Hagendorn.«
Kathaleas Augenbrauen wanderten immer höher.
Dieser Typ war ein Adliger?
Er war blasiert wie zehn aufgeplusterte Affen!
Gott, da war ihr der bodenständige Henrik doch lieber, auch wenn er arm war wie eine Kirchenmaus!
Ophelia beugte sich zu Kathalea hinunter. »Das ist mein Cousin dritten Grades. Er hat Kohle wie Heu. Und er ist noch zu haben.«
Unsicher blickte Kathalea Ophelia in die grünen Augen.
»Klingt toll«, sagte sie fast emotionslos.
»Darf ich nach Eurem werten Namen fragen?«, sülzte Edward weiter.
Kathalea musste wider Willen grinsen.
Der Typ machte Witze, oder?
Wie redete der denn?
»Ich heiße Kathi.«

»Kathi? Und weiter?« Mit hochgezogenen Augenbrauen starrte der Rothaarige sie an.
»Kathalea Pfennigbaum«, sagte Kathalea förmlich.
»Was für ein ausgezeichneter Name. Wenn du gestattest, werde ich dich mit ›*Kathalea*‹ ansprechen. So einen außergewöhnlichen Namen sollte man nicht durch einen Spitznamen verschandeln.« Edward schnappte sich ihre Hand und deutete einen Handkuss an.
Kathalea fühlte sich immer unwohler in ihrer Haut.
Vielleicht war sie doch nicht für den Adel und die Reichen geschaffen! Der Mann war künstlicher als ihre Plastikblumen zuhause.
Warum benahm der sich so affektiert?
»Wollen wir zum Buffet und uns etwas laben?«, fragte Edward und hielt ihr den Ellenbogen hin.
Kathalea musterte den Arm.
Vielleicht war er ein Zeitreisender und kam direkt aus dem Achtzehnten Jahrhundert? Sollte sie den Arm ergreifen wie eine edle Dame im Mittelalter oder ihn lieber ignorieren?
Unsicher legte sie ihre Hand auf den feinen Zwirn seines Anzugs. Edward tätschelte ihre Fingerspitzen und lächelte. »Prima, dann lass uns gehen!«
Sie schritten über den Rasen, wobei das Schreiten eher ein Dahingleiten war.
Kathalea kam sich total bescheuert und fehl am Platz vor.
»Oma!« Am Buffet winkte Ophelia einer älteren Dame mit silbergrauen Locken zu. Sie sah ihrer Enkeltochter extrem ähnlich, auch wenn sie längst nicht so lange Haare hatte.
Ophelia wandte sich an Kathalea. »Darf ich dir meine Großmutter vorstellen? Kathi, das ist meine Oma. Oma, das ist Kathi.«
Die ältere Dame streckte lächelnd die Hand aus. »Freut mich außerordentlich, dich kennenzulernen, Kathi.«

»Es freut mich auch, Frau Edmundus«, erwiderte Kathalea und deutete einen Knicks an.
»Ach nööö, nenn mich bitte ›*Oma Lisbeth*‹! ›*Frau Edmundus*‹ klingt in meinen alten Ohren wie ein Geigenbogen, der schief über die Saiten einer Geige gratscht. Und knicksen musst du auch nicht«, erwiderte Ophelias Großmutter.
»In Ordnung - Oma Lisbeth«, sagte Kathalea grinsend.
»Woher kommt dein außergewöhnlicher Name?«, fragte Ophelias Großmutter. Sie hakte Kathalea unter und führte sie von Edward weg.
»Meine Mutter war Spanierin.«
»War? Dann lebt sie nicht mehr?«
»Meine Eltern sind vor drei Jahren ums Leben gekommen. Sie waren schon etwas älter. Mein Vater war 77, meine Mutter 75. Sie hatten das Auto zu spät gesehen, welches im Gegenverkehr überholen wollte«, erzählte Kathalea.
Oma Lisbeth tätschelte ihren Arm. »Ach, Kindchen, das tut mir leid!«
»Danke!«
»Und nun bändelst du mit unserem Edward an?« Sie zwinkerte ihr zu.
»Anbändeln wäre zu viel gesagt. Ich habe ihn erst vor fünf Minuten kennengelernt«, versuchte Kathalea die Angelegenheit herunter zu spielen.
»Er ist eine ausgezeichnete Partie! Edward ist der Millionenerbe einer der größten Hotelketten Europas. Und ich habe das Gefühl, er hat ein Auge auf dich geworfen.« Oma Lisbeth zwinkerte ihr zu.
Skeptisch blickte Kathalea zu Edward, der ihr breit lächelnd zuwinkte.
»Siehst du, Kindchen! Ich kenne Edward. Wenn er sein Herz verschenkt hat, dann richtig. An seiner Seite bleiben keine Wünsche mehr offen. Er ist reicher als mein Groß-

vater - und der konnte bereits im Neunzehnten Jahrhundert in Eselsmilch baden.«
Nachdenklich betrachtete Kathalea den Hotelkettenerben. Er war interessant, aber alles andere als eine Schönheit. Seine rotbraunen Locken hätten bei einer Frau wunderschön ausgesehen, bei ihm waren sie die reinste Verschwendung. Er war ETWAS zu dünn und seine Bewegungen erinnerten eher an einen Schwulen. Da er aber ganz offenbar Geld wie Heu zu haben schien, war er exakt DER Mann, den sie gesucht hatte - oder vielmehr ihr Verstand, denn ihr Herz sprach eine andere Sprache.
Ihr Herz schlug nur bei Henriks Anblick höher, während es bei Edward absolut im Takt blieb. Sehnsüchtig dachte sie an ihren Müllmann und verbot sich gleichzeitig, in Erinnerungen an Henrik zu schwelgen.
DAS war nun genau DIE Gelegenheit, die sie im Universum bestellt hatte. Nun musste sie sie auch beim Schopfe packen.

***

»Ich fasse es nicht! Was ist das für ein Saustall hier?« Verärgert blickte sich Henrik um.
Sein Mitarbeiterteam ließ beschämt die Köpfe hängen.
»Ich dachte, ich bin ein toller Chef...«, rief er durch den Raum.
»Das sind Sie auch, Herr Edmundus«, warf seine Sekretärin, Frau Mendris, ein.
»Nein, das bin ich nicht«, widersprach Henrik. »Denn wenn ich es wäre«, er holte tief Luft, »müsste ich euch oder Ihnen heute keine Standpauke halten! Ein guter Chef ist deshalb so gut, weil er Mitarbeiter um sich schart, die den Laden auch am Laufen halten, wenn er nicht da ist. Aber das ist mir offensichtlich nicht gelungen.«

»Wir haben die Frist übersehen«, gestand Tim Johnas, ein junger Mann um die dreißig, zerknirscht.

»Genau«, warf sein Kollege ein, »wir haben vergessen, uns den Versteigerungstermin in den Fristenkalender einzutragen.«

»Und darum ist uns ein besonders leckerer Fisch durch die Lappen gegangen. Leute, Leute! So etwas darf nicht passieren! Ich habe doch gesagt, dass ich für ein paar Monate kürzer treten muss und täglich erst ab 13 Uhr in der Firma bin. Es kann nicht sein, dass hier alles den Bach runtergeht, nur weil ich seit einer Woche nicht im Büro war.« Henrik stöhnte theatralisch und krempelte sich schließlich die Ärmel hoch. »Okay, passiert. Blicken wir nach vorne! Herr Kunz, Sie machen sich auf die Suche nach Firmen, die kurz vor der Insolvenz sind! Frau Trichter, Sie suchen sämtliche Versteigerungstermine heraus! Dabei rede ich nicht nur von Immobilienversteigerungen, sondern auch von Insolvenzversteigerungen, Geschäftsauflösungen, Zoll-Auktionen. Die ganze Palette! Auf, auf! Wir haben einen super Deal verloren, noch einmal passiert uns das nicht.«

»Und wenn doch?«, murmelte einer der Mitarbeiter.

Henrik musterte den Mittfünfziger kritisch. »Möchten Sie mir etwas mitteilen, Herr Engelmann? Haben Sie keine Freude mehr an Ihrer Arbeit in meinem Unternehmen?«

»Doch, doch«, hob der Mann abwehrend beide Hände.

»Ich dachte, es würde Sie alle anspornen, dass es am Jahresende eine Gewinnausschüttung gibt. Und die wird dieses Jahr nicht gerade klein ausfallen«, sagte Henrik kopfschüttelnd. »Wenn ich allerdings feststelle, dass Sie nicht mit dem Herzen dabei sind und vollkommen unmotiviert dicke Fische vom Haken rutschen lassen, dann werde ich Sie feuern und das Team neu besetzen. Das gilt im Übrigen auch für Sie, Herr Engelmann. Sie wissen, ich bin ein fairer Arbeitgeber, aber ich lasse mich nicht verarschen.«

Die Mitarbeiter nickten geknickt.
Henrik klatschte in die Hände. »Gut. Dann freut es Sie sicherlich zu hören, dass Sie nächste Woche alle an zwei Tagen bei einem Motivationsseminar teilnehmen werden. Planen Sie bitte für Montag und Dienstag keine Termine ein!« Henrik erhob noch einmal die Stimme. »Und bis dahin will ich Ihr Bestes sehen!«
»Geht klar«, murmelten einige.
Henrik beließ es dabei und stürmte in sein Büro, um noch ein paar Dinge zu klären, bevor er nach Hause fuhr.

Mich tritt ein Elch!

Henrik blinzelte.
Einmal, zweimal.
Das konnte doch nicht wahr sein, oder doch?
War das nicht sein Date, welches - auch wenn er es nur ungerne zugab - sein Herz bereits erobert hatte?
Verständnislos blickte er dem Rolls Royce hinterher, in dem Edward, der schnöselige Knilch, und Kathi, die leider entzückende Millionärsjägerin, saßen.
Henrik kniff sich in den Arm und zuckte schmerzerfüllt zusammen, aber durch die getönten Scheiben sah er noch immer dasselbe Pärchen im Auto sitzen.
Seufzend machte er sich auf die Suche nach seiner Schwester.
Als er sie endlich gefunden hatte, zog er sie beiseite.
»Ophelia, ich glaube, mich hat eben ein Elch getreten! Wieso habe ich Kathi zusammen mit dem Oberschnösel Edward wegfahren sehen?«
Ophelia legte ihm eine Hand auf den Arm. »Du glaubst nicht, was heute passiert ist.« Sie machte eine künstlerische Atempause, dann platzte sie heraus. »Ich glaube, Kathi und Edward haben sich verliebt. Sie hat endlich ihren Millionär gefunden. Ist das nicht toll?«
Henrik musterte seine Schwester, als wenn sie nicht alle Tassen im Schrank hätte. »Hast du Fieber? Bist du krank? Was soll daran toll sein?«
»Nein, mir geht es super! Der Tag war richtig zauberhaft. Du hättest mal sehen sollen, wie intensiv sich die beiden unterhalten haben. Total magisch! Edward und Kathi sind DAS Traumpaar schlechthin. Und da du sie ja nicht haben willst, habe ich Edward natürlich auch nicht gebremst.«

»Na, ihr zwei, was heckt ihr schon wieder aus?« Oma Lisbeth war still und heimlich aufgetaucht und drückte Henrik einen fetten Schmatzer auf die Wange.
»Ich habe Henrik gerade erzählt, wie gut sich Edward und Kathi verstanden haben. Die zwei waren RICHTIG süß miteinander. Und wie ein echter Gentleman«, sie warf einen Seitenblick auf ihren Bruder, »begleitet Edward Kathi natürlich auch nach Hause.«
Stöhnend wandte sich Henrik ab. »Nun reite nicht ständig darauf herum, dass ich einen Fehler gemacht habe.«
»In der Geschäftswelt hätte dich dieser Fehler den Auftrag gekostet. JETZT wird er dich vielleicht deine Auserwählte kosten«, platzte Ophelia heraus.
»Kathi ist NICHT meine Auserwählte«, beharrte Henrik bockig. »Ich will sie gar nicht haben.«
»Ach nein, du bist ja gar nicht scharf auf Kathi, weil du Angst um dein Geld hast.« Ophelia schlug sich an die Stirn.
»Komisch, irgendwie habe ich das Gefühl gehabt, dass du ein Auge auf sie geworfen hast«, platzte Oma Lisbeth dazwischen.
Natürlich war Oma Lisbeth in Ophelias Plan eingeweiht worden, Edward und Kathalea nur zum Schein zu verkuppeln, um Henrik aus der Reserve zu locken.
»Nun ja, wenn du meinst, dass sich Kathi in Edward verliebt hat, Ophelia, dann wünsche ich ihr viel Glück. Der Typ ist kaum auszuhalten, so affektiert ist er. ICH möchte NICHT mit ihm zusammen sein müssen«, sagte Henrik schließlich.
»Noch sind die zwei ja nicht verheiratet«, mischte sich seine Oma Lisbeth ein. »Du hast immer noch Gelegenheit, sie auszuführen und von deiner wahren Identität zu erzählen.«
»Ja, Oma. Vielleicht lasse ich aber auch einfach die Finger davon. Die Sache ist mir zu heiß. Ich will keine Frau

mehr haben, die zu faul ist zum Arbeiten und darum einen reichen Typen sucht. Ich gehe schlafen. Viel Spaß noch!«
Er machte auf dem Absatz kehrt und hörte nicht mehr, wie Oma Lisbeth sich an Ophelia wandte. »Meinst du, wir haben es übertrieben? Vielleicht war es doch kein so guter Plan, Henrik auf diese Weise aus der Reserve zu locken.«
»Nein, nein«, winkte Ophelia ab, »ich kenne meinen Bruder. Er wird sehr eifersüchtig sein und sich ärgern, dass er nicht zugegriffen hat. Es wird ihn anspornen. Alles, was er nicht haben kann, ist für ihn interessant. Außerdem glaube ich, dass er sich ernsthaft in Kathi verliebt hat.«
»Hm«, sagte Oma Lisbeth nachdenklich. »Ich denke, Kathi ist auch so schon interessant für ihn, aber es kratzt an seinem Ehrgefühl, dass sie gesagt hat, sie lässt nur noch einen reichen Typen in ihr Bett.«
»An ihren Tisch, Oma«, verbesserte Ophelia ihre Großmutter. »Sie sagte, sie lässt nur noch einen Millionär an ihren Tisch.«
Oma Lisbeth winkte ab. »Papperlapapp! Kathi meinte hundertpro keinen Tisch, sondern ihr Bett.«

***

»Du wunderst dich, dass dich der Typ kalt lässt? Sieh ihn dir mal genauer an! Er hat nicht einmal den Bruchteil an Sexappeal, Ausstrahlung und Attraktivität von Henrik«, sagte Stine, als Kathalea ihr das Handy vor die Nase hielt, um ihr ein Foto von Edward zu zeigen.
Ungläubig schüttelte Stine den Kopf. »Süße, einen Mann sucht man doch nicht nach seinem Bankkonto aus! Man lässt sein Herz wählen!«
Kathalea warf grunzend den Kopf in den Nacken. »Aber mein Herz ist ein Idiot! Es hat bisher immer die falschen Typen ausgesucht. Darum höre ich nicht mehr auf mein Herz und lasse meinen Verstand entscheiden. Und der

sagt, ich soll Edward nehmen. Edward ist total scharf auf mich UND er hat Kohle. Ich wäre schlagartig alle meine Sorgen los.«
»Dein Herz ist männlich?«, warf Rolf ein.
Stine blickte ihn verärgert an.
Rolf hob eilig beide Hände, dann schnappte er sich seinen Kaffeebecher und verschwand in seinem Büro. »Bin schon weg! Viel Spaß, Mädels!«
»Danke!« Stine wandte sich wieder an Kathalea. »Kathi, ich weiß, du bist einsam und du wünscht dir nichts sehnlicher als einen zuverlässigen Mann, mit dem du dir ein Leben abseits des Existenzminimums aufbauen kannst. Aber das Leben ist bunt, nicht schwarzweiß. Du kannst doch nicht ernsthaft einen Mann nehmen wollen, der reich und affektiert ist und lässt dafür einen lustigen, charmanten Müllmann stehen.«
Kathalea schlug sich die Hände vors Gesicht. »Ich würde ja auch lieber den Müllmann nehmen, aber er ist bettelarm, Stine. Und er hat bestimmt nicht einmal etwas ordentliches gelernt…«
»DAS wage ich zu bezweifeln.« Rolfs Kopf tauchte in der Tür auf.
Stine warf eine Taschentuchpackung in seine Richtung. »Du sollst uns nicht belauschen! Geh und korrigiere deine Arbeiten!«
»Ich wollte auch nur sagen, dass man bei der Stadtreinigung auch durchaus eine Lehre machen kann«, warf Rolf ein. »Nur weil jemand den Müll anderer Leute beseitigt, ist er noch lange kein Dummkopf.«
»Danke für den Exkurs, Schatz! Und nun husch, husch zurück an deinen Schreibtisch!« Ungeduldig winkte Stine ihren Mann davon.
Grinsend winkte Rolf zurück und verschwand.
»Kathi«, Stine nahm die Hände ihrer Freundin, »dein Herz schlägt für Henrik, das sehe ich dir an der Nasen-

spitze an. Warum willst du dich mit der zweiten Wahl abgeben, für die dein Herz nicht einmal schlägt?«
»Edward hat Manieren UND Geld. VIEL Geld. Ich müsste mir nie wieder Sorgen machen, ob ich meinen Job verliere. Ich bräuchte mir nie wieder Gedanken darüber machen, ob ich dies oder jenes kaufen kann. Ich gehe einfach zur Kasse und bezahle mit meiner American Express Karte. Und bisher hat sich mein Herz IMMER geirrt.«
»Bist du wirklich so eiskalt geworden, dass du Amor ignorierst und stattdessen einen Pakt mit Luzifer schließt?«
»Ich bin nicht eiskalt«, empörte sich Kathalea. »Und halte Luzifer da raus! Der hat damit gar nichts zu tun. Du weißt ja gar nicht, was es heißt, Monat für Monat ständig auf den Kontostand linsen zu müssen, immer in der Panik, dass jemand per Lastschrift mehr abbucht, als drauf ist. Du weißt nicht, was es heißt, im Supermarkt an der Kasse zu stehen und von der Kassiererin hören zu müssen, dass die EC-Karte nicht funktioniert. Du hast einen Ehemann, der verbeamtet ist. Du lebst im finanziell abgesicherten Ehehafen, Stine!«
»Du standst im Supermarkt und konntest deine Waren nicht bezahlen?«, fragte Stine fassungslos.
Kathalea wischte sich die Tränen aus den Augenwinkeln und nickte schniefend.
Stine legte ihr eine Hand an die Wange. »Süße! Wenn so etwas noch einmal passiert, rufst du mich an! Ich lasse dann alles stehen und liegen und rette dich!«
Kathalea warf sich in Stines Arme. »Du bist SO eine gute Freundin! Du bist das Beste, was in meinem Leben vorkommt.«
Stine klopfte ihrer Freundin beruhigend auf den Rücken. »Süße, dafür sind Freunde doch da!«

›S‹ für Suche ein Weib

»So kannst du nicht gehen!« Entschieden zeigte Ophelia auf Kathaleas Kopf. »Du brauchst einen Hut!«
»Ich dachte, es ist ein Ammenmärchen, dass man beim Pferderennen einen Hut tragen muss«, erwiderte Kathalea erschrocken. »Ich besitze nicht einen einzigen Hut.«
»Darum bin ich ja da. Edward müsste gleich vorfahren. Bis dahin müssen wir dich auf Vordermann gebracht haben.« Ophelia hielt eine Hutschachtel in die Höhe.
Kathalea ließ sie in ihre kleine, nur spärlich möblierte Zwei-Zimmer-Wohnung eintreten. Sie besaß nicht einmal einen Fernseher - dafür aber den überteuerten iMac, den sie für den vorletzten Job hatte anschaffen müssen.
»Wie ich sehe, bist du sehr computeraffin!«, bemerkte Ophelia spöttisch grinsend.
Kathalea winkte ab. »Den brauche ich quasi für die Arbeit.«
»Ich wollte dich nur aufziehen. Deine Wohnung sieht nicht so aus, als wenn du sonderlich viel Geld hineingesteckt hättest. Aber in der Mitte prangt ein fetter, teurer Computer. Das macht wirklich einen sehr merkwürdigen Eindruck«, lachte Ophelia leise.
»Ich dachte ohnehin, ich führe Edward besser nicht in meine Wohnung. Der wird sie vermutlich nicht einmal betreten, weil das unter seiner Würde ist«, sagte Kathalea.
Ophelia winkte ab. »Ach was! Edward ist zwar ein klitzekleines bisschen versnobbt, aber er hat das Herz auf dem rechten Fleck. Natürlich würde er dich auch in deiner Wohnung besuchen. Er ist sich durchaus bewusst, dass nicht alle mit einem goldenen Löffel im Mund geboren werden.«

Es klingelte an der Haustür.
Ophelia warf einen Blick auf ihre Smartwatch. »Das ist er! Ein bisschen zu früh. Komm, wir beeilen uns!«
Kathalea teilte Edward über die Gegensprechanlage mit, dass sie gleich runterkommen würden und ließ sich den letzten Schliff für den Besuch des Pferderennens geben.
Wie eine Lady vom englischen Königshof trat Kathalea wenige Minuten später vor die Tür.
Als Edward sie erblickte, schien die Sonne aufzugehen, denn er breitete grinsend die Arme aus. »Kathalea, mein Lichtblick des Universums! Du siehst hinreißend aus! Ganz entzückend!« Er beugte sich vor und deutete ein Küsschen links, rechts und wieder links an. Dabei berührte er Kathalea nicht eine Sekunde.
Verwundert musterte sie ihn.
Edward nickte seinem Chauffeur zu, der alle einsteigen ließ und sich dann selbst hinters Lenkrad warf.
Im Nu waren sie am Ziel und strömten mit den Massen über den Platz, um zu den VIP-Logen zu gelangen.
Kaum waren sie dort, tauchte Henrik auf.
»Henrik, was machst du denn auf der Rennbahn?«, fragte Edward pikiert.
Henrik zuckte mit den Schultern. »Ophelia hat mich eingeladen.«
»Eingeladen? Musst du dich…?«
Ophelia drängte Edward beiseite und redete leise auf ihn ein. Unterdessen ging Henrik zu Kathalea und deutete eine Verbeugung an. »Seid gegrüßt, Jägerin der Millionäre! Wie ich sehe, habt Ihr bereits einen reichen Hotelerben an der Angel. Glückwunsch!«
»Sehr witzig. Und wie ich sehe, bist du immer noch der charmante Müllmann ohne Aussicht auf ein weibliches Opfer, weil er seine Manieren leider an der Garderobe abgegeben hat.«

»Nur zur Info für dich als Outsider: Hier beim Pferderennen gibt es keine Garderobe. Hatte ich denn gesagt, dass ich ein weibliches Opfer suche?«, fragte Henrik erstaunt.
Kathalea stutzte.
Ja, hatte er das gesagt?
Sie konnte sich kaum an das Gespräch ihres ersten Treffens auf dem Schiff erinnern. Und in der Kneipe hatte er natürlich kein Sterbenswörtchen über seine Absichten in der Damenwelt verlauten lassen.
»Ich glaube, du hattest nichts dergleichen gesagt. Aber du hast das berühmte ›S‹ auf der Stirn«, redete sich Kathalea heraus.
»Ich habe was?« Henrik fielen fast die Augen aus dem Kopf. Dann verrenkte er sich die Augenmuskeln, um auf seine Stirn zu schielen. »Ich sehe nix!«
Kathalea lachte leise. Sie trat einen Schritt vor und zeichnete das ›S‹ auf seine Stirn. »Doch, hier steht ganz eindeutig ›S‹ für ›Suche nach einem Weib, das mich so liebt, wie ich bin‹.«
Als er sie anblickte, war ihr, als wenn ein nicht sichtbarer, magischer Energiestrahl zwischen ihnen ausgetauscht wurde. Mit ernster Miene standen sie sekundenlang voreinander und schwiegen sich an.
Der Kuss vom Schiff kam Kathalea in den Sinn. »Gut küssen kannst du zumindest«, sagte sie leise.
Henrik lächelte. »Dito. Das Kompliment kann ich nur zurückgeben. Aber ansonsten passen wir leider überhaupt nicht zusammen. Wir haben vollkommen andere Vorstellungen, was die Partnerwahl anbelangt.«
Als würde sich zwischen ihnen ein Magnet befinden, gingen sie aufeinander zu, bis sich fast ihre Nasenspitzen berührten.
»Ich glaube, da oben im Universum sitzt mal wieder ein gelangweilter Sachbearbeiter und zieht an unseren Fäden

herum«, versuchte Kathalea die Situation aufzulockern. Dabei schlug ihr das Herz bis zum Hals.
Sie war unglaublich nervös.
Würde er sie jetzt küssen?
Henrik legte lächelnd den Kopf schief. »Was hat er denn vor?«
»Ich glaube«, flüsterte Kathalea und blickte Henrik dabei tief in die Augen, »er will, dass wir uns küssen.«
Henriks Augenbrauen wanderten in die Höhe. »Ach! Will er das?«
Kathalea nickte.
»Was macht dich da so sicher?«
»Meine Füße wippen vor und wollen mich dazu bringen, die letzten Zentimeter zu überwinden, um dich noch einmal so zu küssen wie auf dem Schiff oder nach unserem Kneipenbesuch«, entgegnete Kathalea leise.
Henrik nickte. »Verstehe. Diesen Drang spüre ich auch. Aber leider ist da noch ein magnetischer Hemmer irgendwo in meinem Kopf.«
»Ein magnetischer Hemmer? Was hemmt er denn?«, gluckste Kathalea.
»Er hemmt mich, dich zu küssen. Und weißt du auch, warum?«
Kathalea schüttelte den Kopf. Sie näherte sich ihm um noch ein paar Millimeter. »Ich bin gespannt auf die Antwort.«
Henrik lächelte schief. »DU«, er tippte ihr aufs Dekolleté, »suchst einen Millionär. DU bist nur scharf aufs Geld, nicht auf einen Mann, mit dem du dich gut verstehst, mit dem du harmonierst, dir ein gemeinsames Leben aufbauen kannst, Spaß hast und durch Tiefen gehst. DU sehnst dich nach einem luxuriösen Leben, das ich dir nicht bieten kann.«
Kathalea klimperte aufreizend mit den Wimpern. »Wenn du wüsstest, was ich bisher für Idioten kennengelernt

habe, die allesamt KEIN Geld hatten und mir, zusätzlich zu ihren bescheuerten Macken, auch noch auf der Tasche lagen, würdest du anders reden. Es geht mir nicht darum, mich ins gemachte Nest zu setzen.«
»Ach, nein? Worum geht es dir dann?«
»Ich möchte einfach mal aufatmen können, nicht jeden Monat ängstlich aufs Konto schielen müssen, weil mal wieder irgendein Job nicht geklappt hat. Weißt du, wie es ist, wenn man im Discounter an der Kasse steht und sein Essen nicht mehr bezahlen kann? Das ist so was von beschämend!«
Henrik musterte sie lange. Dann seufzte er. »Also hast du bisher nicht nur Pech mit deinen Männern, sondern auch noch mit deinen Jobs gehabt?«
Kathalea nickte. »Ja. Ich würde statt des Millionärs auch einen Bombenjob nehmen.«
»Was hast du denn gelernt?«
Kathalea grinste. »Willst du mir einen Job verschaffen?«
Henrik zuckte mit den Schultern. »Vielleicht. Warum nicht?«
»Hast du Beziehungen?«
»Vielleicht.«
»Ich habe ein abgeschlossenes BWL-Studium«, sagte Kathalea schließlich.
Henrik verdrehte die Augen. »Boah, diese Wirtschaftsstudenten sind die schlimmsten! Haben von nix eine Ahnung und denken, sie haben die Welt erfunden. So eine bist du also? Na, dann such mal lieber deinen Millionär!«
Verärgert stieß Kathalea ihn weg. »Vielen Dank für deine klischeesierte Antwort.«
»Meine was?«
»Klischeesiert.«
»Das Wort gibt es doch gar nicht«, entfuhr es Henrik. Naserümpfend zückte er sein Handy und googelte das Wort.

Kathalea beugte sich vor. »Natürlich gibt es das Wort nicht. Es muss auch nicht alles existent sein, nur weil man es benutzt.« Sie machte auf dem Absatz kehrt und ließ ihn stehen. Er hatte den Zauber zwischen ihnen zerstört.
»Kathi-Süße!« Edward breitete die Arme aus. »Meine Sonne!«
Kathalea ließ sich hineinfallen und umarmte ihn herzlich.
»Na, Edward, genießt du das Rennen?«
»Es hat doch noch gar nicht angefangen, oder?«
»Nein, stimmt.«
»Was hältst du davon, wenn wir zum Wettbüro gehen und auf ein Pferd setzen?« Fragend blickte Edward auf sie herunter.
Kathalea blies die Backen auf. »Echt jetzt? Ich habe null Ahnung von Wetten beim Pferderennen, geschweige denn von den Rennteilnehmern. Das wäre ein absoluter Tipp ins Blaue. Ich kann nicht einmal so einen Wettschein ausfüllen.«
»Vielleicht gebe ich dir einen Insider-Tipp«, sagte Edward und küsste ihr aufs Haar.
Kathalea legte ihren Arm um seine Hüften. »Na, dann komm! Lass uns das Wettbüro aufmischen!« Beim Weggehen warf sie Henrik einen triumphierenden Blick zu.
Warum, wusste sie selbst nicht.
Er konnte schließlich nichts dafür, dass er Müllmann war. Allerdings konnte er etwas für seine manchmal ziemlich dämliche Art. Und eben war er reichlich blöd gewesen.
Sie fühlte sich verletzt, dass er sie in einen Topf mit anderen Studenten warf, die sich wenig rühmlich gezeigt und den Ruf der BWLer versaut hatten. Sie war zwar kein Überflieger, aber ihre Noten hatten sich doch sehen lassen können. Und kreativ war sie noch dazu.
Sie schlenderte mit Edward zum Wettbüro, witzelte über dies und jenes und schloss ihre erste Wette ab.

Dann traten sie den Rückweg an, gerade rechtzeitig, um das erste Rennen mitzuverfolgen.
»Kathi, setz dich doch zu mir!«, forderte Ophelias Großmutter sie auf.
»Gerne.« Lächelnd pflanzte sich Kathalea auf die Bank.
Die ältere Dame tätschelte Kathaleas Knie. »Und, wie gefällt es dir, zwischen den Stühlen zu sitzen?«
»Wie bitte?«
Oma Lisbeth grinste. Dann deutete sie mit dem Kopf zu Henrik und Edward. »Du hast ja quasi zwei Fische an der Angel. Für wen wirst du dich entscheiden?«
»Das ist leider keine Frage der Entscheidung.«
»Ach!« Oma Lisbeth blickte sie erstaunt an. Dann rückte sie näher an Kathalea heran. »Das musst du mir genauer erklären.«
Kathalea holte tief Luft. »Nun, mein Herz würde Henrik wählen, aber der ist ein armer, ungehobelter Klotz mit null Manieren. Mein Verstand hat bereits Edward ausgesucht, denn dieser hat nicht nur das nötige Kleingeld, um eine Familie zu ernähren, er trägt mich auf Händen und hat Manieren wie ein wahrer Gentleman.«
Oma Lisbeth tätschelte erneut ihr Knie. »Liebe Kathi, ich wünschte, ich wäre noch einmal so jung wie du.«
»Warum? Also, ich meine, nicht dass ich nicht wüsste, weshalb man jung sein möchte. Aber warum im konkreten Fall?«
Oma Lisbeth grinste. »Ich würde Henrik nehmen. Was gibt es schöneres als die stürmische Liebe, die das Herz zum Klingen bringt? Kein Geld der Welt kann so ein Gefühl herbeizaubern. Keines! Glaube mir!«
Kathalea blickte die alte Dame nachdenklich an.
Vermutlich hatte sie Recht und sie sollte sich gegen Edward und für Henrik entscheiden. Aber Henrik machte seit ihrem Date keine Anstalten, mit ihr etwas zu unternehmen.

»Henrik hat gar kein Interesse an mir. Seit dem Date hat er sich nicht ein einziges Mal gemeldet. Dabei hätte er eine Menge wieder gutzumachen gehabt«, fügte Kathalea also noch hinzu.

Oma Lisbeth schnitt eine Grimasse. »Ja, Ophelia berichtete bereits von Henriks Patzern. Er ist jung. Und in seinem Stolz verletzt. Ich glaube, das kriegt er normalerweise besser hin.«

»Ich habe ihn verletzt?«, platzte Kathalea erstaunt heraus. Oma Lisbeth schüttelte den Kopf. »Aber nein, seine Ex-Freundinnen! Die...« Fast hätte sie Henriks wahres Geheimnis verraten. Gerade noch rechtzeitig biss sie sich auf die Zunge. »Die haben ihn alle nicht ernsthaft geliebt.«

Kathalea wollte noch etwas sagen, doch Edward machte Anstalten, sich neben ihr auf den freien Stuhl zu setzen.

Bevor sich Edward jedoch neben Kathalea hinsetzen konnte, sprang Henrik dazwischen und rammte sie fast vom Stuhl.

»Uff, nicht so stürmisch!«, lachte Kathalea leise.

»Entschuldige«, sagte Henrik, »ich hoffe, ich habe deinen Arm heil gelassen, sonst wird es mit dem Angeln schwer.«

»Noch immer derselbe Charmebolzen?« Vorwurfsvoll blickte Kathalea ihren Sitznachbarn an. »Ich glaube, auf deinem Platz sitzt Edward.«

Henrik suchte unter seinem Po nach etwas, zuckte mit den Schultern und setzte sich wieder hin. »Nee, tut er nicht.«

»Doch. Auf deinem Stuhl steht ›*nur für Männer mit Manieren*‹.«

»Ich weiß auch nicht warum, aber du holst immer das Beste aus mir heraus«, sagte Henrik fast ein wenig zerknirscht.

Kathalea verzog das Gesicht. »Gute Güte, wenn DAS dein Bestes ist, möchte ich deine schlechten Eigenschaften gar nicht erst kennenlernen.« Sie versuchte, an Henrik

vorbeizusehen. »Edward, willst du nicht mit Henrik die Plätze tauschen?«
Voller Empörung atmete Henrik tief ein. »Halloooo! Werde ich auch gefragt? Vielleicht will ich meinen Platz gar nicht freimachen!«
»Es geht hier aber gar nicht darum, ob DU das willst, Henrik, schließlich bist du nur ein Gast«, platzte Edward heraus. »Es geht vielmehr darum, was wir Männer tun können, um den Ladies einen so angenehmen Aufenthalt wie möglich zu gestalten. Rück also mal rüber!«
»Boah, dir tropft der Schleim gleich von der Decke auf den Kopf, Edward!«
»Ich finde Edward sehr charmant und gentlemanlike. Aber davon scheinst du nicht so viel zu verstehen«, warf Kathalea ein.
Henrik schnitt eine unfreundliche Grimasse und machte Platz für Edward.
Edward beugte sich zu ihr hinüber. »Kathi-Süße, was hältst du davon, wenn wir nachher im ›Vlet‹ einen Happen essen gehen? Dann haben wir ausreichend Gelegenheit, uns zu unterhalten, ohne dass Henrik dazwischenfunkt.«
»Das Restaurant ist derart teuer, dass Kathalea noch nicht einmal die Vorspeise bezahlen könnte«, platzte Henrik ungalant heraus.
Oma Lisbeth verdrehte die Augen. »Henrik, wo sind nur deine Manieren geblieben? Wenn Edward mit Kathi essen gehen will, wird er sie selbstverständlich auch einladen.«
»Natürlich ist Kathi eingeladen«, empörte sich Edward. »Gehst du etwa mit den Damen essen und lässt SIE das Essen bezahlen? Wie peinlich ist das denn!«
Henrik schnalzte mit der Zunge. »Wir leben im Einundzwanzigsten Jahrhundert. Die ›Damen‹ wollen alle ach-so-emanzipiert sein, aber wenn es ums Bezahlen in Restaurants geht, dann gilt die alte Schule und der Mann

muss das Portemonnaie öffnen? Tut mir leid, aber DAS kann ich nicht nachvollziehen.«

Kathalea tätschelte sein Bein. »Henrik, DU sollst ja auch gar nicht mit uns mitkommen und das Essen bezahlen. Ist es da so teuer?«

»Es ist gehobene Küche«, platzte Henrik heraus.

»Wieso kennst du dich so gut damit aus?«, fragte Kathalea neugierig. »Warst du schon einmal dort?«

Henrik verzog das Gesicht. Dann beugte er sich vor und wisperte ihr ins Ohr: »Weil ICH bisher das Pech hatte, immer nur Freundinnen zu haben, die auf Kohle aus waren. Also habe ich mein Geld zusammengekratzt und sie auch mal dorthin ausgeführt.«

Mit großen Augen blickte Kathalea ihn an. »DU hast den Gentleman heraushängen lassen, nachdem du nicht einmal meine Cola hattest zahlen können? DU hast in SO einem teuren Restaurant für dich und dein Date bezahlt? Musste sie auch alleine mit der Bahn dorthin fahren? Erstaunlich!«

»Nicht wahr.« Henrik zwinkerte ihr vergnügt zu. »Das Date mit dir war ein Ausrutscher.«

»Wirklich? Wie charmant!«

»Nicht das Date, meinte ich«, verbesserte sich Henrik eilig, »sondern der Patzer, dass ich mein Geld vergessen hatte.«

Kathalea beugte sich zu Edward und blickte an Henrik vorbei. »Edward, SEHR gerne gehe ich mit dir nachher essen. Aber natürlich darf es auch ein weniger pompöses Restaurant sein. Ich esse ebenso schnöde Pommes und Currywurst.«

Edward hob pikiert die Augenbrauen. »Schätzchen«, sagte er eine Spur zu tuffig, »das kommt überhaupt nicht infrage. Wir gehen ins ›Vlet‹, basta.«

***

»DAS ist NICHT dein Ernst, oder?« Ungläubig starrte Ophelia ihren Bruder an.
Henrik lächelte liebreizend. »Bitte, Ophelia! Bitte, bitte, bitte!«
Ophelia verdrehte die Augen. »Na guuuut, wenn es denn sein muss!«
»Es muss!«
»Und wer soll uns schminken?«
»Eine alte Schulfreundin am Theater. Wir sind in fünfzehn Minuten bei ihr. Sie hat alles da, um uns zu schminken und zu verkleiden«, sagte Henrik aufgeregt.
»Warum willst du das tun?« Ophelia schmiss sich hinter den Lenker des Porsches, der eigentlich ihrem Bruder gehörte.
»Es ist nur so ein Gefühl«, deutete Henrik wage an.
Kaum saß er, schoss Ophelia auch schon vom Parkplatz. Erschrocken umklammerte Henrik das Armaturenbrett.
»Halleluja, lass uns bitte heil am Zielort ankommen!«
Ophelia lachte leise. »Geht klar, Opa!«
Eine gute Dreiviertelstunde später waren sie nicht wieder zu erkennen. Sie hatten ein faltiges Gesicht, eine fast weißhaarige Perücke auf dem Kopf und trugen fast schon mittelalterliche Kleidung.
»Wir sehen super aus! Danke, Miriam, du bist ein Schatz!« Henrik gab seiner langjährigen Bekannten einen Kuss auf die Wange und wollte ihr einen Geldschein in die Hand drücken, doch Miriam hob abwehrend die Hände. »Ich nehme doch kein Geld von dir, Henrik!«
»Mensch, bist du tatsächlich eine Frau, die NICHT scharf auf mein Geld ist?« Henrik zwinkerte ihr zu. Dann legte er den rosafarbenen Schein auf den Schminktisch. »Wenn du das Geld nicht willst, lege es bitte in die Theaterkasse für deine Kindertheatergruppe. Okay?«

Miriam stellte sich auf die Zehenspitzen und gab Henrik einen flüchtigen Kuss auf die Wange. »Dafür nehme ich es gerne. Die Kiddies brauchen immer mal was.«
»Siehst du, Geld stinkt nicht.« Henrik klatschte in die Hände. »So, Ophelia, wir müssen los! Sonst sind die beiden fertig, wenn wir ankommen und alles war umsonst.«
Ophelia betrachtete sich noch einmal im Spiegel. »Ich finde, ich kann mich als Oma sehen lassen.«
»Du siehst blendend aus. Und jetzt komm!« Ungeduldig winkte Henrik seine Schwester aus der Umkleide des Theaters. »Ciao, Miri! Und vielen Dank noch einmal für alles. Das Zeug bringen wir dir spätestens morgen zurück.«
Miriam winkte zum Abschied und war auch schon wieder mit den Vorbereitungen für das nächste Theaterstück beschäftigt, während Ophelia und Henrik zum Auto hetzten.
Innerhalb von zehn Minuten waren sie in der Speicherstadt und parkten den Wagen.

***

»Es war wirklich nur eine Haaresbreite und wir hätten gewonnen«, sagte Kathalea ausgelassen. Sie hatten einen amüsanten Tag auf der Rennbahn gehabt und näherten sich nun dem Restaurant in der Speicherstadt.
»Wie urig«, sagte Kathalea begeistert.
Sie betraten das Restaurant und wurden sogleich herzlich begrüßt.
»Herr von und zu Hagendorn, schön, Sie wieder in unserem Hause begrüßen zu dürfen«, sagte eine Dame am Eingang.
»Vielen Dank! Ich freue mich auch, wieder hier zu sein«, entgegnete Edward gestelzt.
Die Empfangsdame führte sie an einen freien Tisch an der Fensterfront mit Blick auf die Speicherstadt.

»Ja«, seufzte Edward in Richtung Kathalea, »dabei war der Tipp meines Freundes eigentlich hundertprozentig wasserdicht gewesen. Aber da kann man mal sehen, dass so ein Pferd eben auch nur ein Tier ist.«
Sie hatten ganze einhundert Euro verwettet. Kathalea hatte den zwei Scheinen sehnsüchtig hinterhergeblickt und wirklich gehofft, dass sie zumindest den Einsatz wieder herausbekommen würden. Aber der Spielgott war nicht auf ihrer Seite gewesen.
»Das war ganz schön viel Geld, was wir verspielt haben«, sagte Kathalea mit einem Riesenberg an schlechtem Gewissen.
Edward winkte ab. Dann zog er sie in ihre Arme und gab ihr einen Kuss aufs Haar. «Bist du süß, dass du dir solche Sorgen machst. Aber glaube mir, das Geld verdiene ich täglich innerhalb von fünf Minuten. Ist also nicht schlimm.«
FÜNF MINUTEN?
KREISCH!!!
Fast hätte sich Kathalea die Haare gerauft. Sie musste ZWEI TAGE lang arbeiten, um auf einen Lohn von hundert Euro zu kommen.
Als die Bedienung die Speisekarte brachte, war Edward schon dabei, die Getränke zu bestellen. »Weißt du schon, was du essen willst?«
Kathalea blickte ihn mit großen Augen an. Sie hatte die Karte noch nicht einmal aufgeschlagen. »Äh…«
Edward winkte ab. »Ich bestelle etwas, wenn du magst. Das Fleisch und der Fisch sind hervorragend.« Er bestellte Vor- und Hauptspeise sowie den passenden Wein dazu.
Ein älteres Pärchen setzte sich an den Nachbartisch und nickte ihnen freundlich lächelnd zu.
Kathalea lächelte zurück.

Die zwei waren SEHR altertümlich gekleidet und sie hatte den Eindruck, dass zumindest ER eine Perücke trug. Aber warum sollte nicht auch ein Mann eitel sein!
Bevor die Vorspeise kam, ergriff Edward ihre Hand. »Es ist richtig schön, mit dir auszugehen. Ich genieße jede Sekunde.«
Kathalea lächelte höflich.
Es war okay, mit Edward auszugehen, aber sie empfand null Leidenschaft für ihn oder, wenn schon kein loderndes Feuer, dann doch wenigstens ein kleines Flämmchen, aber selbst das blieb aus.
»Was machst du denn beruflich?«, fragte Kathalea mit halbem Interesse.
Edward winkte ab. »Soll ich dich wirklich damit langweilen?«
»Ja«, sagte Kathalea.
Im selben Augenblick prustete der ältere Herr am Nachbartisch los. Er ging in ein Husten über und Kathalea wandte sich wieder an Edward. »Es interessiert mich wirklich, wie du in fünf Minuten hundert Euro verdienst.«
Wieder hustete der Mann auffällig laut.
Seine Begleitung ermahnte ihn.
Dann beugte sich der Mann zu Kathalea hinüber. »Bitte verzeihen Sie meinen Reizhusten«, krächzte er heiser, »aber manchmal bin ich so aufgeregt, dass ich das nicht im Griff habe.«
Kathalea winkte freundlich lächelnd ab. »Ist doch kein Problem.«
Lächelnd lehnte sich der alte Mann wieder zurück.
»Nun«, sagte Edward, »ich bin gelernter Speditionskaufmann. Ich sollte eine solide Ausbildung machen. Danach habe ich Management an der Uni studiert. Und mittlerweile leite ich nicht nur das Gestüt meines Urgroßvaters, sondern habe auch noch die eine oder andere Firma.«

»Wow! Es muss toll sein, wenn man ein Unternehmen erbt und sich hier auch beweisen kann«, sagte Kathalea sehnsüchtig seufzend. »Ich wünschte, ich hätte auch so viel Glück gehabt. Dann müsste ich nicht von einem Job zum nächsten tingeln.«
Edward rümpfte die Nase. »Nun, es ist aber andererseits auch eine große Belastung. Schließlich darf man den Karren nicht gegen die Wand fahren.«
»Ich bin sicher, du meisterst das hervorragend.« Kathalea lächelte.
Die Bedienung brachte den Wein und schenkte ein. Als sie wieder weg war, ergriff Edward Kathaleas Hand. »Kathi, es ist richtig toll, mit dir auszugehen. Ich genieße deine Anwesenheit über alle Maßen…«
Mann, redete er geschwollen daher!
Da war ihr doch ihr Müllmann um einiges lieber.
Kathaleas Gedanken schweiften ab.
Wo sich Henrik wohl gerade aufhielt?
Vermutlich an irgendeiner Pommesbude.
Nun ja, irgendwie würde sie diesen Abend mit Edward auch überstehen. Sie widmete sich wieder Edward und versuchte, sich auf das Gespräch zu konzentrieren.

Schmierentheater

»Komm, Olivia, wollen wir doch mal sehen, wie sich Edward bei seinem Date schlägt«, witzelte Henrik und hielt seiner Schwester die Tür vom Restaurant auf.
»Natürlich, Karl-Friedrich!«, säuselte Ophelia.
»Du musst viel älter sprechen«, wandte Henrik ein.
Ophelia verdrehte die Augen. »Wie spricht man denn bitte ›älter‹?«
Henrik grinste. »Indem du etwas krächzt, Olivia.«
Sie blickten sich im Restaurant um und sahen Edward und Kathalea am Fenster sitzen. Neben ihrem Tisch war noch ein freier Tisch. Zielstrebig steuerte Henrik darauf zu und ließ sich ächzend nieder.
Edward und Kathalea lächelte er freundlich an. Neugierig lauschte er dem Gespräch der beiden. Den Stuss, den Edward jedoch seiner Begleitung auftischte, konnte Henrik gar nicht mit anhören. Er bekam einen vorgetäuschten Hustenanfall nach dem nächsten, bis Ophelia ihm unter dem Tisch gegen das Schienbein trat.
»Hör jetzt auf«, ermahnte sie ihren Bruder.
Henrik nickte. »Der Typ ist ein Blender!«
Ophelia verzog das Gesicht. »Er ist unser Cousin dritten Grades und dazu einer meiner besten Freunde.«
»Ich dachte, er ist schwul«, sagte Henrik leise krächzend.
Ophelia winkte ab. »Manchmal.«
»Er ist bi?«, fragte Henrik erschrocken.
Ophelia zuckte mit den Schultern. »Schätzungsweise schon. Ist doch egal, oder?«
»Das ist es überhaupt nicht! Denn schließlich schmeißt er sich gerade an die Frau ran, die ICH interessant finde.«

»Ach!« Stirnrunzelnd lehnte sich Ophelia in ihrem Sessel zurück. »Auf einmal interessierst du dich für sie? Ich dachte, sie ist nur aufs dicke Geld aus und kommt damit für dich nicht infrage.«
»Nun«, druckste Henrik herum, »sie kommt ja auch eigentlich nicht infrage. Aber ich finde sie trotzdem…atemberaubend.«
Ophelia grinste. »Du findest sie toll? Du hast dich in sie verliebt?«
»Na und? Und wenn schon! Sie will einen Millionär, schon vergessen?« Henrik lag fast auf dem Tisch, um leise genug sprechen zu können.
Ophelia kam ihm entgegen. »Zufälligerweise bist du doch einer, oder nicht?«
Henrik schnitt eine Grimasse. »Ich habe mir geschworen, nur noch eine Frau zu nehmen, die meine wahre Herkunft nicht kennt.«
»SIE kennt deine wahre Herkunft doch gar nicht. SIE geht schließlich davon aus, dass du als…«
Henrik legte einen Finger an die Lippen.
Ophelia verdrehte die Augen. »…einfacher Arbeiter unterwegs bist und nicht als Großunternehmer. Und trotzdem war sie bei den Erdmanns und anschließend in der Kneipe mit dir. Aber wenn du keine Manieren zeigst und sie nach dem Date nicht einmal anrufst, ob sie gut nach Hause gekommen ist, ist dir auch nicht mehr zu helfen.«
»Mensch, bin ich blöd. Das habe ich wirklich total vergessen. Boah, was ist bloß los mit mir?«, stöhnte Henrik mit heiserer Stimme. »Das wäre ja das Mindeste gewesen!«
»Rufe sie morgen an und hole das nach!«
»Du meinst, ich soll sie erneut um ein Date bitten?« Nachdenklich spielte Henrik mit seiner Serviette.
Ophelia nickte. »Ja, das meine ich. Mach ihr deine Aufwartung! Überrasche sie!«

Henrik starrte zu Kathalea an den Nachbartisch.
»...ich möchte natürlich auch heiraten und Kinder kriegen«, hörte er Edward plötzlich am Nachbartisch säuseln.
Fast fielen Henrik die Augen aus dem Kopf.
Sein Herz fing augenblicklich an zu rasen.
Er verschluckte sich und fing fürchterlich an zu husten.
Und dieses Mal war das nicht vorgetäuscht.
Edward redete vom HEIRATEN? Er wollte eine FAMILIE gründen? Doch wohl nicht mit Kathalea, oder? Konnte er nicht bei seinen Männerbekanntschaften bleiben? Die durfte man mittlerweile auch heiraten!
Und für den unerfüllten Kinderwunsch gab es illegale Leihmütter!
Henrik versuchte, ruhig Luft zu holen und blickte verstohlen zu seinem Cousin hinüber.
Kathalea lächelte - aber es war eher ein verkrampftes Lächeln als ein aufrichtiges oder gar verliebtes.
SO blickte sie ihn, Henrik, NIE an.
Ob er vielleicht doch noch eine Chance bei ihr hatte?

***

Vollkommen frustriert ließ sich Henrik auf das Sofa seiner Großmutter fallen. »Mann, wer hatte bloß die glorreiche Idee, Edward und Kathalea zu verkuppeln? Die zwei haben sich geküsst!«
Eine eiskalte Gänsehaut machte sich in seinem Nacken breit, als er an den Abend im Restaurant zurückdachte. Zunächst hatte er geglaubt, keine Magie zwischen Edward und Kathalea zu sehen, doch nach dem Essen hat er ihr nicht nur in den Mantel geholfen, sondern sie auch noch schamlos mitten auf den Mund geküsst.
Es war ein totaler Horroranblick gewesen!
Ophelia zuckte mit den Schultern. »Ich befürchte, daran bin ich schuld.«

Henriks Kopf ruckte herum. »Was? Du? Wieso?«
»Ja«, sagte Ophelia kleinlaut. »Ich wollte dich eifersüchtig machen und dafür sorgen, dass du mal aus dem Knick kommst. Also habe ich die beiden einander vorgestellt. Aber vielleicht ist das Projekt auch ein bisschen schiefgegangen und er hat sich wirklich in sie verliebt.«
»›*Ein BISSCHEN schiefgegangen*‹?« Henrik raufte sich die Haare. »Ophelia! Ich dachte Edward ist SCHWUL! Aber statt sich mit Männern zu treffen, führt er Kathi aus. Und KÜSST sie auch noch!«
Ophelia schüttelte betreten den Kopf. »Ich dachte, wenn er auf der Rennbahn ein bisschen mit ihr flirtet, so dass du das mitkriegst, stachelt dich das vielleicht an.«
Plötzlich grinste Henrik. »Das stachelt mich in der Tat an. Aber ich wusste ja gar nicht, dass du mich mit Kathi verkuppeln willst.«
»Ja. Ich finde, ihr seid ein zuckersüßes Paar.«
»Das finde ich auch«, mischte sich Oma Lisbeth ein. »Ihr wäret DAS Traumpaar des Milleniums! Und sie liebt dich, Henrik!«
»Oma«, Henrik blickte seine Großmutter ungläubig an, »übertreibst du nicht ein wenig?«
»Nein. Ihr seid wirklich ganz zauberhaft zusammen. Sogar der nötige Biss steckt in eurer Konversation. Erinnert mich ein wenig an euren Opa und mich.« Oma Lisbeth grinste verträumt.
»Opa und dich?«, hakte Ophelia neugierig nach.
»Ja«, seufzte Oma Lisbeth, »euer Opa war ein bisschen wie Kathi. Sie erinnert mich an ihn. Er war ein toller Mann, hatte aber vor unserem Zusammentreffen nicht nur Pech mit Frauen, sondern vor allem mit seinen Jobs gehabt. Bis er mich kennenlernte. Danach ging alles bergauf.«
»Erzähl, Oma!«, sagte Ophelia aufgeregt. »Ich liebe romantische Geschichten.«

Oma Lisbeth lächelte verträumt. »Als ich Hennrich kennenlernte, waren meine Eltern alles andere als begeistert. Bei jedem Kerl, der nicht aus unseren reichen, abgehobenen Kreisen stammte, witterten sie einen Geldgeier, der sich nur an mich heranschmiss, um an ihr hart verdientes Geld zu kommen.«

»Aber du hast Opa trotzdem geheiratet«, warf Henrik ein.

Seine Großmutter nickte. »Habe ich. Aber das war ein ganz schöner Kampf. Er musste in einen Ehevertrag einwilligen, den meine Eltern hatten aufsetzen lassen. Aber Hennrich liebte mich wirklich. Er wollte nur einen Job, mit dem er seine Familie ernähren und zuverlässig Geld verdienen konnte. Also hat mein Vater ihm eine Stelle als Abwickler in unserer Reederei gegeben. Hennrich hat über die Jahre so einige Positionen durch gehabt, bis er schließlich als Geschäftsführer arbeiten durfte, weil er meinem Vater bewiesen hatte, dass er fleißig, ehrlich und ehrgeizig war.«

»Siehst du, Henrik, und Kathi will auch nur einen vernünftigen Job, bei dem sie ihre Fähigkeiten zeigen kann«, wandte Ophelia ein.

Henrik zog genervt die Augenbrauen hoch. »Schwesterherz, Kathi hat BWL studiert. Was das bedeutet, wissen wir doch beide.«

»Also«, Oma Lisbeth hob einen Finger, »mein lieber Enkelsohn, das Leben ist nicht einfach nur schwarz und weiß, wie du es darstellst. Nur weil du ein paar BWL-Studenten in einer deiner Firmen hattest, die sich wie die Fachidioten aufgeführt und nichts auf die Reihe gekriegt haben, gilt das doch nicht gleich für alle! Dann bräuchte man diesen Studiengang nicht mehr anbieten.«

»Amen«, sagte Ophelia und grinste breit.

Henrik schnitt eine Grimasse und angelte nach den Gummibärchen, die seine Großmutter immer in einer Glasschale auf dem Tisch stehen hatte. »Meint ihr, ich kann

Kathi um ein weiteres Date bitten und dann geht sie eventuell nicht mehr auf das Heiratsgesülze von Edward ein?«
»Ein Versuch ist es doch wert, oder? Du hast nichts zu verlieren«, bestärkte ihn seine Schwester.
Henrik zuckte mit den Schultern. »Dann schicke ich ihr jetzt eine Nachricht übers Handy. Du hast doch sicherlich ihre Nummer, oder, Ophelia?«
Ophelia wackelte mit dem Zeigefinger. »SO einfach wirst du sie nicht an den Angelhaken kriegen, nachdem sie einen echten Millionär kennengelernt hat.«
»Edward langweilt sie zu Tode. Hast du das etwa nicht gesehen?«, widersprach Henrik.
»Doch. Aber er hat schlagfertige, finanzielle Argumente, die du eigentlich auch hast, aber nicht offenlegen willst. Du könntest sie natürlich auch einfach überraschen und ihr zeigen, dass du in Wahrheit kein Müllschlucker, sondern ein Millionär bist«, schlug Ophelia vor.
»Genau, dann kommt unser Millionär vielleicht mal von seinen Abwegen herunter! Würde auch deinem Schlafkonto guttun«, warf Oma Lisbeth ein.
»Was schlagt ihr also vor? Soll ich einen Müllwagen rosa anmalen, mit Rosen bekleben und sie so um ein Date bitten?«, witzelte Henrik.
Ophelias Gesicht erhellte sich schlagartig. »Henrik! Das ist DIE Idee! Genau so machen wir es. Ich besorge Farbe und Rosen und DU klaust das Auto.«
»Na, super! Wenn ich den Wagen klaue, bekommt die Presse doch gleich Wind von der Sache und am nächsten Tag steht überall in den Zeitungen ›*Millionär stiehlt Müllwagen, um seiner Auserwählten Aufwartungen zu machen*‹. Und dann fliege ich auf und stehe vor Kathi wie ein Lügner da.«
Ophelia rubbelte sich über die Nase. »Dann kaufst du den Wagen eben.«

Henrik stöhnte. »Was soll ich mit so einem Müllfahrzeug?«
»Das ist doch egal. Notfalls nimmst du es später als Werbeobjekt. Ich bin sicher, ganz viele Männer wollen das Ding mieten, um damit einen Heiratsantrag zu machen«, feixte Ophelia.
Henrik grinste. »Ophelia, ich wusste ja gar nicht, dass du so geschäftstüchtig bist! DAS ist eine richtig gute Idee. Also, auf in den Kampf! Lasst uns die Liebe revolutionieren!«
»Du solltest aber dem Geschäftsführer der Stadtreinigung sagen, dass er das Spiel mitspielen soll. Schließlich muss es real wirken. Am besten taucht er ebenfalls dort auf und macht dir eine Riesenszene, weil du den Wagen angemalt hast«, warf Oma Lisbeth ein.
»Oma, eine phantastische Idee! Ich sehe, ich habe die besten Leute in meinem Team sitzen.«

Müllauto in Schweinchenrosa

»Was ist das denn?« Eine Kollegin von Kathalea stand am Fenster der Werbeagentur und starrte aus dem Fenster. Dann lief sie zu ihrem Platz und kramte ihr Handy aus der Handtasche, um das Schauspiel auf der Straße zu filmen.
Neugierig strömten nun auch die anderen Kollegen zum Fenster und lachten leise vor sich hin.
Kathalea erhob sich und schlenderte scheinbar unbeteiligt zum Objekt des Amüsements. Als sie den großen, rosa angemalten Müllwagen sah, auf dem Henrik stand und nach oben zum Fenster winkte, hätte sie sich fast auf den Hintern gesetzt.
»Herr im Himmel!«, entfuhr es Kathalea.
»Wer kennt den hübschen Superman in blond?«, fragte Hans, der Geschäftsführer, in die Runde.
Alle schüttelten die Köpfe.
Kathalea hob schließlich seufzend eine Hand. »Ich.«
»Na, da hast du wohl bei deinem Termin bei der Müllabfuhr richtig Eindruck geschindet, was?«, witzelte Hans.
»Anna, du filmst das Ganze! Kathi, du gehst runter auf die Straße und holst dir deinen Heiratsantrag ab! Das wird eine super Werbekampagne.«
Kathalea verdrehte die Augen. »Ist das dein Ernst?«
Sie hatte gar keinen Bock, vor Hunderten von Schaulustigen einen ›Heiratsantrag‹ zu kriegen, noch dazu einen von einem Müllmann. Auch wenn Henrik zuckersüß war, aber sie war es einfach leid, in der Ärmlingskaste fest zu hängen. Sie wollte endlich das Leben der Reichen und Zufriedenen führen. Da lag Edward mit seinem fetten Bankkonto doch viel näher, wenngleich ihr Herz nicht einmal annähernd so für ihn schlug wie für Henrik. Aber

schließlich ging es um Wohlstand und nicht um Liebe, oder?

Außerdem bezweifelte sie, dass Henrik ihr aus heiterem Himmel nach seinem Gezicke auf der Rennbahn einen Antrag machen wollte.

»Ja, das ist doch eine coole Sache!«, beharrte Hans.

»Vielleicht kannst du Kathis Probezeit aufheben, wenn sie mitmacht«, schlug Anna vor und zwinkerte Kathalea zu.

Kathalea lächelte dankbar.

Hans legte sich grübelnd einen Finger an die Lippen, dann nickte er. »In Ordnung. Wenn du mitmachst und wir das Video verwenden dürfen, beende ich deine Probezeit per sofort.«

»In Ordnung«, sagte Kathalea wenig begeistert, auch wenn die Aussicht auf die Festanstellung sehr verlockend war. Mit dieser Aktion würde sie ihre wacklige Probezeit um fünf Monate verkürzen.

Mit ihrer Kollegin ging sie nach draußen auf die Straße und postierte sich genau vor dem rosafarbenen Müllwagen, der mittlerweile schon eine riesige Menschentraube angelockt hatte, während Anna fleißig filmte.

Henrik stand mit einem Strauß roter Rosen im Mund im feinen Zwirn auf dem Müllwagen und lächelte Kathalea entgegen. Kurz bevor der Wagen sie erreichte, sprang er ab und machte fast einen Kniefall vor ihr.

Kathalea errötete heftig und wünschte sich, sie könnte ihr Gesicht irgendwie verbergen, doch stattdessen musste sie tapfer in die Kamera lächeln, um die erste Festanstellung seit drei Jahren in sichere Tücher zu kriegen.

»Henrik«, rief sie demonstrativ erfreut, »was machst du denn hier? Und das mit so einem unauffälligen Auto«, fügte sie hinzu.

Henrik deutete eine Verbeugung an und hielt ihr den Strauß Rosen hin. »Liebe Kathalea, ich weiß, ich bin nur ein armer Müllschlucker, aber ohne Menschen wie mich

würde die Stadt im Dreck und Müll ersticken. Es wäre mir eine große Ehre, wenn ich dich schick zum Essen ausführen dürfte. Nimmst du meine Einladung an?«
»Kein Heiratsantrag?«, rief einer der Schaulustigen.
Henrik lächelte entschuldigend. »Ein Schritt nach dem anderen. Zuerst muss die Lady mit mir ausgehen, DANN erst kann ich ihr einen Heiratsantrag machen.«
»Ist das nicht ein bisschen zu viel Aufwand, um eine Frau um ein Date zu bitten?«, fragte ein anderer Passant und schüttelte fast schon verärgert den Kopf. »Gott, Typen gibt's, die gibt's gar nicht! So was dämliches! Was bilden die sich heutzutage eigentlich alle ein? Haben die zu viel Geld?«
»DAS frage ich mich auch!« Mit den Händen in den vollschlanken Hüften stand Horst Schlamm, der Geschäftsführer der städtischen Müllabfuhr, plötzlich neben dem rosafarbenen Müllwagen und starrte SEHR verärgert zwischen Henrik und Kathalea hin und her. »Was hat das alles bitte zu bedeuten? Wer bezahlt mir jetzt den Schaden? Die Umlackierung und Reparatur der Rosenlöcher kostet doch mindestens zwanzigtausend Euro.«
Kathalea würgte erschrocken den dicken Kloß in ihrem Hals herunter.
Was, zwanzigTAUSEND Euro?
Heilige Scheiße!
Wie, zum Teufel, sollte Henrik SO eine Summe aufbringen?
Aus lauter Verzweiflung schlug sich Kathalea kopfschüttelnd die Hände vor den Kopf.
Auch das noch!
Sie bekam nicht nur von dem wohl attraktivsten Müllmann eine wirklich überwältigende Anfrage für ein Date, nein, nun steckte dieser auch noch WEGEN IHR in einem finanziellen Desaster!

Vielleicht war sie in Wirklichkeit Pechmarie und das Pech klebte an ihr und nicht an den Männern, die sie kennenlernte!
Sie blickte auf und betrachtete Henrik.
Er war wirklich bezaubernd und sah unglaublich attraktiv aus in seinem schwarzen Anzug und dem roten Superman-Cape um den Schultern.
Ihr ging das Herz auf, als er sie anlächelte.
Wie sollte sie auf SO ein Angebot NICHT eingehen?
»Nun antworte doch erst einmal auf seine Frage«, rief eine Frau aus der Menge der Schaulustigen ungeduldig.
»Gehst du mit ihm aus, nachdem er sich für dich in einen Riesenberg Schulden geworfen hat?«
Kathalea blickte erst in die Zuschauermenge, dann zu Henrik.
Erwartungsvoll blickte dieser sie an.
Ganz langsam - im gefühlten Zeitlupentempo - machte sich wie von selbst ein fettes Grinsen in Kathaleas Gesicht breit. Schließlich warf sie sich ihm in die Arme und gab ihm einen Kuss, der ihm eigentlich die Schuhe hätte ausziehen müssen.
Die Zuschauer jubelten, einige warfen sogar ihre Mützen in die Luft. Eine der Zuschauerinnen fing an, einen Hut herumzureichen.
»Werft alle etwas in den Hut, damit dieser absolut romantische Akt nicht das finanzielle Ende dieses süßen Pärchens bedeutet!«
Kathalea verdrehte innerlich die Augen.
Nun fingen die Leute schon an für sie zu sammeln.
Konnte sie noch tiefer sinken?
»Ich wusste gar nicht, dass du so stürmisch sein kannst«, sagte Henrik schließlich und klaute sich gleich noch einen zweiten Kuss. »Dann heißt deine Antwort wohl ›ja‹?«
Kathalea nickte glücklich. »Ja. Sehr gerne.«

»Auch, wenn es nur für Pommes und Currywurst reicht, nachdem ich nun einen teuren Schaden an der Backe habe?«, bohrte Henrik nach.

Kathalea musterte ihn. »Die Antwort lautet ›*ja*‹, auch wenn es nur dafür reichen würde.«

»Na gut, vielleicht kriege ich ja noch ETWAS mehr zusammengekramt«, sagte die Frau mit dem Hut. »Leute, werft etwas in den Hut!«

»Jetzt wird schon für uns gesammelt. Können wir noch tiefer sinken?«, sagte Kathalea leise in Henriks Ohr.

Henrik klopfte ihr auf die Schulter. »Ich regele das schon! Keine Angst.«

»Ich habe auch keine Angst, schließlich kann ich Ihr Gehalt pfänden lassen, Herr Erdmann«, mischte sich Herr Schlamm in ihr Gespräch ein.

Henrik machte ein betretenes Gesicht. »Uns fällt sicher eine Lösung ein, Herr Schramm.«

»Das will ich hoffen«, brummte Henriks Chef und machte sich vom Acker.

***

»Edward! Was machst du denn hier?«, fragte Kathalea überrascht.

Edward deutete eine Verbeugung an. »Ich würde dich gerne auf den Landsitz meiner Familie entführen. Es ist ein herrlicher Sommertag und ich weiß, dass meine Großmutter zufälligerweise ein klitzekleines Buffet vorbereitet hat.«

Kathalea blickte auf die Uhr.

Eigentlich hatte sie sich heute Nachmittag mit Henrik verabredet, um mit ihm einen Weg zu finden, wie er den Schaden am Müllauto wieder gutmachen konnte. Sie hatte einige Projektideen herausgearbeitet.

»Du zögerst?«, fragte Edward verwundert.

»Nun«, druckste Kathalea herum, »ich wollte heute Nachmittag einem Freund helfen. Er arbeitet bei der städtischen Müllabfuhr und hat dort einen Schaden in Höhe von zwanzigtausend Euro verursacht. Wir wollten ein paar Projekte ausklügeln, um diesen Schuldenberg wieder loszuwerden«, erklärte sie schließlich.

Edward machte ein nachdenkliches Gesicht, dann lächelte er. »Kein Problem. Sag ihm ab! Ich übernehme die Rechnung.«

»Was? DU übernimmst die Rechnung? Einfach so?«, fragte Kathalea perplex.

Edward nickte. »Ja, das ist kein Problem. Ausgaben sind immer gut. Machen sich hervorragend bei der Steuererklärung. Ich finde schon einen Weg. Hauptsache, du hast Zeit für mich.«

Zögernd nahm Kathalea ihre Sommerjacke vom Haken und angelte nach ihrer Handtasche. »Du bist ja großzügig!«

»Dein Freund kann die Summe bei mir ja wieder abstottern, wenn er will«, schlug Edward vor.

»Das ist eine gute Idee«, sagte Kathalea erleichtert, auch wenn das das Hauptproblem noch nicht löste, denn auch das Abstottern einer so großen Summe barg einige Probleme in sich.

Sie ließ die Wohnungstür ins Schloss krachen und folgte Edward die Treppe hinunter. Beim Laufen zückte sie ihr Handy und tippte Henrik eilig eine Nachricht, nachdem sie hin und her überlegt hatte, was sie ihm sagen sollte.

›*Hallo Henrik, mir ist leider etwas dazwischengekommen. Können wir unser Pläneschmieden verschieben? LG, Kathi*‹

Seufzend steckte sie ihr Handy weg und nahm die von Edward dargebotene Hand.

Sie liefen zu einem Porsche Cabriolet und Edward sprang vor, um ihr galant die Beifahrertür aufzuhalten.
»Bist du heute gar nicht im Rolls Royce unterwegs?«, witzelte Kathalea.
Edward schüttelte den Kopf. »Nein. Mein Chauffeur hat heute frei. Ich dachte mir, wir nehmen ein etwas sommerlicheres Gefährt. Ich hoffe, es ist dir genehm!«
Kathalea blies die Backen auf. »Ich weiß nicht, ob ein Porsche nicht unter meiner Würde ist.«
Für den Bruchteil einer Sekunde stockte Edward, dann platzte er lachend heraus. »Mann, für einen Moment lang dachte ich wirklich, du meinst das ernst.«
»Nein!« Kathalea runzelte die Stirn. »Ehrlich, Edward, ich habe gar kein Auto. Ich kann mir gar keins leisten. Ich würde mit dir auch in einem alten, rostigen Fiat durch die Gegend fahren.«
»Gott bewahre! So weit will ich gar nicht sinken«, brabbelte Edward leise vor sich hin. Er umrundete das Auto und sprang galant über die Tür in den Wagen. Mit Karacho brauste er auf die Straße und entführte sie aufs Land.
Da es zu windig und zu laut war, war eine Unterhaltung quasi nicht möglich. Also lehnte Kathalea sich entspannt zurück und blickte verträumt in die Landschaft. Eigentlich hatte sie sich tierisch auf den Nachmittag mit Henrik gefreut. Andererseits bot Edward DIE Lösung für Henriks Problem an. Da war es nur fair, wenn sie den Tag mit Edward verbrachte und das Date mit Henrik ausfallen ließ.
Irgendwann spürte sie ihr Handy vibrieren.
Verstohlen holte sie es hervor und öffnete die Nachricht.

>*Oh, wie schade!* 😢 *Ich hatte mich auf einen schönen Sommertag mit dir am Hafen gefreut. Ich hoffe, aufgeschoben ist nicht aufgehoben. LG, Henrik* 👴 ‹

Nachdenklich blickte Kathalea in die Ferne. Sie war gerade auf dem Weg in ein anderes Leben. Das ungeplante Date mit Edward brachte nicht nur die Aussicht auf Wohlstand in ihr Leben und endlich einmal nicht mehr den Kampf ums liebe Geld, sondern vor allem erleichterte sie Henrik dadurch die Rückzahlung für den Schaden am Müllwagen. Sie tat es also sozusagen auch für Henrik. Sie war eine Wohltäterin!

> *›Nein, nein. Aber ich habe eine Möglichkeit gefunden, wie du das Geld auftreiben und an deinen Chef zurückzahlen kannst. Mit dieser ‚Möglichkeit' gehe ich gerade aus, damit er dir das Geld gibt. Du musst es zwar auch abstottern, aber das ist nicht so peinlich wie eine monatliche Gehaltspfändung.*
> *VG zurück.‹*

Es dauerte keine zwei Sekunden, da kam auch schon eine Antwort.

> ›Dein Ernst? 😲‹

Kathalea wandte sich an Edward, der leise vor sich hinsummend aufs Lenkrad trommelte.
»In welchen Raten müsste mein Freund das Geld denn zurückbezahlen?«, schrie Kathalea gegen den Lärm an.
Edward drehte das Radio leiser.
»Ist er ein Freund oder ein Freund?«
Hä?
Verwirrt schaute Kathalea ihre Begleitung an.
»Na, ist er ein guter Kumpel oder ein Mann, den du liebst und mit dem du zusammen bist oder sein willst«, präzisierte Edward. »Ich dachte ja, du seist Single.«

»Ich bin auch Single. Er ist nur ein Kumpel«, log Kathalea, wohlwissend, dass diese Aussage Henriks Rettung sein würde.
Sie konnte Edward ja schlecht auf die Nase binden, dass sie sich in Henrik verliebt hatte.
Edward nickte und lächelte. »Na, dann kann er das in kleinen Raten bezahlen. Wie wäre es mit fünfzig Euro im Monat?«
Kathalea verdrehte innerlich die Augen.
Gute Güte, DAS würde ja bedeuten, dass Henrik die nächsten DREIUNDREISSIG Jahre am Abbezahlen wäre.
Was für eine Katastrophe!
Sie schloss kurz die Augen.
Damit war es dann wohl besiegelt: Sofern sich Edward ernsthaft für sie interessierte, würde sie mit ihm ausgehen und versuchen, sich ein Leben mit ihm aufzubauen und nicht mit Henrik, der für ein blödes Müllauto viel Geld zahlen musste.
»Das ist wirklich sehr, SEHR großzügig von dir«, sagte Kathalea lächelnd.
Ihr klopfte das Herz bis zum Hals.
Sie war gerade dabei, ihre Seele an den Teufel zu verkaufen. Noch nie war sie derart oberflächlich bei der Wahl ihrer Männer gewesen.
Wenn ihre Eltern davon Wind bekämen, würden sie sich im Grabe umdrehen!
Augenblicklich kroch Hitze in Kathalea hoch.
Sie schämte sich sehr für ihr Verhalten, andererseits war sie es einfach leid, mit fast dreißig ständig nur am Hungertuch zu nagen und sich rein gar nichts leisten zu können. Da war einfach kein Platz für Liebe.
Sie zückte ihr Handy.

›*Mein Ernst! Ich habe mich für dich geopfert.*
Auch, wenn ich es ungerne zugebe, aber...‹

Kathalea drückte versehentlich auf ›Senden‹ und schickte die Nachricht ab.

›Aber, was?‹

Kam es prompt von Henrik zurück.
Kathalea schloss kurz die Augen. Dann atmete sie tief durch und tippte die Antwort.

›...*mein Herz schlägt für dich.* 😁 *Das ist jedoch egal, denn dieser Weg ist der einzige, um dich auszulösen. Meine Begleitung bezahlt den Schaden, du stotterst ihn monatlich mit fünfzig Euro ab. Das ist deine Rettung! Wer braucht da schon Liebe?‹*

Ängstlich klammerte sie sich an ihr Mobiltelefon und drückte es gegen ihren Leib. Sie hatte Henrik gerade mitgeteilt, dass sie ihn zwar toll fand, aber sie keine gemeinsame Zukunft hatten.

›*Das ist doch großartig* 😄 *- für mich...und für dich. Dann hast du jemanden gefunden, der Geld in Hülle und Fülle hat. Das, was du die ganze Zeit gesucht hast. Ich wünsche dir viel Glück.* 🍀‹

Als Kathalea die Antwort las, machte ihr Herz einen verräterischen Hüpfer.

Dann schüttelte sie den Kopf.

›*Das wäre es, wenn das große WENN nicht wär'!‹*

Henrik war online, aber er schrieb nicht zurück.

Angst kroch in Kathalea hoch.
Wusste er, worauf sie anspielte?
Schließlich erschien doch noch der kleine Schriftzug, der ihr ankündigte, dass gleich die Antwort folgen würde.

> ›*Entschuldige, ich vergaß, dass du einen reichen Mann suchst und keinen, der dein Herz erobert* 😊. *Ich wünsche dir ernsthaft alles Gute!*
> *Vielleicht sollten wir unser geplantes Date einfach aufs nächste Leben verschieben. Wozu treffen, wenn wir eh keine gemeinsame Zukunft haben!*
> VG, Henrik 👴‹

Mist!
Jetzt hatte sich Henrik gerade von ihr verabschiedet!
Für immer!
Tapfer presste sie die Lippen aufeinander.
Sie hatte sich gerade gegen die Liebe und für ein sorgloses Leben entschieden.
Edward klopfte ihr auf den Oberschenkel. »Süße, das mache ich doch gerne für dich. Zahle ich eh aus der Portokasse. Tut also nicht weh.« Er beugte sich vor und drehte die Musik wieder lauter.
Kathalea schluckte.
SO eine Summe würde sie auch gerne aus der Portokasse zahlen!
Manchmal waren die scheinbar sorglos Reichen ECHT zu beneiden. Worüber machten DIE sich eigentlich Sorgen?
Über abgebrochene Fingernägel?
Über Krankheiten, die man mit Geld nicht heilen konnte?
Über einen Kratzer im Lack des zwanzigsten Maybach Exelero?
Sie wandte sich an Edward, als dieser mit gedrosselter Geschwindigkeit auf einen Sandweg fuhr. »Warum fährst

du eigentlich keinen Maybach Exelero? Ich dachte immer Männer stehen auf solche Autos.«
Edward nickte. »Ich habe tatsächlich einen Maybach bestellt, aber durch die Sonderlackierung dauert es noch ein paar Wochen, bis der fertig ist.«
Kathalea hätte fast laut losgelacht, denn sie hatte mit ihrer Frage eigentlich einen Witz reißen wollen. Ein Auto für schlappe acht Millionen Euro zu kaufen, war absolut verrückt. Mit so einem Gefährt konnte man sich doch gar nicht aus einer schwer abgesicherten Garage wagen!
Edward parkte den Porsche und öffnete ihr gentlemanlike die Beifahrertür.
Kathalea nahm das Tuch vom Kopf und schüttelte ihre Haare aus.
Edward betrachtete sie ganz verliebt. »Du bist so wunderschön, Kathi!« Er näherte sich ihr und umarmte sie. Dann gab er ihr einen zärtlichen Kuss auf den Mund.
Kathalea schluckte.
Der Kuss löste rein gar nichts in ihr aus.
Im Gegenteil, eigentlich wünschte sie sich, er würde sie nicht küssen.
Augenblicklich musste sie an Henrik denken.
Wenn er sie küsste, kräuselten sich sogar ihre Zehennägel. Selbst jetzt, wo er weit weg war und irgendwo in der Stadt seine Zeit vertrieb, bekam sie Herzklopfen, wenn sie nur an ihn dachte.
Seufzend löste sie sich von Edward.
Wie hatte ihre Mutter immer gesagt?
Die Liebe war manchmal ein verfluchtes Ding. Sie war unzuverlässig und sehr spontan. Und wenn man nicht auf passte, versaute sie einem das ganze Leben, weil sie überhaupt nicht rational war. Besser war es, den Verstand einzuschalten und der Liebe nicht die Oberhand zu lassen.
Genau DAS wollte sie jetzt tun: Sie würde ihre Gefühle für Henrik ignorieren und darauf setzen, dass ihre Sympa-

thie für Edward irgendwann einmal in tiefe Liebe umschlagen würde. Die Zeit würde ihr sicherlich dabei helfen.
Edward reichte ihr die Hand und nahm sie mit ins Haus. Sie begrüßten einige Angestellte und gingen dann nach draußen auf die Terrasse.
»Hallo Oma!«, begrüßte Edward Oma Lisbeth.
Kathaleas Herz machte einen Freudensprung, als sie die alte Dame sah. Sie erinnerte sie an Henrik und darum fühlte sie sich ihr besonders verbunden.
»Edward! Was machst du denn heute hier?«
Auf dem Rasen sprangen etwa fünfzig Gäste herum, die sich mit kleineren Rasenspielen vergnügten.
»Heute ist doch Spieletag«, setzte Edward zur Erklärung an, »noch dazu ist es warm und sonnig. Und da dachte ich mir, ich bringe Kathi mal mit.«
Oma Lisbeth blickte auf und lächelte, als sie Kathalea erkannte.
»Kathi, meine Liebe, schön, dich hier zu sehen! Ophelia läuft hier auch irgendwo herum. Sie wird sich bestimmt freuen, dich zu sehen.«
»Hallo Oma Lisbeth!«, sagte Kathalea beschwingt.
Siehst du, redete Kathalea sich selbst Mut zu, Ophelia und Oma Lisbeth gehörten nicht nur zu Henrik, sondern auch zu Edwards Familie, und so würde sie zumindest in den Genuss lieber Verwandter kommen, wenn es schon mit der Liebe zu Edward selbst nicht so weit her war.
Edward zog Kathalea auf den Rasen und erklärte ihr die Spielregeln des Boule-Spiels. Nach der ersten Runde, in der Kathalea tatsächlich gewann, kamen Edwards Eltern auf sie zu gelaufen.
»Edward, mein Lieber, du beehrst uns heute mit deiner Anwesenheit?«, sagte eine rothaarige Frau gestelzt. Sie war wunderschön mit ihren tiefroten Haaren, aber ihre

Miene war schrecklich arrogant. Sie gab Edward einen Kuss aufs Haar.
»Hallo Mama! Ich wollte die Gelegenheit nutzen und euch gleich mal meine Freundin vorstellen. DAS ist Kathi.«
Die Mutter musterte Kathalea argwöhnisch von oben bis unten. Es war ihr deutlich anzusehen, dass sie ganz und gar nicht mit Kathalea einverstanden war.
Mit einer hochgezogenen Augenbraue wandte sie sich an ihren Sohn. »Schatz, sie kommt aber nicht aus unseren Kreisen, oder?«
Kathalea drehte sich verschämt weg.
Super, nun wurde sie nicht nur auf Herz und Nieren geprüft, weil sie die neue Freundin von Edward war, sondern auch noch aufgrund ihres gesellschaftlichen Standes abgewertet.
Wie peinlich war das denn!
Würden sie als nächstes ihr Gebiss prüfen wie auf dem Viehmarkt?
»Rosalinda«, ermahnte der ältere Herr, der Edward SEHR ähnlich sah, seine Frau, »es ist doch erfrischend, dass unser Sohn keine von diesen reichen, versnobten Tussies zur Freundin hat, sondern mal eine junge, motivierte Frau. Frisches Blut ist immer gut. Das kennen wir doch aus der Pferdezucht. Irgendwann kommt es sonst noch in unseren Kreisen zur Inzucht. Das wollen wir doch nicht.«
»Archibald, was redest du denn da? Inzucht!« Rosalinda von und zu Hagendorn schnalzte verächtlich mit der Zunge.
Kathalea quollen fast die Augen über.
Die Namen von Edwards Eltern waren ja fast noch bescheuerter als ihr Benehmen.
Edwards Vater kam mit ausgestreckter Hand auf sie zu.
»Guten Tag, junge Dame. Herzlich willkommen in unserer Familie.«

»Guten Tag, Herr von und zu Hagendorn«, haspelte Kathalea unsicher herunter. »Vielen Dank! Es freut mich auch außerordentlich, Sie kennenzulernen.«
Archibald Theodorus von und zu Hagendorn lächelte breit, dann wandte er sich an seine Frau. »Siehst du«, rief er leise, als wenn Kathalea ihn so nicht hören könnte, »sie hat Manieren. Es ist alles gut, Schatz!«
Nun kam auch Edwards Mutter und reichte ihr die Hand. Diese war knochig, eiskalt und schweißnass.
Den Ekel herunterwürgend schüttelte Kathalea die Hand ihrer vielleicht zukünftigen Schwiegermutter.
Dann blickte sie zu Edward.
Nein, er würde sie NIEMALS fragen, ob sie einander heirateten. Seine Mutter hatte schon Recht! Sie kam nicht aus diesen feinen Kreisen und konnte mit all den reichen Töchtern hier auf dem Rasen gar nicht mithalten.
Ophelia tauchte neben ihr auf und umarmte sie herzlich. »Kathi, schön, dich zu sehen!« Sie beugte sich vor und wisperte ihr ins Ohr. »Ich dachte, du bist heute mit Henrik verabredet!«
Kathalea zog Ophelia etwas beiseite und erklärte ihr leise, dass sie Henrik abgesagt hatte, nachdem Edward bei ihr aufgetaucht war und ihr versprochen hat, ihrem Freund beim Bezahlen des Schadens am Müllauto zu helfen.
»Weiß Edward, dass Henrik das Müllauto bezahlen muss?«, fragte Ophelia leise.
Kathalea schüttelte den Kopf. »Nein, ich habe keinen Namen genannt. Aber natürlich muss ich ihm Henriks Namen geben, wenn es um die Rückzahlung geht. Denn immerhin will er ihm zwanzigtausend Euro leihen.«
»Das wird Henrik NIEMALS annehmen«, sagte Ophelia stirnrunzelnd.
Kathalea zuckte mit den Schultern. »Aber das ist ein tolles Angebot. Und so selbstlos von Edward! Wenn Henrik das ablehnt, wird er die nächsten Jahre eine fette Gehalts-

pfändung seines Arbeitgebers kassieren. Das ist doch viel peinlicher, als Edward das Geld zurückzuzahlen.«
Ophelia seufzte leise. »Na gut, darüber reden wir später noch einmal.«
Edward sprang zu einem Spielleiter und nahm ihm das Megaphon ab. Dann baute er sich beim Boule auf und rief durch den Verstärker: »Liebe Gäste, ich bitte kurz um Ihre Aufmerksamkeit!«
Neugierig traten alle näher.
Auch Kathalea war sehr gespannt, was er vorhatte.
»Liebe Kathi, manchmal geht das Leben total verrückte Wege und wir haben uns auf sehr ungewöhnliche Weise kennengelernt...«
Hatten Sie?
Er war ihr von Ophelia vorgestellt worden, aber war das so ungewöhnlich?
Kathalea machte ein erstauntes Gesicht, sagte aber nichts in Anbetracht der vielen Gäste, die sie anstarrten, als käme sie vom Mond.
»...und ich muss sagen, ich war vom ersten Augenblick von dir verzaubert.«
Einige Gäste schlugen sich die Hand vor den Mund, andere zückten bereits ihre weißen Stofftaschentücher.
Sogar Oma Lisbeth hatte sich von ihrem gemütlichen Sessel auf der Terrasse erhoben und kam nun interessiert näher.
»Du bist so eine starke, wunderschöne Frau, dass ich von Glück sagen darf, an deiner Seite sein zu dürfen«, fuhr Edward geschwollen fort, »es ist immer wieder ein großes Vergnügen, mit dir zusammen zu sein und ich kann mir kein besseres Weib an meiner Seite vorstellen als dich.«
Einige Gäste lachten, weil er das Wort ›Weib‹ sehr deutlich betonte, denn, das war allen klar, das war natürlich ein Scherz.
Aber was, zum Henker, hatte er vor?

Das war gerade mal ihr zweites Date!
Sie war noch nicht einmal annähernd verliebt.
(Okay, das Verliebtheitsgefühl würde vermutlich auch nach dem hundertsten Date ausbleiben, aber wenigstens hätten ihre Hormone bei hundert Verabredungen eine minimale CHANCE, geboren werden zu dürfen.)
»Liebe Kathi, noch nie habe ich so für eine Frau empfunden und obwohl wir uns noch gar nicht so lange kennen,« Edward schluckte, »möchte ich die Gelegenheit nutzen...«
Einige Gäste fielen fast in Ohnmacht bei der Aussicht auf einen bevorstehenden Heiratsantrag.
Aus den Augenwinkeln sah Kathalea, dass Ophelia bestürzt zu ihrer Großmutter lief und diese nur den Kopf schüttelte.
Waren sie etwa mit Edwards Wahl nicht einverstanden, fragte sich Kathalea erschrocken.
War ihre Freundlichkeit nur aufgesetzt?
»...willst du meine Frau werden, mir entzückende kleine von und zu Hagendorns schenken und bis ans Ende unserer Tage meine Pantoffeln bereitstellen, wenn ich abends erschöpft von der Arbeit heimkomme?«
Es war mucksmäuschenstill.
Alle Gäste starrten Kathalea an.
Hatte er das ernst gemeint, dass sie seine Pantoffelheldin werden sollte? So hatte sie sich ihr Leben nun auch wieder nicht vorgestellt.
Gott, warum war Stine nicht da, wenn man sie brauchte? Sie würde wissen, ob sie den Heiratsantrag tatsächlich annehmen sollte. Denn sie - Kathalea - wusste es gerade nicht. In ihrem Kopf herrschte gähnende Leere.
Panik stieg in ihr hoch.
Sie hasste es, intime Momente mit anderen, wildfremden Menschen teilen zu müssen. Was sollte sie nur sagen?

Edward ließ das Megaphon sinken, drückte es dem Spielleiter wieder in die Hand und ging entschlossen auf Kathalea zu. Er nahm ihre Hände und kniete vor ihr nieder. Dann angelte er mit einer Hand eine Ringschachtel aus seiner Jackentasche.
Hatte er den Antrag etwa geplant gehabt?
Gute Güte, Edward war aber von der ganz schnellen Sorte!
Kathalea kam ins Schwitzen.
Sie spürte den brennenden Blick von Oma Lisbeth und Ophelia in ihrem Rücken.
Oh Mann, was sollte sie nur sagen?
»Was sagst du?«, wisperte Edward sichtlich nervös.
Er ließ die Ringschachtel aufklappen und entblößte einen Ring, der mindestens acht Karat hatte. Dieses Schmuckstück musste ein Vermögen gekostet haben, schoss es Kathalea durch den Kopf.
Wie ein Film im Schnelldurchlauf schossen ihr Szenen von ihr und Henrik durch den Kopf: Wie er auf dem Schiff an der Bar gesessen hatte; wie er ihr bei der Müllabfuhr mit Herrn Schramm geholfen hatte; wie aufmerksam er beim Pferderennen gewesen war - abgesehen von ein paar spöttischen Bemerkungen; wie zuvorkommend er bei ihrem Date in der Kneipe gewesen war und letztendlich, wie er schließlich höchst attraktiv auf dem rosa Müllauto mit dem Strauß Rosen gewinkt hatte.
Er war ein umwerfend toller Mann - aber er war eben bettelarm und nun auch noch verschuldet - wegen ihr! War es da nicht ihre Pflicht, diesen Bund mit Edward einzugehen, um den Deal zu besiegeln?
Kathalea fokussierte sich wieder auf Edward.
Er hatte wunderschöne dunkelrote Haare - eine gute Garantie für schöne, rothaarige Kinder - er hatte hübsche blaue Augen, war schlank und zeigte in jeder Situation Manieren.

»Vergiss, was ich vorhin gesagt habe«, wisperte Edward ihr plötzlich zu, »dein Freund braucht das Geld nicht zurück zu zahlen. Es ist mein Hochzeitsgeschenk für dich.«
Kathalea klappte vor Staunen der Mund auf.
Wie sollte sie jetzt noch den Antrag ablehnen?
Unmöglich!
Sie musste ›*ja*‹ sagen!
Schon allein Henrik zuliebe! Sie würde ihn von einer sehr, SEHR schweren Last befreien.
Sie setzte ein verliebtes Lächeln auf und nickte schließlich. »Ja, ich will.«
Edward zog sie erleichtert in ihre Arme und hielt sie fest umschlungen, während die Gäste leise schwatzend applaudierten.
Edward besiegelte ihren Pakt noch mit einem Kuss und hob dann stolz einen Arm. »Leute, das ist MEINE Braut!«
Die Gäste jubelten und Kathi hätte sich am liebsten im nächsten Mauseloch verkrochen.
Edward wirbelte sie zu sich herum und steckte ihr den Ring an den Finger.
Er war so groß, dass sie Angst hatte, damit jemals auf die Straße zu gehen. Mit diesem Klunker konnte man vermutlich weder arbeiten, noch auch nur irgendwie annähernd den Haushalt machen.
Er nahm sie wieder in seine Arme. »Natürlich wohnst du ab sofort bei mir, Süße!«
Echt?
WO wohnte er überhaupt?
Verwirrt schaute Kathalea ihn an. »Wo wohnst du denn?«
Edward lachte leise. »Ach, Kathi, wir haben noch SO viel Zeit, um uns kennenzulernen. Ich habe eine Villa in der Elbchaussee, ein Haus in der Lüneburger Heide und noch eine Finka in der Toskana. Aber ich schätze, wir nehmen vorerst mit dem Haus an der Elbe vorlieb. Das ist näher an meinem Arbeitsplatz. Was meinst du?«

Kathalea nickte stumm.
Halleluja!
Sie war im Bruchteil einer Sekunde gesellschaftlich von Platz Minus Eintausend auf Platz Eins aufgestiegen.
»Was hältst du davon, wenn wir erst einmal das Buffet plündern? Ich habe einen Bärenhunger bekommen«, schlug Edward vor.
Kathalea nickte und lächelte verlegen.
Sie schwitzte.
Das war trotz fehlender Leidenschaft alles total aufregend. Schließlich hatte sie noch nie einen Antrag bekommen.
Edwards Eltern hielten sie auf dem Weg zum Buffet auf.
»Liebes, willkommen in der Familie! Wir wussten gar nicht, dass es SO ernst ist zwischen euch«, säuselte Edwards Mutter mit aufgesetzter Freundlichkeit. »Wir freuen uns ja so für euch! Und natürlich hoffen wir auf viele, kleine, süße Enkelkinder. Endlich kommt Leben in die Familie.«
»Natürlich, Frau von und zu Hagendorn«, antwortete Kathalea brav.
Edwards Mutter winkte ab. »Liebes, bitte nicht so förmlich. Du gehörst doch jetzt quasi zur Familie. Ich bin Rosalinda. Und das ist mein Mann Archibald.«
Edwards Eltern fielen ihr um den Hals und drückten sie mit aller Herzlichkeit, die sie aufbringen konnten.
Kathalea dankte ihn höflich lächelnd.
Dann machten sie sich gemeinsam mit Edward auf den Weg zum reichhaltigen Buffet.
Kurz bevor Kathalea die gedeckte Tafel erreichte, bog sie zur Toilette ab. Sie eilte den langen Flur hinunter und stürmte ins Badezimmer, welches vielmehr an eine öffentliche Toilette in irgendeinem Nobelrestaurant erinnerte, denn es hatte einen großzügigen Vorraum mit drei Wasch-

becken und riesigen Spiegeln und weiteren drei Toilettenkammern.
Sie beugte sich über das Waschbecken und kühlte ihr Gesicht mit einer großen Portion eiskaltem Wasser.
»Kathi, herzlichen Glückwunsch!«
Erschrocken wirbelte Kathalea herum. »Oma Lisbeth! Hast du mich erschreckt!«
»Entschuldige, Liebes. Das wollte ich nicht.« Die alte Dame lächelte sie an. »Das war ein schneller Entschluss, oder?«
Kathalea war leicht verwirrt.
Worauf wollte die alte Dame hinaus?
Oma Lisbeth tätschelte ihre Wange. »Ich dachte, du hättest ein Auge auf Henrik geworfen, Kindchen. Darum bin ich ein wenig überrascht, dass Edward das Rennen gemacht hat. Damit hat niemand von uns gerechnet.«
»›Niemand von euch‹ sind dann wohl du und Ophelia?«, hakte Kathalea nach.
Oma Lisbeth nickte. »Ja.«
Darum hatten die zwei so merkwürdig geguckt.
»Verstehe mich nicht falsch, Kathi, ich freue mich sehr über dich als Familienzuwachs, aber ich hätte eben gedacht, dass Henrik dein Herz erobert hat.«
Kathalea blickte Edwards Großmutter lange an, bevor sie sich schließlich zu einer ehrlichen Antwort entschloss. »Ja, das hat er auch. Ich bin wirklich sehr verliebt in Henrik. Aber meine Mutter hat immer schon gesagt, von einem schönen Teller allein kann man nicht essen, auch wenn man noch so verliebt ist.«
»Ach! Eine weise Mutter hattest du«, entgegnete Oma Lisbeth schmunzelnd.
Kathalea nickte. »Ja, das war sie.«
»Und du hast gar keine Verwandten mehr?«, fragte Oma Lisbeth neugierig.

»Nein. Ich bin mutterseelenallein auf dieser Welt. Keine Großeltern, keine Eltern, keine Geschwister. Nicht einmal Onkel und Tanten oder gar Cousins habe ich.«
Oma Lisbeth runzelte die Stirn. »Das habe ich nicht gewusst. Armes Ding!«
Kathalea atmete tief durch. »Ist nicht so schlimm. Nicht immer. Klar, an einem Tag wie heute, wäre es toll gewesen, Eltern zu haben, denen man erzählen kann, dass man seinen ersten Heiratsantrag bekommen hat und noch dazu von so einer guten Partie!«
»Oh ja«, sagte Oma Lisbeth grinsend, »Edward ist eine verdammt gute Partie. Er wird dir ein Leben in Reichtum und Luxus geben können und dich von vorne bis hinten verwöhnen.«
»Du klingst trotzdem nicht ganz überzeugt«, platzte Kathalea heraus.
Oma Lisbeth wand sich ein wenig. Schließlich sagte sie: »Nun ja, ich hatte Edward bisher immer für schwul gehalten. Ich bin verwundert, dass er dir einen Antrag gemacht hat.«
»Schwul? Edward?«
Gute Güte, hatte sie die Zeichen dafür übersehen oder war das Edward gar nicht anzusehen?
Oma Lisbeth tätschelte ihren Arm. »Mach dir keine Sorgen! Wenn er dich heiraten will, dann wird er es auch ernst meinen und den Männern abgeschworen haben.«
Ein mulmiges Gefühl schlich sich in Kathalea Eingeweide. Es war nicht so, dass sie etwas gegen schwule Männer hatte, aber es war auch nicht so, dass sie mit einem zusammensein wollte.
»Wie kommt es denn, dass deine Wahl auf Edward gefallen ist, wenn doch dein Herz eigentlich für Henrik schlägt«, platzte Oma Lisbeth heraus.
Kathalea stöhnte leise. »Nun, ich weiß nicht, ob du von der Sache mit dem Müllwagen gehört hast...«

»Welche Sache mit dem Müllwagen?«
»Henrik hat einen Müllwagen rosa angemalt, Löcher gebohrt und mit Plastikblumen beklebt. Es soll ein Schaden von etwa zwanzigtausend Euro entstanden sein, den Henrik für die nächsten dreißig Jahre abstottern muss«, erklärte Kathalea.
Oma Lisbeth grinste. »Es kann doch wohl nicht SO teuer sein, ein blödes Müllauto wieder umzulackieren! Zwanzigtausend Euro? Da will dich wohl jemand veräppeln!«
»Aber Herr Schramm, der Chef von Henrik, meinte, dass das so teuer werden würde. Und Edward hat versprochen, dass er den Schaden bezahlt, wenn ich ihn heirate.«
Oma Lisbeth stand vor Staunen der Mund offen. »Edward hat dir gesagt, er bezahlt die Schulden deines Herzbuben, wenn du ihn heiratest?«
Kathalea zuckte mit den Schultern. »Nun, Edward weiß nicht, dass ich mich in Henrik verliebt habe. Er kennt nicht einmal den Namen des Mannes, für den er den Schaden bezahlen will.«
Oma Lisbeth nickte. »Verstehe! Das ist wirklich sehr großzügig von meinem Großenkel.«
»Das finde ich auch.«
»Also heiratest du Edward nur, um Henriks Haut zu retten?«, bohrte Oma Lisbeth weiter.
Kathalea ließ den Kopf hängen. »Ja und nein.«
Mit hochgezogenen Augenbrauen musterte Oma Lisbeth ihr Gegenüber. »Das musst du mir erklären!«
Kathalea räusperte sich. »In erster Linie will ich Henrik die Schmach ersparen, so viel Geld über so einen langen Zeitraum an seinen Chef abbezahlen zu müssen, und andererseits bin ich es einfach leid, mit armen Schluckern auszugehen, denen ICH sogar die Portion Pommes bezahlen muss.«
Oma Lisbeth schmunzelte. »Du musstest Henrik die Pommes bezahlen?«

»Ich war an einem Freitagabend vor ein paar Wochen bei Henriks Eltern. Sehr arme Menschen, die in einem Hochhaus leben und wirklich eine schäbige Bude haben. Dort hat er Karten gespielt, bis wir zur Kneipe um die Ecke gegangen sind. Henrik hatte ganze fünf Euro mit. Das reichte gerade mal für seine Cola. Die Pommes habe ich bezahlt. Ich bin dann alleine nach Hause gefahren, weil Henrik nicht einmal Geld für die Bahn hatte«, erzählte Kathalea. »Und an dem Abend hat er nicht einmal angerufen und gefragt, ob ich heil nach Hause gekommen bin. Ich gehe also davon aus, dass sein Interesse für mich nicht ganz so groß ist, auch wenn er sich mit dem rosa Müllwagen etwas Tolles überlegt hat, um mich um ein Date zu bitten.«

Oma Lisbeth schlug sich gegen die Stirn. »Gute Güte, was musst du für einen schlechten Eindruck von Henrik haben! Und Edward hat dich schätzungsweise ins Vlet eingeladen und dann nach Hause gebracht, oder?«

»Ja. Edward ist immer in höchstem Maße zuvorkommend.«

»Verstehe. Tja, dann würde ich sagen, Henrik ist selbst schuld, dass er nicht bei dir landen konnte, nicht wahr?« Oma Lisbeth ging an ihr vorbei und ließ sich etwas Wasser über die Handgelenke laufen.

»Er ist ein sehr attraktiver und sehr humorvoller Mann. Ich bin sicher, er wird eine tolle Frau finden«, sagte Kathalea und schluckte den aufkommenden Kloß in ihrem Hals hinunter. »Ich habe mich für ein sorgenfreies Leben und gegen die Liebe entschieden. Und dabei bleibe ich auch.«

Oma Lisbeth wandte sich ihr wieder zu. »Eines solltest du NIEMALS unterschätzen, Kathi! Nur weil man Geld hat, hat man nicht unbedingt weniger Sorgen! Das Leben ist nicht nur schwarz und weiß.«

»Nein, das ist es nicht. Aber zumindest hat man ein paar existentielle Sorgen weniger«, konterte Kathi. Sie hob eine Hand zum Gruß und verließ die Waschräume.
Als sie gerade ins Wohnzimmer einbiegen wollte, hörte sie Ophelia lauthals auf Edward einreden.»...du bist wohl verrückt geworden! Du bist SCHWUL, Edward! Darum habe ich auch DICH ausgewählt, Kathi auszuführen, damit Henrik eifersüchtig wird und endlich über seinen Schatten springt. Warum machst du der Frau einen Heiratsantrag, in die sich Henrik verliebt hat?«
»Ich bin nicht schwul. Ich bin bi. Und ich wollte schon immer eine Familie haben. Frau und Kinder. Das hat doch mit meinen Männerliebschaften nichts zu tun. Die kann ich doch weiterhin haben«, entgegnete Edward beleidigt.
Kathalea drückte sich erschrocken hinter einen Vorhang und lauschte angestrengt.
»Du solltest Kathi nur ausführen, um Henrik eifersüchtig zu machen, nicht aber, um ihm die Frau auszuspannen«, schimpfte Ophelia weiter. »Ich finde das UNMÖGLICH von dir!«
»Na, und? Kathalea ist doch nicht Henriks Eigentum. Und er hat ebenso die Chance gehabt, sich von seiner besten Seite zu zeigen. Aber dein Bruder muss ja den Weltenverbesserer spielen! Turnt bei der Müllabfuhr herum, als wenn er ein armer Schlucker wäre und denkt, SO findet er die Frau fürs Leben. Wenn Kathi nicht so naiv wäre, hätte sie ihn längst durchschaut und wüsste, dass Henrik noch reicher ist als ich.«
Ophelia kreischte leise. »Mensch, Edward, nun sei doch nicht so blasiert! Mach das wieder rückgängig! Löse die Verlobung! Du liebst sie doch gar nicht.«
»Wer sagt das? Nenn mir einen vernünftigen Grund, warum ich so eine tolle Frau wie Kathalea aufgeben sollte!«
Kathalea blinzelte vorsichtig um die Ecke und sah, wie Ophelia antwortete: »Es gibt keine Gründe, außer dem

einen, nämlich, dass mein Bruder sie liebt. Wenn du das nicht rückgängig machst, bist du nur noch mein Cousin und nicht mehr mein bester Freund!«
Edward schluckte. Doch dann streckte er die Schultern durch. »Kathi ist ein freier Mensch. Erwachsen noch dazu. Wenn SIE sich für mich entschieden hat, wird sie ihre Gründe haben. Sie hätte den Heiratsantrag auch ablehnen können. Sie scheint also gar nicht in Henrik verliebt zu sein. Schon einmal darüber nachgedacht?«
Ophelia blickte ihn schweigend an. Dann schüttelte sie den Kopf. »Du hast Recht! Wenn sie ihn gewollt hätte, hätte sie deinen Antrag nicht angenommen. Schließlich ist es nicht ausschlaggebend, wie reich ein Mensch ist. Es kommt doch auf den Charakter an und darauf, ob man den anderen liebt.« Sie ließ den Kopf hängen. »Entschuldige, Edward! Sie wird sich vermutlich wirklich in dich verliebt haben und nicht in Henrik. Ich werde meinem Bruder heute die frohe Botschaft übermitteln.«
»Was wirst du ihm sagen?«
»Ich werde sagen«, stöhnte sie leise, »*»Henrik, deine Herzdame hat Edwards Antrag angenommen. Sie hat sich in Edward verliebt. Du bist raus aus dem Rennen.‹* Irgendetwas in der Art.«
Edward tätschelte Ophelias Arm. »Nein, das wirst du nicht tun! ICH werde ihm mitteilen, dass Kathi und ich uns verlobt haben. Dann bist du nicht der Buhmann.«
Kathalea lehnte ihren Kopf gegen die Wand.
Sie kämpfte mit den Tränen.
Gott, war sie blöd!
Henrik war Ophelias BRUDER!
Und er war NOCH reicher als Edward und gab nur vor, arm zu sein?
So ein verlogener Mistkerl!

Dann waren seine ›*Eltern*‹ vermutlich auch nur engagiert gewesen, denn die Erdmanns waren dann ja nicht seine wahren Eltern, sondern die Familie Edmundus.
Oh Mann, was sollte sie jetzt tun?
Abhauen?
Bleiben?
So tun, als wenn sie noch immer von nichts eine Ahnung hatte?
»Na, Liebes, belauscht du deinen Zukünftigen?«, kam Oma Lisbeth um die Ecke geschossen.
Kathalea zuckte zusammen.
Ihr Herz machte mindestens drei Aussetzer.
»Oma Lisbeth! Jetzt hast du mich aber noch mehr erschreckt als vorhin! Beim nächsten Mal bleibt mir das Herz stehen.«
Oma Lisbeth musterte sie neugierig. »Dann bist du jetzt wohl im Bilde, was? Hat das Lügenspiel endlich ein Ende, ja?«
Sie blickten sich lange an.
Schließlich nickte Kathalea und wischte sich eine Träne aus ihren Augenwinkeln. »Ja. Ich weiß jetzt, dass Henrik mich nur verarscht hat.« Damit drehte sie sich um und lief zu Edward, der sie freudestrahlend empfing.

Geldgeierlady

»Ist jemand gestorben?«, witzelte Henrik, als sich seine Schwester mit einer halbstündigen Verspätung endlich im Café blicken ließ.

Ophelia warf ihm einen bitterbösen Blick zu. »Das Lachen wird dir gleich noch vergehen.«

Etwas ernster beugte sich Henrik über den Tisch. »Schieß los! Probleme in der Reederei? Hast du die Firma an die Wand gefahren, bevor Papa sie dir überschreiben konnte?«

Wieder versah Ophelia ihn mit einem bitterbösen Blick. »Brüderchen, treibe es mit deinem Schabernack nicht auf die Spitze! Mir ist heute echt nicht zum Scherzen zumute.« Ophelia bestellte einen RIESENBECHER Kakao mit extra Klecks Sahne.

Verwundert musterte Henrik seine jüngere Schwester, die sonst so taff und unerschütterlich war - und auf ihre Linie achtete. Kakao und Sahne kamen in ihrem Wortschatz normalerweise nicht einmal vor.

»Du hast es so was von versaut, Henrik!«, platzte Ophelia heraus.

Henrik öffnete den Mund, doch bevor er etwas sagen konnte, wurde die Tür des Cafés aufgestoßen und Oma Lisbeth schwebte hoch erhobenen Kopfes herein.

»Oma!«

»Was machst du denn hier?«

Überrascht blickten die Geschwister zu ihrer Großmutter auf, die sich ächzend auf einen Stuhl fallen ließ und erst einmal in Seelenruhe ihre Tasche auspackte.

»Was ist passiert? Nun spann mich nicht länger auf die Folter, Ophelia! Oma scheint ja noch einen Augenblick zu brauchen, bis sie sich sortiert hat«, drängte Henrik.
Aber Ophelia rückte nicht mit der Sprache heraus. Stattdessen bestellte sie sich noch ein extra großes Eis mit Schlagsahne und einen doppelten Kaffee.
»Bist du krank? Oder schwanger? Seit wann bestellst du Kakao, Eis UND eine Tonne Schlagsahne?«, fragte Henrik mit leicht aufsteigender Panik.
Ophelia musterte sie ihren Bruder mitleidsvoll.
»Warum siehst du mich so an?«
»Ich muss mir einen hirnverbrannten Idioten angucken, der zufälligerweise auch noch mein Bruder ist.«
Endlich blickte auch Oma Lisbeth auf. »Da muss ich deiner Schwester leider Recht geben, Henrik!«
»Oh, ihr seid ja heute ganz der Charme in persona. Wer ist euch denn über die Leber gelaufen?« Er wandte sich an seine Schwester. »Oder hast du einen Mann kennengelernt, der dir eine Abfuhr erteilt hat?«
Ophelia runzelte die Stirn. »Nein. Aber DU hast dir sozusagen eine Abfuhr eingehandelt. Aber da du ja eh schon Erfahrungen bei der Müllabfuhr gesammelt hast, wirst du das sicherlich gut wegstecken.«
»Henrik hat sich eine fette Abfuhr eingefangen, nur weiß er noch nichts davon«, fügte Oma Lisbeth hinzu.
»Ich verstehe nur Bahnhof. Würdet ihr bitte mal Klartext mit mir reden!«
Ophelia und Oma Lisbeth blickten sich kurz an, dann setzte sich Ophelia aufrecht hin und räusperte sich. »Ich gehe davon aus, dass du dich NICHT ernsthaft in Kathalea verliebt hast.«
»Wieso?« Henrik rümpfte die Nase. »Was hat Kathi jetzt mit der Sache zu tun?«

»Und ICH gehe davon aus«, fuhr Oma Lisbeth dazwischen, »dass du KEINE ernsten Absichten mit Kathalea hattest...«

»Boah, heute redet ihr aber echt in Rätseln! Worauf wollt ihr hinaus?«

»Antworte!«

»Waren das Fragen?«

»Lenk nicht ab!«

»Also guuuut«, stöhnte Henrik. Er lehnte sich zurück und verschränkte die Arme. »Ja, ich habe mich in Kathi verliebt und ja, ich habe ernste Absichten. Ich finde sie toll. Sonst hätte ich wohl kaum den Aufwand betrieben, einen Müllwagen rosa zu lackieren und mit Blumen bekleben zu lassen. Ich würde sie gerne öfters ausführen, aber ich habe das Gefühl, sie geht mir plötzlich aus dem Weg. Immer, wenn ich das Date, welches ich mit dem rosa Müllwagen eingefahren habe, wahrmachen will, kommt ihr irgendetwas dazwischen. Angeblich.«

Ophelia blickte ihn lange an. »So, kommt es das?«

»Ja.«

»Hast du sie je gefragt, WAS ihr dazwischen kommt?«

»Nein. Das ist ihre Sache. Ich will mich ja nicht aufdrängen. Wenn es wichtiger ist, als mit mir auszugehen, wird sie ihre Gründe haben«, konterte Henrik.

Ophelia nahm ihr Rieseneis und den Kakao entgegen und reichte Henrik einen Löffel. »Hier, deine Stielaugen sind nicht zu übersehen. Den Berg Eis schaffe ich ohnehin nicht, ohne fett zu werden.«

Oma Lisbeth bestellte sich auch gleich noch ein Rieseneis mit Sahne.

»Davon bist du weit entfernt, Schwesterherz.« Henrik bediente sich an dem Eis. Als er gerade eine fette Portion Schokoladeneis mit Sahne im Mund hatte, platzte Ophelia

schließlich heraus. »Tja, ich kenne den Grund, weshalb Kathi keine Zeit mehr für dich hat. Edward hat ihr einen Heiratsantrag gemacht und sie hat ihn angenommen.«
Henrik prustete den Inhalt seines Mundes heraus und war nicht schnell genug, um sich eine Serviette zu schnappen. Das weiße Seidenshirt seiner Schwester war nun braun gesprenkelt und sah fürchterlich aus. Auch das roséfarbene Shirt seiner Großmutter trug Spuren von Schokoladeneis davon.
Henrik hustete und versuchte, wieder Luft zu kriegen.
»Ach nö, Henrik, du Ferkel! Sieh nur, wie ich aussehe! Das war eine Sonderanfertigung von Jil Sander. Das kriegt meine Zauberfee von der Reinigung NIEMALS wieder sauber«, beschwerte sich Ophelia.
»Ich kann mein Oberteil auch vergessen. Henrik, was ist nur mit dir los? Ich habe übrigens noch mehr Neuigkeiten…«, deutete Oma Lisbeth wage an.
»Echt? Ist Kathi jetzt auch noch schwanger?«, platzte Ophelia heraus.
Henrik fielen fast die Augen aus dem Kopf. Er hob entschuldigend eine Hand und verschwand fast unter dem Tisch, um seine Lunge wieder zu beruhigen. Als er wieder Luft bekam, tauchte er wieder auf. Mit glasigen Augen wandte er sich an seine Schwester. »Edward und Kathi HEIRATEN? Sie ist SCHWANGER? Von Edward?«
Das war sein ganz persönlicher Weltuntergang!
»Ja.« Ophelia stutzte.
»Sie ist ernsthaft schwanger?« Henrik klappte die Kinnlade herunter.
»Nein, sie ist nicht schwanger, sie heiraten bloß. Oder, Oma?«
»Ich glaube, noch mehr Neuigkeiten ertrage ich nicht.«
Henrik schüttelte ungläubig den Kopf. »Wieso?«

»Er hat ihr einen Antrag gemacht. Du nicht.« Ophelia zuckte mit den Schultern. »So einfach ist das. Außerdem geht sie davon aus, dass du nicht nur arm, sondern auch noch hoch verschuldet bist. Und Edward ist reich. Ich hätte mich auch für ihn entschieden.«

»Sehr witzig! Sind denn nur noch Geldgeierladys unterwegs?«, grunzte Henrik übellaunig.

Oma Lisbeth wackelte mit dem Kopf. »Kathi ist doch kein Geier, nur weil sie es satt hat, kein Geld zu haben. Sie hatte einfach viel Pech in ihrem Leben. Wusstest du, dass sie eine Waise ist? Sie hat nicht einmal mehr Großeltern oder Onkel und Tanten.«

»Echt? Sie ist mutterseelenallein?«, hakte Henrik nach.

»Ja. Und sie hat ständig Pech mit ihren Jobs gehabt. Dazu noch die Schulden vom Studium. BAföG muss man ja schließlich auch anteilig wieder zurückbezahlen«, erklärte Ophelia.

»Und Edward hat ihr ein ganz besonderes Hochzeitsgeschenk versprochen«, deutete Oma Lisbeth an.

»Was?«, hakten Ophelia und Henrik gleichzeitig nach.

»Er bezahlt zwanzigtausend Euro für Kathis Freund, der einen Müllwagen rosa angemalt hat. Es ist sein Hochzeitsgeschenk an Kathi. Und da dieser Freund«, sie blickte Henrik eindringlich an, »der Herzbube von Kathi ist und mit diesem Deal schuldenfrei wäre, hat sie den Heiratsantrag von Edward angenommen.«

»Sie heiratet Edward nur, um MICH aus der Schuldenfalle herauszuholen?«, fragte Henrik tonlos. Der Schock stand ihm deutlich ins Gesicht geschrieben. »Edward SCHENKT ihr zwanzigtausend Euro, wenn sie ihn heiratet?«, wiederholte Henrik fassungslos.

Oma nickte und stibitzte sich etwas Himbeereis.

»Aber es kommt noch schlimmer«, sagte Oma Lisbeth und nahm von der Kellnerin ihr Eis entgegen.
»Noch schlimmer?«, fragte Henrik. »Geht das?«
»Ja, das geht! Auf der Feier habe ich Kathi im Flur angetroffen«, sagte Oma Lisbeth, »sie war gerade im Begriff, das Wohnzimmer zu betreten, als sie Zeuge einer Unterhaltung wurde zwischen Edward und Ophelia.«
»Oh mein Gott!«, sagte Ophelia nur und machte große Augen.
Unsicher blickte Henrik zwischen seiner Schwester und seiner Großmutter hin und her. »Was hast du denn mit Edward besprochen?«
Ophelia blickte ihn schweigend an, also räusperte sich Oma Lisbeth. »Ich würde sagen, dein kleines Geheimnis ist aufgeflogen, Henrik! Kathalea weiß jetzt, dass du Ophelias Bruder und damit ein Multimillionär bist. Und sie war nicht gerade erfreut über die Lügen, die du ihr aufgetischt hast.«
»SCHEISSE!« Henrik raufte sich verzweifelt die Haare. Dann ließ er den Kopf auf die Tischplatte fallen. »Was bin ich nur für ein Idiot!«
»Das kannst du laut sagen«, erwiderte Ophelia.
Henrik hob den Kopf und rief laut: »Was bin ich nur für ein Idiot!«
Alle Gäste im Café drehten sich nach ihnen um.
Henrik hatte nicht einmal die Kraft, in die Runde zu grinsen. Stöhnend stützte er sich auf zwei Arme und ignorierte die fragenden Gesichter.
»Gibt es schon einen Hochzeitstermin?«, fragte er schließlich.
Ophelia nippte an ihrem Kaffee. »Woher soll ich das wissen?«

»DU bist doch mit Edward befreundet. Dem Verräter! Und so was schimpft sich Cousin! Schmeißt sich einfach an die Dame MEINES Herzens heran!«, schimpfte Henrik.

Oma Lisbeth tätschelte sein Bein. »Du hattest dieselben Chancen, mein Lieber. Aber du warst ja eher damit beschäftigt, den armen Kirchenmäuserich zu spielen. Dabei hast du sämtliche Manieren und zwischenmenschliche Umgangsformen vergessen.«

»Ich muss dir was beichten, Henrik«, platzte Ophelia heraus.

Henrik musterte seine Schwester mit hochgezogenen Augenbrauen. »Nicht noch eine Neuigkeit! Bitte nicht! Ich glaube, ich kriege sonst gleich einen Magendurchbruch.«

»ICH habe Edward beauftragt, sich an Kathi heranzuschmeißen, um DICH eifersüchtig zu machen.« Erleichtert atmete Ophelia auf. »So, jetzt ist es raus.«

Henrik war fassungslos. »Du hast WAS? Du hast unseren - eigentlich schwulen - Cousin BEAUFTRAGT, mich eifersüchtig zu machen? Ich dachte, du hast sie lediglich einander vorgestellt, damit ich eifersüchtig werde! Aber dass du ihn BEAUFTRAGT hast, hast du bisher wohlweislich verschwiegen.«

Ophelia nickte. »Ich konnte ja nicht ahnen, dass er sich ernsthaft in Kathi verlieben würde.«

»Nee, davon wäre ich bei Edward auch nicht ausgegangen. Der war doch bisher immer so was von stockschwul! Um ehrlich zu sein, habe ich ihn noch NIE mit einer Frau zusammen gesehen.« Henrik schüttelte den Kopf. »Weiß Kathi, dass er bisexuell ist?«

»Keine Ahnung. Ich glaube auch kaum, dass sie ihre Meinung ändern würde, selbst wenn sie es wüsste.«

Henrik war so aufgewühlt, dass er in die Tischplatte hätte hineinbeißen können. Nur mit Mühe und Not konnte Ophelia ihren Eis- und Kakaobecher festhalten, als er das Möbelstück dabei fast umriss. »Henrik! Nun pass doch auf!«

Die Bedienung kam und brachte das Eis für Henrik und den Kaffee für Ophelia. Mit Bestimmtheit schob Henrik den Eisbecher zu seiner Großmutter. »Ich glaube, ich kann gerade gar nichts mehr essen!«

Schulterzuckend machte sich seine Großmutter also über das Eis her. »Henrik, Henrik«, Oma Lisbeth hob einen Finger, »Kathalea hat Edwards Heiratsantrag ursprünglich in dem Glauben angenommen, sie würde dir damit helfen, weil Edward ihr versprochen hat, die Schulden zu übernehmen. Aber kurz nach dem Antrag hat sie ja die Wahrheit über dich herausgefunden, mein Enkelsohn, und nun schätze ich, heiratet sie Edward, weil sie davon ausgeht, dass du sie verarscht hast.«

»Ich weiß gerade nicht, was schlimmer ist«, gestand Ophelia.

Henrik schlug sich gegen die Stirn. »Ich bin ein noch größerer Idiot, als ich bisher gedacht habe. Herr im Himmel«, er warf den Kopf zurück, »wie kann man nur so blöd sein? WIE habe ICH es nur geschafft, so reich zu werden? Ich bin der Obertrottel der Nation!«

»Einsicht ist der erste Schritt zur Besserung«, witzelte Ophelia.

Henrik nickte. »Dann heiratet sie ihn nur, , um mir eins auszuwischen. Super!«

Oma Lisbeth hob einen Daumen. »Exakt. Ich bin gespannt, was Kathalea mit Edwards Hochzeitsgeschenk macht, denn schließlich weiß sie jetzt, dass du auf diese Almosen gar nicht angewiesen bist.«

Henrik täuschte einen Weinkrampf vor. »Wie komme ich bloß aus dieser Nummer wieder heraus?«
»Kann ich Ihnen irgendwie helfen?«, fragte die Bedienung. »Stimmt etwas mit dem Eis oder dem Kaffee nicht?«
Henrik winkte ab. »Nein, nein. Es ist alles gut. Vielen Dank!« Er wandte sich an seine Schwester, kaum dass die Bedienung wieder hinter dem Tresen stand. »Ophelia, du musst mir helfen!«
Ophelia stöhnte und verdrehte die Augen. »Schon wieder? Das letzte Mal, als ich dir helfen sollte, ist das voll in die Hose gegangen. Noch einmal besorge ich dir keine Ersatzeltern, Henrik Amandus!«
»Die sind ohnehin aufgeflogen«, bemerkte Oma Lisbeth trocken.
Henrik lächelte. »Nein, nein, ich habe eine viel bessere Idee!«

***

Ungeduldig wechselte Kathalea das Bein. Nach dem fünften Klingelversuch wurde endlich die Tür geöffnet. Sie schlich ins Haus und blickte sich verstohlen um.
Sie konnte sich nicht erklären, warum dieses Hochhaus so auf ihr Gemüt drückte, aber die Schwingungen schienen hier ganz besonders deprimierend zu sein.
Sie stieg in den zehnten Stock und trat vor die Haustür ohne Namensschild.
Nachdem niemand nach dem zweiten Klingeln kam, klopfte sie.
»Hallo!« Die dünne Frau in der Tür deutete ein Lächeln an.
»Frau Erdmann?«

»Ja.«
»Erinnern Sie sich an mich?«, fragte Kathalea höflich nach.
Die Frau nickte. »Ja.« Sie öffnete die Tür einen spaltbreit mehr.
»Wollen Sie mich nicht hereinlassen?«, fragte Kathalea weiter.
Frau Erdmann schüttelte langsam den Kopf. »Nein. Ist nicht aufgeräumt«, fügte sie eilig hinzu. »Außerdem ist Henrik nicht da.«
»Verstehe. Nun ja, vielleicht können Sie mir meine Frage auch so beantworten…«
»Weiß nicht…«
»Wurden Sie dafür bezahlt, dass Sie die Eltern von Henrik spielen oder sind Sie tatsächlich seine Eltern?«
Erschrocken blickte die Frau sie an. Um nicht antworten zu müssen, wollte sie die Tür zuschlagen, doch Kathalea war schneller. Sie schob eilig einen Fuß in den Türrahmen und biss die Zähne zusammen, als die Tür dagegen geschlagen wurde.
»Also?«
»Ich sage nix ohne meinen Anwalt«, quakte die Frau verzweifelt.
Kathalea stöhnte. »Frau Erdmann, was bekommen Sie dafür, dass Sie Henriks Mutter spielen? Sie bekommen doch sicherlich Geld, oder?«
»Ja«, sagte Frau Erdmann leise und blickte sich verstohlen nach allen Seiten um, »aber wenn ich es Ihnen erzähle, kriegen wir keine Kohle mehr. Also hauen Sie endlich ab und hören Sie auf, uns mit Ihren dämlichen Fragen zu löchern!«
»Dann sind Sie nicht mit Henrik verwandt?«

»Nein. Wir haben keine Kinder. Und so einen Schnösel wollen wir auch gar nicht haben. Und jetzt verschwinden Sie endlich!« Die Frau schlug die Tür zu.
Kathalea atmete tief durch. Dann machte sie auf dem Absatz kehrt und lief die Stufen hinunter.
Sie wusste ohnehin schon, was sie hatte wissen wollen.
Henrik hatte sie an der Nase herumgeführt.
Sie beschloss, noch eben zur städtischen Müllabfuhr zu fahren und sich zu erkundigen, was es mit dem rosafarbenen Müllwagen auf sich hatte.
Herr Schramm war glücklicherweise noch in seinem Büro und empfing sie für exakt zwei Minuten. »Ich habe gleich Feierabend«, drängte er.
»Kennen Sie Henrik Erdmanns richtigen Namen? Und musste er den Schaden am rosa Müllwagen tatsächlich mit zwanzigtausend Euro bezahlen?«, kam sie gleich zum Punkt.
Der bärtige Mann hinter dem Schreibtisch musterte sie, dann antwortete er: »Ich wusste nicht, dass ich einen Millionärssohn eingestellt hatte, falls Sie darauf anspielen, Frau Pfennigbaum. Sonst hätte ich ihn auch gar nicht beschäftigt. Lackaffen brauchen wir hier nicht, die sich nur auf unsere Kosten amüsieren wollen.«
»Dann hat Henrik schlechte Arbeit geleistet?«
»Nein, das hat er nicht. Er war pünktlich, fleißig und es gab null Beschwerden über ihn. Dennoch fühle ich mich ein wenig verschaukelt, dass wir einen waschechten Edmundus hier im Team hatten. Und das Auto hat natürlich keine zwanzigtausend Euro gekostet. Herr Edmundus hat den Wagen abgekauft. Er wird mittlerweile zu Werbezwecken für Heiratsanträge von einer seiner vielen Firmen vermietet.«

Kathalea dankte dem Geschäftsführer und verabschiedete sich.
Als sie draußen war, dämmerte es bereits.
Für einen Moment lang war sie versucht, mit der Bahn in ihre kleine Wohnung zu fahren, doch dann besann sie sich und lief zu dem Mercedes, den Edward ihr gekauft hatte.
Sie war mal wieder von einem Typen verarscht worden - und mit diesem Exemplar war sie nicht einmal zusammen gewesen. Er hatte sie komplett auf den Arm genommen, ihr vorgegaukelt, dass er arm sei, nur weil sie auf dem Schiff an der Bar damit herausgeplatzt war, dass sie sich fortan nur noch Millionäre anlachen würde.
Das war vermutlich die gerechte Strafe für ihre oberflächliche Einstellung, mit der sie auch noch hausieren gegangen ist.
Und was hatte sie nun davon?
Eine Verlobung mit einem reichen Mann, den sie überhaupt nicht liebte und ein gebrochenes Herz. Sie litt mal wieder Seelenqualen, weil sie von einem Mann, in den sie sich verliebt hatte, nach Strich und Faden belogen worden war.
Was lernte sie daraus?
Liebe lohnte sich nicht.
Verärgert stieg sie ins Auto und brauste in Edwards Villa, die sie seit einer Woche mit ihrem Verlobten bewohnte.

Keine Chance

Entschlossen ging Henrik zu Horst Schramm und kündigte der Form halber seinen Job als Mitarbeiter bei der städtischen Müllabfuhr, obwohl das nicht notwendig war, denn der Geschäftsführer wollte ihn ohnehin nicht weiter beschäftigen.
Dann fuhr er mit der Bahn nach Hause in seine Wohnung in der HafenCity, duschte und holte seinen geliebten Porsche aus der Garage. Er fuhr schnurstracks zu Edwards Gestüt, in der Hoffnung seinen Cousin dort anzutreffen.
Er hatte kaum geparkt, als er Kathalea über den Weg lief.
»Hallo Kathi! Was machst du denn hier?«
Als Kathalea Henrik erblickte, fühlte sie einen hässlichen Stich in der Brust, wohlwissend, dass er sie die ganze Zeit über belogen und an der Nase herumgeführt hatte. »Ich habe heute meine erste Reitstunde«, verriet sie mit ernster Miene.
»Ach! Du interessierst dich für Pferde?«, fragte Henrik erstaunt.
»Edward meinte, es sei gut, wenn ich das Reiten lernen würde. Das sei standesgemäß. Ich selbst habe eher Angst vor diesen großen Tieren.« Sie lächelte ihn äußerst verhalten an und Henrik konnte ihr das nicht einmal verübeln. Schließlich heiratete sie einen Mann, den sie vielleicht nicht einmal liebte. Sie hatte den Heiratsantrag ursprünglich nur angenommen, um ihm aus der Patsche zu helfen und hielt nun an dem Eheversprechen fest, um sich an ihm zu rächen.
Mit einem Mal schämte sich Henrik.

Er machte einen Schritt auf Kathalea zu und wollte ihr gerade erklären, dass er nicht der war, für den sie ihn hielt. Er wollte ihr sagen, dass alles nur ein schrecklicher Irrtum war und er sich in sie verliebt hatte, als Edward wie aus dem Nichts plötzlich auftauchte.

»Henrik! Welch seltener Glanz in unserer Hütte. Was treibt dich denn hierher?«

Henrik setzte ein freundliches Lächeln auf. »Hast du ein paar Minuten Zeit für mich, Edward?«

Edward nickte. Er legte einen Arm um Kathaleas Schultern, drückte sie an sich und gab ihr einen Kuss. »Viel Spaß bei deiner ersten Reitstunde, mein Schatz. Hals und Beinbruch!«

»Danke! Hoffentlich stelle ich mich nicht so doof an, dass ich mir alles breche«, erwiderte Kathalea verlegen lachend.

Edward winkte ab. »Ach was! Das sagt man doch nur so. Außerdem habe ich dir unsere beste Reitlehrerin an die Seite gestellt. Sie wird dir alles beibringen, was du wissen musst. Viel Spaß, mein Schatz!«

Henrik drehte sich der Magen um, als Edward das Wort ›Schatz‹ bereits zum zweiten Mal erwähnte.

Edward winkte Henrik mit sich. »Du willst uns sicherlich zur Hochzeit gratulieren, oder?«

»Äh, ja, natürlich. Herzlichen Glückwunsch! Wann heiratet ihr?«

Edward öffnete die Tür des Herrenhauses, in dem sein Büro lag. »Wir haben uns noch nicht auf einen Termin geeinigt. Aber ich habe morgen einen Termin auf dem Standesamt. Ich denke, wir werden in zwei oder drei Wochen heiraten.«

»SO schnell?«, platzte Henrik erschrocken heraus. Er schluckte.

Sein Cousin hatte es aber mit einem Mal sehr eilig.
»Ja. Wir wollen unsere Familie vergrößern. Ich dachte so an vier Kinder. Und da Kathi schon auf die dreißig zugeht, ist es besser, wir fangen mit der Familienplanung schneller an und warten nicht mehr lange. Warum sollten wir das Ganze auch hinauszögern, wenn wir uns sicher sind, dass wir zusammengehören?« Edward lachte leise.
Henrik schluckte erneut. Sein Hals war schrecklich trocken.
Edward schloss sein Büro auf und ließ Henrik eintreten.
»Setz dich bitte! Willst du etwas trinken?«, bot Edward an.
Henrik nickte. »Ja, bitte!«
Edward reichte ihm eine Limo.
»Ich komme gleich zur Sache«, sagte Henrik geschäftig.
»Dann schieß los!« Neugierig musterte Edward seinen Cousin, während er sich auf seinen Sessel fallen ließ.
»Ophelia hat mir gebeichtet, dass sie dich quasi nur engagiert hatte, um mich eifersüchtig zu machen, indem du mit Kathi ausgehst«, fing Henrik an.
Edward hob beide Augenbrauen. »Jaaaaa«, sagte er gedehnt. »Und?«
»Und ich finde, dein Engagement geht nun über das übliche Maß hinaus. Findest du es Kathi gegenüber fair, sie an der Nase herumzuführen und sie zu heiraten, obwohl du mich nur eifersüchtig machen sollst? Ich meine, das ist ein toller Freundschaftsdienst für Ophelia, aber nun geht er zu Lasten von Kathalea!«
Edward nickte. Lange blickte er schweigend auf seine manikürten Finger, dann sah er auf. »Henrik, ich will ehrlich zu dir sein!«
»Danke!« Henrik setzte ein falsches Lächeln auf. Er war gerade tierisch genervt von seinem Cousin.

»Anfangs habe ich Ophelia nur einen Freundschaftsdienst leisten wollen, indem ich so tat, als würde ich mich für Kathi interessieren. Das ist richtig.«

»Aber?«

»Aber dann habe ich festgestellt, dass Kathi die erste Frau ist, für die ich mich ernsthaft interessiere. Ich kann mir sogar vorstellen, mit ihr Sex zu haben«, gestand Edward und errötete.

»Toll, ich gratuliere! Edward, dann scheint es dir ja wirklich ernst zu sein!«, sagte Henrik mit einem extrem sarkastischen Unterton.

Innerlich verdrehte Henrik die Augen.

Herr im Himmel, warum konnte Edward nicht bei seinen Männerbekanntschaften bleiben? Warum musste er ausgerechnet bei Kathalea sein Herz fürs weibliche Geschlecht entdecken?

»Ja, es ist mir ernst. Ich meine, wir haben bisher noch nicht miteinander…du weißt schon«, deutete Edward verschämt an.

Henrik lächelte. »Nein, weiß ich nicht. Was meinst du?«

»Nun, wir haben noch nicht miteinander geschlafen. Ich bin da nicht ganz so geübt darin. Mit Frauen, meine ich.«

»Bist du sicher, dass du sie heiraten willst, BEVOR du überhaupt weißt, ob du Sex mit einer Frau haben kannst?«, wandte Henrik ein. »Vielleicht solltest du das VORHER testen. Ihr zuliebe«, fügte er eilig hinzu.

Grübelnd legte Edward einen Finger gegen sein Kinn. »Du hast Recht! Ich sollte sie vorher verführen. Aber wie mache ich das am besten?« Fragend blickte er seinen Cousin an.

Dieser stöhnte innerlich.

Ob Ophelia bewusst gewesen ist, was sie da anrichten würde?

»Nicht anders, als bei Männern auch, schätze ich. Du könntest sie am Wochenende zum Beispiel in ein Romantikhotel einladen«, schlug Henrik halbherzig vor.

Edward zeigte mit dem Finger auf ihn. »Genau! Gute Idee! Danke, Henrik!«

Ungläubig blickte Henrik ihn an. »Das willst du wirklich machen? Das war eigentlich ein Witz.«

»Romantik ist immer gut für einen sexuellen Übergriff. Und ein Hotel hat auch etwas Aufregendes. Also, ich meine, für einen sexuellen Akt«, würgte Edward herum.

Henrik stöhnte nun laut. »Edward! Bist du sicher, dass du so weit bist? Gib das Ganze lieber auf, bevor es peinlich wird!«

»Das wird doch nicht peinlich! Ich werde mich bestens vorbereiten. Ich lese noch schnell ein Buch über Sex mit Frauen und lade sie dann eine Woche vor unserer Hochzeit in ein Romantikhotel ein. Dort verführe ich sie und vielleicht zeugen wir dann ja auch gleich ein paar kleine von und zu Hagendorns.« Edward lächelte bis über beide Ohren. »Klingt wie ein phantastischer Plan.«

»Und wenn ich dich bitte, sie in Ruhe zu lassen?«, platzte Henrik schließlich heraus.

Verwundert blickte Edward ihn an. »Wieso solltest du das tun? Meinst du, ich kann keinen Sex mit einer Frau haben? So schwer wird das doch wohl nicht sein, oder?« Er lachte leise.

Henrik seufzte. »Nein, das ist ganz bestimmt nicht so schwer. Aber ich denke trotzdem, du stellst dir das zu einfach vor.«

»Ich kriege das schon hin.«

»Hast du eigentlich mal eine Sekunde lang darüber nachgedacht, dass du den ›Auftrag‹ bekommen hast, mich eifersüchtig zu machen, weil meine Schwester davon aus-

ging, dass DU für mich keine Gefahr darstellst, denn schließlich habe ICH mich in Kathi verliebt?« Fragend blickte Henrik über den Schreibtisch.
Edward erwiderte den Blick. »Du hast bisher nicht den Eindruck gemacht, als wenn du dich in Kathi verliebt hättest. Du warst ziemlich schroff zu ihr. Außerdem hast du gesagt, du willst keine Frau mehr haben, die es auf dein Geld abgesehen hat. Und soweit ich weiß, ist Kathi arm wie eine Kirchenmaus.« Er gluckste. »Kirchenmäuse schielen automatisch aufs Geld, weil sie selbst keins besitzen.«
»Das weiß ich. Aber ich habe mich ernsthaft in Kathi verliebt und darum ist es mir mittlerweile egal, dass sie einen Mann mit Geld sucht«, versuchte Henrik sich herauszureden.
Edward lachte leise und hob einen Finger. »Das ist es nicht! Immerhin hast du deine Geschäfte für mehrere Monate brach liegen lassen und ersatzweise einen Geschäftsführer eingestellt, um wie ein stinknormaler Arbeiter bei der Müllabfuhr anzufangen. Es war dir also bierernst, eine Frau zu finden, die es nicht auf dein Geld abgesehen hat.«
»Ja, das habe ich. Aber manche Dinge kann man eben nicht planen. Und dazu gehört die Liebe. Wenn man sich verliebt, dann fragt das Herz nicht nach dem Kontostand, dem Charakter oder den Wünschen anderer«, erklärte Henrik verzweifelt.
Edward nickte. »Ja, das sehe ich genauso. Darum ist es auch so ein großes Wunder, dass ich mich in Kathi verliebt habe. Mein ganzes Leben lang stehe ich schon auf Männer. Und da nehme ich so einen dämlichen Auftrag an und schwups, habe ich mich verliebt. In eine Frau. Lustig, oder?«
»Nein, das ist gar nicht lustig«, knurrte Henrik leise.

»Nun, wie dem auch sei, egal, was du mir noch sagen willst, ich bin fest entschlossen, Kathi zu heiraten. Liebe ist stärker als Blutsverwandtschaft oder Freundschaft. Ich werde nicht zurückrudern. Sie wollte dich nicht, sie wollte mich. Du hast deine Chancen ungenutzt verstreichen lassen.« Edward lächelte geschäftsmäßig und blickte demonstrativ auf die Uhr. »Ich glaube, meine kostbare Zeit ist um, Henrik. Die nächsten Tage geht dir eine Einladung zur Hochzeit zu. Ich hoffe doch sehr, dass du unserer Hochzeit beiwohnen wirst.«
»Natürlich.«
»Schön.«
»Schön.«
Edward erhob sich.
Auch Henrik stand auf.
Auf seinen Schultern lag eine tonnenschwere Last, sein Herz war fast schon zu träge, um noch zu pumpen; sein Gemüt war in eisige Regionen abgerutscht.
Jetzt blieb ihm nur noch eins: Er musste seinen Plan mit Ophelia durchziehen!

***

»Du hast was?«, fragte Stine am Telefon ungläubig nach.
»Wir waren in einem Romantikhotel. Edward wollte mich dort zum ersten Mal verführen. Aber er konnte nicht«, erzählte Kathalea.
Stine schnaufte in den Hörer. »›*Er konnte nicht*‹? Was soll das denn heißen?«
»Er hat versucht, mit mir zu schlafen. Aber es kam überhaupt keine Leidenschaft zwischen uns auf. Und kaum war ich nackt, bekam er einen hochroten Kopf, fing an zu

stammeln und war auch schon im Badezimmer verschwunden«, berichtete Kathalea weiter.

Stine lachte. »Du erlebst mich sprachlos, Kathi! Edward war nicht in der Lage, mit dir simplen Sex zu haben?«

»Nein.«

»Und ihr wollt trotzdem heiraten?«

»Ja.«

»Warum?«

Kathaleas Kopf war leer. Fieberhaft suchte sie nach Gründen, weshalb sie ihn heiraten wollte. »Nun, zuerst war mein Plan, dass er Henrik aus der Patsche hilft…«

»Der Mann, den du eigentlich liebst«, warf Stine ein.

»Ja«, bestätigte Kathalea. »Und dann, als ich erfahren habe, dass Henrik mich die ganze Zeit über belogen hat, war ich so sauer, dass ich Edward aus Wut heiraten wollte.«

»Eine Hochzeit aus Mitleid und Wut. Super Voraussetzungen für eine lange Ehe, Kathi!« Stine grunzte fassungslos.

»Ich weiß. Aber ich habe keine Ahnung, wie ich jetzt noch einen Rückzieher machen soll. Ich glaube, ich bin dafür zu feige«, gestand Kathalea.

»Also heiratest du lieber den falschen Mann, als einzugestehen, dass es ein Fehler war, den Antrag anzunehmen? Ach Kathi, was machst du nur für Sachen? Man heiratet doch nicht aus Hilfsbereitschaft, Wut oder Feigheit!«

»Bei einer Scheidung kriegt sie immerhin Kohle, Stine«, warf Rolf aus dem Hintergrund ein.

»Sei still, wenn ich telefoniere, Rolf«, konterte Stine. »Hör nicht auf ihn!«

»Doch, höre auf mich! Wenn du ihn heiratest und ihr euch wieder scheiden lasst, bist du all deine Geldsorgen los«, brüllte Rolf.

Kathalea lächelte. »Dein Mann hat Recht.«
»Ich weiß. Aber darum geht es bei einer Hochzeit nicht. Normalerweise.«
»Ich weiß.«
»Na, gut, Süße! Ich muss leider auflegen. Wir kriegen gleich Besuch von Rolfs Eltern. Wir sehen uns am Samstag zur Hochzeit. Und falls du es dir anders überlegen solltest, rufe mich bitte an, damit wir nicht umsonst zum Standesamt latschen!«
»Mach ich. Danke für dein Ohr!«, sagte Kathalea, bevor sie das Gespräch beendete.

***

»Das Kleid ist wirklich wunderschön!«, lobte die Frisörin, als sie Kathalea die letzte Locke hochsteckte.
Kathalea lächelte, aber das Lächeln erreichte ihre Augen nicht. Sie war froh, unter die Haube zu kommen. Nur ihr Herz war beleidigt, dass sie sich gegen die Liebe entschieden hatte. Und das konnte sie ihrem liebsten Organ nicht einmal verübeln. Denn wenn sie auf ihr Herz hören und den Verstand ausschalten würde, müsste sie sich eigentlich für Henrik entscheiden. ABER der blöde Kerl hatte es nicht einmal für nötig gehalten, sich bei ihr für all die Lügen zu entschuldigen - oder sie gar erst einmal aufzuklären. Denn schließlich lag es an ihm, ihr zu sagen, wer er wirklich war. Und dass er weder in einem Hochaus aufgewachsen, noch Schulden bei der Müllabfuhr hatte!
Da er das aber nicht getan hatte - obwohl er ihre Handynummer hatte -, ging sie davon aus, dass er kein echtes Interesse an ihr hatte. Und so, das redete sie sich zumindest ein, war es genau richtig, Edward zu heiraten und nicht auf die Gunst von Henrik zu hoffen.

»Ich werde jetzt noch das Make-up auflegen, und Ihnen dafür ein großes Tuch über das Kleid legen«, erklärte die Frisörin. Sie holte einen Umhang und legte ihn um Kathaleas Schultern. Innerhalb von einer weiteren halben Stunde war sie perfekt geschminkt.
»Sie sehen wundervoll aus«, sagte die Frisörin. »Da Ihr Zukünftiger bereits alles bezahlt hat, bleibt mir nun nur, Ihnen alles Gute zu wünschen.«
»Vielen Dank«, sagte Kathalea artig. Sie nahm ihr kleines Täschchen und wunderte sich nicht einmal, dass bereits alles bezahlt war. Selbst die Blumen, die sie im Laden nebenan abgeholt hatte, waren bereits bezahlt gewesen. Edward schien ein Gentleman durch und durch zu sein und hatte an alles gedacht.
»Hat er Ihnen auch Trinkgeld gegeben?«, vergewisserte sich Kathalea.
Die Frisörin nickte lächelnd. »Ja, mehr als großzügig sogar. Vielen Dank!«
»Okay«, seufzte Kathalea, »dann mache ich mich mal auf die Socken. Vielen Dank für alles!«
»Gern geschehen! Genießen Sie Ihren Ehrentag! Ihr Chauffeur wartet bereits draußen auf Sie«, sagte die Frisörin und deutete durch die große Schaufensterscheibe auf den Parkplatz, wo Edwards fetter Rolls Royce mitsamt Fahrer stand. Sie öffnete Kathalea die Ladentür und Kathalea schlüpfte nach draußen.
Es war ein herrlicher Tag.
Die Sonne schien, es war sehr warm und die Vögel sangen bereits jetzt den Hochzeitsmarsch.
Stine und Rolf würden auch kommen, das tröstete sie ein wenig, wenn sie schon keinerlei Familie aufweisen konnte.

Der Chauffeur lehnte lässig am Rolls Royce und blickte erschrocken von seinem Handy auf, als Kathalea erschien. Ein Lächeln machte sich auf seinen Lippen breit. »Frau Pfennigbaum, Sie sehen bezaubernd aus, wenn ich mir die Bemerkung erlauben darf!«

»Vielen Dank«, sagte Kathalea schüchtern und blickte an sich herunter. Das Kleid hatte ein Vermögen gekostet. Edward hatte es ausgesucht und sich auch nicht davon abbringen lassen, es mit auszusuchen, obwohl es den Aberglauben gab, dass der Bräutigam das Kleid vor der Hochzeit nicht sehen durfte. Er hielt diesen Brauch für Unsinn.

»Dann darf ich Sie jetzt zum Standesamt fahren?«, fragte der Chauffeur.

Kathalea blickte auf und wollte gerade nicken, als ein Lieferwagen mit quietschenden Reifen neben ihr hielt. Die Reifen qualmten, der Asphalt fing an zu stinken.

Vier maskierte Männer sprangen von der Ladefläche und fuchtelten mit langen Maschinengewehren vor ihrer Nase herum.

»Los, einsteigen!«

Erschrocken starrte Kathalea die Männer an. Sie blickte hilfesuchend zu dem Chauffeur, doch der war nicht weniger geschockt.

»Los, los! Wir haben nicht den ganzen Tag Zeit! Einsteigen, Lady!«

Sie war im ersten Moment viel zu paralysiert, um zu reagieren. Doch dann erwachte ihr Kampfgeist. Sie war immerhin Deutsche Meisterin in der Karatekampfkunst. Da würde sie sich von so ein paar bewaffneten Typen doch nicht einschüchtern lassen!

Mit ein paar gekonnten Griffen hatte sie Entführer Nummer Eins zu Boden gebracht, doch dann verhedderte sie

sich in ihrem langen Brautkleid. Die anderen drei Männer sprangen auf sie zu und fesselten ihre Hände mit einem Tuch. Einer der Männer packte sie, warf sie sich über die Schulter und schleppte sie in den Transporter. Unsanft wurde sie hinten in den Laderaum geworfen, landete aber erstaunlich weich.
Sie hörte noch, wie der Chauffeur leise aufschrie, dann war alles ruhig.
Zwei Männer sprangen ebenfalls in den Laderaum, den ohnmächtigen Kollegen hatten sie, dem Geräusch nach zu urteilen, vorne auf den Beifahrersitz verfrachtet. Dann wurden die Türen geschlossen. Mit quietschenden Reifen fuhr der Wagen an. Kathalea wurde nach hinten geschleudert und landete unsanft auf einem der vermummten Männer. Dieser schob sie schroff von sich. »Hinsetzen! Klappe halten!«
Stumm vor Schreck ließ sich Kathalea - so gut es eben in dem langen, voluminösen Brautkleid ging - nach hinten fallen. Sie erzitterte. Die Wand des Autos war eiskalt.
Was hatten die Männer mit ihr vor?
War das eine dieser berühmten Brautentführungen, von denen man überall hörte? Dieses spaßige Kidnapping, was schon Tradition sein sollte?
Sie schluckte.
Nach Spaß sah das hier aber nicht aus!
Im Gegenteil, es wirkte wie bitterer Ernst.
Waren das vielleicht sogar Typen, die Edward erpressen wollten? Die an sein Geld wollten, indem sie das stahlen, was ihm lieb war: seine Braut?
Vielleicht hätte sie sich doch keinen reichen Mann suchen sollen! Das schien nur Ärger mit sich zu bringen.
Sie überlegte, die Männer anzusprechen und nachzuhaken, wo sie sie hinbringen wollten, aber sie wagte es

nicht. Es hatte ohnehin keinen Sinn, mit den Männern zu reden, also schloss sie die Augen und umklammerte ihre Beine. Sie hoffte inständig, sie würde heil aus dieser Sache wieder herauskommen.

Nach einer gefühlten Ewigkeit, etlichen Kurven und einer immer stickiger werden Luft, kamen sie endlich am Zielort an.

Ihr war speiübel von der Fahrt.

Einer der Entführer verband ihr die Arme und die Augen und zog sie schließlich aus dem Auto.

Blinder als ein Maulwurf stolperte Kathalea mit dem Mann in einen Fahrstuhl.

Sie hörte, wie die Türen geschlossen wurden und spürte, wie sie sanft nach oben glitten.

Als sie oben ankamen, öffnete sich die Tür mit einem leisen ›*Pling*‹, dann wurde sie auch schon hinausgestoßen.

»Hier entlang!«

Mann, ey, ging das auch ETWAS freundlicher?

Heute sollte eigentlich ihr Hochzeitstag werden und nicht irgend so ein beschissener Entführungstag ohne Aussicht auf Rettung!

Dem Entführer ging es nicht schnell genug, also zog er Kathalea wie ein Vieh mit sich.

Es wurden weitere Türen geöffnet, dann wurde sie in einen Raum gestoßen. Die Tür fiel hinter ihr krachend ins Schloss, dann schien sie alleine zu sein.

Du?

»Du hast was getan?« Fassungslos starrte Oma Lisbeth ihren Enkelsohn an. »DAS ist nicht dein Ernst?«
Schuldbewusst ließ Henrik den Kopf hängen.
»Und DU hast da mitgemacht?«, wandte sich Oma Lisbeth wütend an ihre Enkeltochter.
Ophelia zog unwillkürlich den Kopf ein. Auch sie plagte das schlechte Gewissen.
»Es ist ja nicht so, dass ich Edward keinen Denkzettel wünsche, schließlich ist er abgehoben, unmenschlich und ungerecht geworden im Laufe seines wachsenden Reichtums«, empörte sich Oma Lisbeth, »aber ich glaube, das war selbst für Edward ein Schritt zu viel.«
»Immerhin haben wir ihm ein anonymes Schreiben zukommen lassen, dass seine Braut entführt wurde und sie ihn nicht unbarmherzig vor dem Altar hat stehenlassen«, verteidigte sich Henrik mit zerknirschter Miene.
Oma Lisbeth schnalzte mit der Zunge und schüttelte ungläubig den Kopf. »Ich wusste gar nicht, dass du feige bist, Henrik Amandus! Das war keine Heldentat, das war die Tat eines hasenfüßigen Hundes.«
»Ein Hund mit Hasenfüßen?«, wiederholte Henrik und musste wider Willen lachen.
»Das ist NICHT komisch, Henrik!« Oma Lisbeth klapste Henrik gegen den Oberarm. »Anstatt dich mutig deinen Lügen zu stellen und Kathalea aufzuklären, lässt du sie auf brutale Art und Weise entführen und auch noch Edwards Chauffeur niederschlagen. Habe ich dir denn gar nichts beigebracht?«

»Der Angriff gegen den Chauffeur war nicht geplant. Die Jungs konnten ja nicht wissen, dass der Typ bewaffnet ist«, beschwerte sich Henrik.
Oma Lisbeth zog beide grauen Augenbrauen hoch. »Henrik, mein kluger, kluger Junge, natürlich ist Edwards Personal bewaffnet. Schließlich dienen sie einem der reichsten Männer Deutschlands. Selbst Edward hat einen großen Waffenschein und trägt eine geladene Waffe bei sich.«
»Echt?«, platzte Ophelia heraus.
»Glaubst du mir etwa nicht?«
»Ich finde es höchst unwahrscheinlich, dass ein Pazifist wie Edward einen Waffenschein gemacht hat und auch noch eine Waffe bei sich trägt«, warf Ophelia ein.
»Er hat es auf Anraten seines Vaters getan, weil es immer wieder Erpresserschreiben gegen die Familie gegeben hat«, erklärte Oma Lisbeth.
Henrik wischte sich fahrig übers Gesicht. »Und nun?«
»Das fragst du mich?«, fuhr Oma Lisbeth ihren Enkel an. Es war das erste Mal in seinem Leben, dass seine Großmutter wütend auf ihn war. Henrik schluckte. »Ich bringe das wieder in Ordnung, Oma. Versprochen! Ich entschuldige mich bei Edward und Kathalea. Ich werde ihr die Wahrheit über mich sagen und mich bei ihr für die Lügen entschuldigen. Und dann werde ich ihnen eine Hochzeit ausrichten, die sich gewaschen hat.«
Oma Lisbeth starrte ihn ungläubig an. »Willst du mich in meinem Alter noch auf den Arm nehmen?«
»Was?«, platzte Henrik heraus. »Was habe ich jetzt falsches gesagt?«
Oma Lisbeth lächelte zum ersten Mal seit ihrer Zusammenkunft. Dann klopfte sie ihm auf die durchtrainierte Brust. »Mein lieber Enkelsohn - mein Lieblingsenkelsohn«, verbesserte sie sich grinsend, »du willst mir doch

nicht ernsthaft weismachen, dass du die Hochzeit für die Frau, die du liebst, und deinen Cousin, den du verabscheust, ausrichten willst? Henrik! Bei aller Liebe und auch, wenn es dich sehr ehrt, aber das ist zu viel des Guten. Wann fängst du endlich an zu kämpfen?«

»Immerhin habe ich ihre Hochzeit verbockt. Der Partyservice muss ein Vermögen gekostet haben. Die dreihundert Gäste sind umsonst angereist. Es gab Hotelkosten, Anreisekosten und was weiß ich noch alles«, sagte Henrik bedrückt.

»Ja, du hast Edward die Hochzeit versaut. Ich glaube ernsthaft, dass er sich auf eine Familie gefreut hat. Andererseits hat er sich schnell wieder getröstet, wie ich von seiner Mutter hörte. Denn wie mir Rosalinda zähneknirschend berichtete, hat Edward am selben Abend noch einen der Kellner abgeschleppt«, sagte Oma Lisbeth voller Entrüstung.

Henrik hob beide Augenbrauen. »Er hat sich einen Mann geangelt, weil seine Braut nicht verfügbar war?«

»So kannst du das auch nicht sehen«, verteidigte Ophelia ihren Cousin und besten Freund. »Er hat sich verliebt! Das passiert.«

Henrik lachte höhnisch auf. »Na, da bin ich ja froh, dass ich die Hochzeit habe platzen lassen. Unvorstellbar, wie die Hochzeit dann tatsächlich abgelaufen wäre! Denn der Kellner wäre ja auch da gewesen, wenn die zwei geheiratet hätten. Dann hätte Edward Kathi bereits am Tag ihrer Hochzeit betrogen. Wie schäbig ist das denn?«

Oma Lisbeth klopfte ihm beruhigend auf die Schulter. »Da wäre er nicht der Erste und auch nicht der Einzige. Was meinst du, wie viele frisch gebackene Ehemänner ihre Frauen noch vor der Hochzeitsnacht behumpsen? Aber du hast Kathalea ja gerettet.«

Henrik blickte pikiert auf seine Großmutter herab. »Ach! Auf einmal bin ich doch ein Held?«
Oma Lisbeth grinste. »Nur ein klitzekleiner. Und nun geh! Rede mit ihr! Rette dein eigenes Leben und kämpfe endlich für die Liebe! Schließlich bist du ein Edmundus.«

***

Vorsichtig streifte sich Kathalea das Tuch vom Kopf, schwer bemüht, die frisch gestylte Brautfrisur nicht zu zerstören - falls das hier doch ein Scherz sein sollte und sie gleich vor den Hochzeitsgästen stehen würde.
Aber da war niemand.
Keine Überraschungsparty.
Keine Überraschungsgäste.
Keine Hochzeitsgesellschaft.
Stattdessen stand sie in einem stockfinsteren Raum.
Mit einer eigentlich nicht vorhandenen Engelsgeduld versuchte sie, das Tuch an ihren Handgelenken mit den Zähnen zu entfernen.
Wer auch immer diese Entführer waren, sie waren in punkto Fesselwerkzeug nur sehr stümperhaft ausgestattet gewesen und trotzdem hatten sie sie gut verknotet.
›Echte‹ Entführer hätten vermutlich eher ›echte‹ Handfesseln benutzt und kein zerrissenes Bettlaken!
Nach einer Weile hatte sie es endlich geschafft.
Vorsichtig streckte sie ihre Hände aus und tastete den Raum ab. Als sie eine Wand gefunden hatte, hangelte sie sich daran entlang, bis sie an ein Fenster kam.
Es war mit einer schweren Jalousie abgedunkelt.
Wieder suchten ihre Finger nach einem Schalter oder einem Zugband, um die Jalousie nach oben ziehen zu können.

Als sie einen Schalter fand und drauf drückte, bewegte sich die Jalousie exakt zehn Zentimeter nach oben, dann ruckelte es und die Jalousie blieb stehen.
Verwundert betätigte Kathalea mehrfach den Schalter, aber der Strom schien weg zu sein.
»Nun ja«, redete sie leise mit sich selbst, »immerhin habe ich jetzt ein bisschen Licht.« Sie spähte durch den Spalt, konnte aber nicht nach draußen sehen, denn der Spalt war nicht groß genug, um über den Fensterrahmen zu schauen.
Zu gerne hätte sie gewusst, wo sie sich befand.
Neugierig sah sie sich im Raum um.
Das Zimmer wirkte sehr elegant. An der rechten Wand stand ein Bett mit Tagesdecke, daneben war ein kleiner Nachtschrank mit Lampe und einer verschlossenen Flasche Wasser. Die Wände waren mit sehr edlen Tapeten versehen. Fast fühlten sie sich wie Seide an.
Kathalea ging zur Nachttischlampe und ließ den Kippschalter umklappen, doch die Lampe hatte ebenfalls keinen Strom.
Seufzend ließ sie sich auf das saubere Bett fallen.
Arm war der Besitzer dieser Räumlichkeiten zumindest nicht, schoss es ihr durch den Kopf.
Gegenüber vom Bett stand ein hoher Kleiderschrank.
Kathalea ging hin und öffnete die Türen, aber außer Handtüchern und Bettwäsche war er leer.
Das hier schien so etwas wie ein Gästezimmer zu sein.
Sie ließ sich wieder aufs Bett sinken und wackelte ein wenig auf und ab. Dann warf sie einen Blick auf ihre Armbanduhr.
Es war exakt zwölf Uhr fünfundvierzig.
Um dreizehn Uhr sollte die Trauung stattfinden.
Plötzlich stutzte sie.

War es normalerweise nicht so, dass die Braut NACH der Eheschließung von den Freunden des Bräutigams entführt wurde?
Sie suchte nach ihrer kleinen Handtasche, in der sich auch ihr Handy befand, aber sie musste sie in dem Laderaum des Lieferwagens verloren haben.
Sie verdrehte die Augen und rutschte weiter aufs Bett, um sich gegen die Wand zu lehnen.
Immer wieder blickte sie auf ihre Armbanduhr, als erwartete sie, dass Edward gleich in der Tür stehen würde, um sie noch pünktlich zur Trauung abzuholen.
Aber es kam niemand.
Sie hörte auch niemanden auf dem Flur herumspringen.
Es war totenstill.
Seufzend lehnte sie ihren Kopf gegen die Wand und dachte über ihre Hochzeitspläne nach.
War das vielleicht ein Zeichen und sie sollte Edward doch nicht heiraten? Hätte sie auf Henrik zugehen und ihm damit die Möglichkeit geben sollen, sich zu erklären? War es vielleicht doch viel zu gefährlich, einen Millionär zu heiraten? War man dann nicht in ständiger Angst, dass man entführt wurde? Wie schliefen Millionäre? Mit einer Knarre unter dem Kopfkissen oder Sicherheitspersonal vor dem Bett?
Der Zeiger auf ihrer Uhr wanderte unaufhaltsam weiter. Die Zeit hatte keinen Bock darauf zu warten, dass sie befreit wurde, weil sie heiraten wollte. Sehr eigensinnig, dachte Kathalea und musste unwillkürlich lächeln. Sie wünschte, sie hätte die Schildkröte Kassiopeia, die sie im Rückwärtslauf gegen die Zeit zu Mr Horas brachte, um sich vor den zeitstehlenden grauen Herren zu retten.

Sie liebte *Michael Endes* Geschichte von ›Momo‹. Als Kind hat sie ihren Vater damit verrückt gemacht, weil sie nichts anderes hatte hören wollen.
Und nun saß sie selbst hier, weil man ihr sämtliche Zeit gestohlen hatte.
Es war dreizehn Uhr - dreizehn Uhr dreißig und irgendwann rutschte sie aufs Bett und schlief ein.
Als sie wieder erwachte, schreckte sie auf.
Sie blickte auf die Uhr.
Es war bereits acht Uhr am nächsten Morgen!
Neben ihr stand ein Becher Pfefferminztee auf dem Nachttisch und ein Mann mit Sturmmaske saß auf einem Stuhl vor dem Bett. Ängstlich richtete sie sich auf, bereit, sich notfalls zur Wehr zu setzen.
Was hatte der Typ vor?
»Ich kann Karate!«, sagte sie vorsichtshalber.
»Echt?«, fragte der Typ durch die gestrickte Sturmmaske.
»Ich bin Deutsche Meisterin meiner Altersklasse und das schon seit zehn Jahren«, sagte Kathalea nicht ohne Stolz.
»Wow!« Der Mann zog sich die gestrickte Sturmmaske vom Kopf.
»Henrik? Du?«
Ihr Gegenüber nickte betreten. »Tut mir leid, dass ich so rabiat vorgegangen bin und dich von der Eheschließung mit Edward abgehalten habe. Aber bevor du ihn heiratest, bitte ich dich, mich anzuhören.«
Wütend funkelte Kathalea ihn an. »DU hast mir meinen Hochzeitstag versaut? DU hast mich wie ein Opfer in den Lieferwagen geschmissen und mich hier stundenlang in Angst und Schrecken ausharren lassen? Bist du wahnsinnig geworden? Sieh nur, wie ich aussehe! Mein Kleid ist zerknautscht, meine Haare sitzen schief - und ich habe

über eine Stunde stillhalten müssen, damit die Frisörin mich so stylen kann…« Kathalea holte tief Luft.
»Du siehst umwerfend aus. Das Stillsitzen hat sich gelohnt. Und dein Kleid ist immer noch wunderschön. Außerdem habe nicht ich dich entführt. Das waren vier Auftragstäter, die Ophelia für mich organisiert hat.«
»Sehr witzig.« Kathalea schnaufte verärgert. Sie verschränkte die Arme vor der Brust. »Dass DU so einen Mist verzapfst, wundert mich gar nicht. Aber dass Ophelia da mit drinnen hängt, enttäuscht mich.«
»Sie liebt mich eben«, verteidigte Henrik seine Schwester. »Bitte höre mich an!« Verzweifelt rutschte er auf die Knie und kniete nun vor ihr nieder, die Hände flehend in die Höhe gestreckt.
»Ich weiß längst, dass du mich nur verascht hast«, knurrte Kathalea. »Ich hoffe, du hast dich mit deinen reichen, schnöseligen Freunden gut amüsiert!«
Henrik verdrehte die Augen. »Ich habe mich mit niemandem über dich amüsiert. Ich habe mich in dich verliebt. Aber weil ich so ein verblendeter Idiot bin, habe ich mir das nicht eingestehen wollen. Ich fand dich von der ersten Sekunde an entzückend und hätte dich gleich auf eine einsame Insel entführen sollen…«
»Nun ja, im Entführen hast du ja offensichtlich Erfahrung!« Kathalea blickte wütend in Richtung Fenster. »Willst du nicht mal Tageslicht hereinlassen?«
Henrik stand auf und ließ die Jalousie hochfahren. Durch das Fenster erkannte Kathalea die Elbphilharmonie.
»Wir sind am Hafen?«
»Ja. Das ist meine Wohnung.« Henrik räusperte sich. »Für die Entführung entschuldige ich mich auch. Aber ich habe einfach kein anderes Mittel mehr gesehen, um dich von einem Riesenfehler abzuhalten«, stammelte Henrik.

»Riesenfehler? Du hättest doch auch einfach zum Standesamt kommen und Einspruch erheben können. Oder du hättest dich VORHER mal aufgerafft, um mir reinen Wein einzuschenken.«

»Einwände kann man nur in der Kirche abgeben«, widersprach Henrik. »Beim Standesamt fragt niemand, ob jemand Einwände hat«, führte er weiter aus.

Kathalea schnaufte verärgert. »Es war ein Fehler, mit dir auszugehen. Du bist ein verlogener Mistkerl! Hast dir gedacht, die Kleine führst du mal an der Nase herum, die merkt sowieso nicht, wer du in Wirklichkeit bist.«

»Ich weiß, dass ich dich angelogen habe. Und ich weiß auch, die Umstände rechtfertigen nicht die Mittel. Ich war es einfach leid, immer nur an Frauen zu geraten, die scharf auf mein Geld waren und nicht auf mich. Also habe ich mir quasi eine zweite Identität geschaffen und mich als Müllmann ausgegeben. Das war allerdings noch BEVOR ich dich kennengelernt habe.«

»Du warst schon ein Pseudo-Kirchenmäuserich, BEVOR ich dich auf dem Schiff getroffen habe? Warum? Waren deine Ex-Freundinnen so schlimm?«

Henrik zuckte mit den Schultern. »Dasselbe könnte ich dich fragen, schließlich hast du mir gleich als erstes offenbart, dass du nur noch einen Millionär an deinen Tisch lässt.«

»Stimmt«, gab Kathalea zu. »Dann bin ich wohl kein Deut besser als du, was?«

»Keine Frau hat mich bisher geliebt, weil ich ich bin. Jede war nur scharf auf meine Kohle und ein Leben in Luxus.«

»Du bist so ein attraktiver, humorvoller Mann, Henrik. UND du hast Manieren!«, platzte Kathalea heraus. »Jede auch nur einigermaßen anständige und intelligente Frau würde deinen Charakter sehen und nicht dein Bankkonto.«

»Siehst du!« Henrik zeigte mit dem Finger auf sie. »Darum bist DU die Richtige für mich! DU siehst meinen Charakter. DU hast dir die Mühe gemacht, hinter die Fassade zu sehen. Aber meine Ex-Freundinnen haben das nicht getan.«

»Ich befürchte, du hast bisher in den falschen Kreisen gesucht. Frauen in MEINER Schicht sind eben nicht so oberflächlich. Nun ja, ich habe mich da vielleicht hinreissen lassen, auch mal nach etwas Luxus zu streben…«, deutete Kathalea wage an. »Okay, zugegeben, Frauen in jeder Schicht würden den Luxus der Liebe vorziehen. Wir sind also alle aus demselben Holz geschnitzt. Dann hat dir der Sachbearbeiter im Universum vielleicht eine besondere Prüfung auferlegen wollen, bis du die Richtige triffst und zu schätzen weißt, dass sie ›normal‹ ist.« Kathalea grinste wider Willen.

»Ja«, Henrik winkte ab, »vermutlich hast du Recht. Es hätte mir vermutlich egal sein sollen, dass du einen reichen Kerl gesucht hast. War es aber nicht, denn meine Ex-Freundin hatte ich erst kurz vor der Schiffsparty abserviert. Ich war noch total bedient. Und deshalb habe ich dich gleich in denselben Pott geworfen.«

»*Bamm!*« Kathalea machte eine Bewegung, als wenn sie ihre Stirn abstempeln würde. »Stempel drauf und fertig! Und darum hast du so getan, als wenn du keine Kohle hast?« Sie rümpfte die Nase. Dann verdrehte sie die Augen. »Du hättest deine wahre Identität wenigstens auf der Feier deiner Großmutter preisgeben können, NACHDEM wir bereits in der Kneipe waren.«

»Ja, das hätte ich wirklich tun müssen. Aber ich war zu feige«, gestand Henrik zerknirscht.

»Mehr noch als Geld scheinst du aber eine ausgeprägte Fähigkeit zum Lügen zu besitzen«, knurrte Kathalea.
»Entschuldige! Bitte verzeih einem Riesenidioten!«
»Du hast mir meine Hochzeit versaut! Seit Jahren kriege ich überhaupt gar nichts auf die Reihe. Mein männliches Checkerprogramm versagt STÄNDIG, bei den Jobs hatte ich auch kein glückliches Händchen und nun habe ich nicht einmal eine ordentliche Hochzeit zustande gekriegt. Vielen Dank auch, Henrik Erdmann.« Kathalea stutzte. »Ach nee, du heißt ja ›*Edmundus*‹.«
Henrik schnitt eine Grimasse. »Ich heiße mit vollem Namen Henrik Amandus Edmundus.« Er hob eine Hand, als Kathalea immer größere Augen bekam. »Und bitte keine bösartigen Bemerkungen über meinen Namen. Ich habe genug Hänseleien durch für drei Leben.«
»Du armer, reicher Mann! Wurdest du aufgezogen? Vielleicht solltest du deine Eltern bestrafen für deinen Namen!«, schlug Kathalea vor.
»Ja, daran habe ich auch schon gedacht. Aber mir fiel einfach nicht die richtige Foltermethode ein.«
Kathalea kicherte leise, dann wurde sie wieder ernst. »Tja, man sollte eben auch vorsichtig sein bei der Wahl seiner Eltern.«
Henrik hob die Augenbrauen. »Ich weiß, dass meine Eltern in punkto Namensgebung ETWAS durchgeknallt sind. Aber sie sind ansonsten ganz in Ordnung.« Er ergriff ihre Hände. »Oma Lisbeth erzählte, dass du keine Familie mehr hast. Das tut mir sehr leid.«
»Danke!« Kathalea entzog ihm ihre Hände und erhob sich vom Bett. »Gut, da wir das jetzt geklärt haben, darf ich zu meinem Verlobten?«
Erschrocken blickte Henrik sie an. »Du willst immer noch zu Edward?«

Sofort kam ihm der Gedanke, dass sich sein Cousin bereits mit einem der Kellner getröstet hatte.
»Nun«, sagte Kathalea leise, »es ist jetzt nicht so, dass ich heute einen super Tag mit dir verbracht habe und nun nichts lieber möchte, als nur noch mit dir zusammen zu sein. Ehrlich gesagt, war der Tag mehr als beschissen.«
Henrik ließ den Kopf hängen. »Dann war alles umsonst? Kein Date, kein Kuss, keinen Versöhnungssex?« Er grinste. »Streich das letztere. Das war nur ein Witz!«
Kathalea unterdrückte ein Lächeln.
Henrik war zuckersüß und sie hatte Mühe, nicht doch noch in seine Arme zu sinken. Seufzend stand sie in dem Zimmer und blickte auf ihn hinab.
Henrik erhob sich umständlich und ließ sie dabei keine Sekunde lang aus den Augen. »Ich bitte dich, dir noch einmal zu überlegen, ob du Edward wirklich heiraten willst. Keine Frage, mein Cousin ist nett. Aber in der Regel steht er doch eher auf Männer. Du bist quasi eine weibliche Ausnahme auf seiner Beziehungsliste. Und wenn du dir das noch einmal überlegen solltest, dann hoffe ich, du beziehst mich in deine Überlegungen mit ein. Gib mir eine Chance, dir zu zeigen, wer ich wirklich bin. Wenn du mich dann immer noch unausstehlich findest, akzeptiere ich das.«
»Gut. Ich denke darüber nach«, entgegnete Kathalea.
»Willst du dann einen Freundschaftsvertrag?«
»Wie bitte?« Verwirrt blickte Henrik sie an.
»Nun ja, wie bei Eheleuten, die einen Ehevertrag abschließen, weil einer von beiden reich ist«, erklärte Kathalea umständlich.
Henrik schüttelte den Kopf. »Mir ist das Geld herzlich egal. Ich will dich!«

Kathalea seufzte. Sie würde auch gerne von sich behaupten, dass ihr Geld egal war, war es aber nicht.
»Darf ich dann jetzt gehen?«
»Darf ich dich fahren oder dir ein Taxi bestellen?«
»Taxi wäre perfekt. Ich möchte nachdenken.«
»Verstehe. Natürlich. Ich bestelle es dir sofort.« Henrik zückte sein Handy und rief ein Taxiunternehmen an. Dann öffnete er ihr die Tür.
Kathalea verabschiedete sich, als der Taxifahrer klingelte und stieg mit Henrik in den Fahrstuhl.
Unten angekommen bezahlte Henrik das Taxi und verabschiedete sich schweren Herzens von ihr.

***

Henrik zückte sein Handy und rief seine Schwester an.
»Ophelia?«
»Ja. Wie ist es gelaufen?«, kam es sofort wie aus der Pistole geschossen.
Henrik schloss verzweifelt die Augen. »Miserabel, aber es hätte schlechter laufen können.«
»Wo ist Kathi jetzt?«
»Auf dem Weg zu Edward«, sagte Henrik.
Ophelia lachte höhnisch auf. »Ups! Na, das wird ein Schock für sie. So weit ich weiß, springt er seit gestern Abend mit seiner neuen Eroberung durch die Kissen.«
»Umso besser für mich, oder?«, sagte Henrik hoffnungsvoll.
Ophelia grinste durchs Telefon. »Ja, das stimmt. Ich drücke dir alle Daumen und Zehen, dass du deine Traumfrau nun doch noch kriegst.«
»Danke, Schwesterchen! Du bist doch die Allerbeste! Was würde ich nur ohne dich tun?«

»Untergehen«, witzelte Ophelia.
Henrik lachte leise. »Genau. Darum werden wir uns auch als nächstes um DEIN Glück kümmern.«
»Um Gottes Willen, bloß nicht. Wobei«, sie stockte, »du könntest mir helfen, Papa zu überreden, mir endlich die Reederei zu überschreiben.«
»Das mache ich. Nächsten Monat bist du die neue Eigentümerin. Versprochen!«

Aufgeflogen

Kathalea stieg ins Taxi und fuhr zu Edwards Villa in der Elbchaussee. Doch noch bevor sie ausstieg, sah sie Edward mit einem Mann im Garten stehen. Die beiden standen eng umschlungen neben dem Haus und genossen die ersten warmen Sonnenstrahlen.
Kathalea schluckte.
Sollte das ein Scherz sein?
»Fahren Sie mich bitte nach Hause!«, wies sie den Taxifahrer an.
»In Ordnung.«
Kathalea nannte ihm ihre Adresse, doch kurz bevor sie ihr Wohnhaus erreichten, sah sie Edwards Rolls Royce und seinen Chauffeur davor warten.
Wozu hatte Edward seinen Lakaien vor ihrem Haus postiert, wenn er doch bereits Ersatz gefunden hatte?
Verschnupft bat sie den mittlerweile reichlich verwirrten Taxifahrer, weiter zu fahren. »Haben Sie für die Tour überhaupt genug Geld bekommen?«, fragte sie ängstlich.
Der Taxifahrer nickte. »Ihr Freund hat ausreichend bezahlt, damit ich Sie den ganzen Tag durch die Stadt fahren kann.«
Erleichtert nannte sie dem Fahrer die Adresse von Stine und duckte sich, während das Taxi an Edwards Auto vorbeifuhr.
Sie hatte keine Lust, von dem Chauffeur abgefangen zu werden und Edward noch zu begegnen.
Kurz darauf hielt das Taxi bei Stine.

Sie bedankte sich beim Taxifahrer und stieg aus. Bereits beim ersten Klingeln wurde die Haustür aufgerissen und Stine zog sie laut kreischend ins Haus.

»KATHI! Herr im Himmel, was ist nur passiert? Wo warst du? Und wieso bist du jetzt hier?«

»Lass mich erst einmal reinkommen. Hast du etwas zu essen und zu trinken für mich? Ich habe seit gestern nichts mehr gegessen.«

Stine führte sie ins Wohnzimmer, wo Rolf saß und ein wohlduftendes Brötchen mit Rührei spachtelte. »Hi Kathi! Na, Hochzeitsblues gehabt? Oder kalte Füße?«

»Ich bin entführt worden.«

»Schon klar. Darum stehst du auch jetzt so quicklebendig in unserem Wohnzimmer. Oder haben die Entführer so schnell Lösegeld bekommen? Bei den Reichen weiß man ja nie, wie gut deren Quellen sind! Vielleicht hatte Edward auch genug Geld im Tresor geparkt.«

»Könntest du mal für eine Sekunde still sein, Rolf?«, beschwerte sich Stine. »Süße, setz dich hin! Ich hole dir Brötchen, Ei und Tee.«

»Danke!« Seufzend rutschte Kathalea aufs Sofa.

Prüfend musterte Rolf sie. »Du siehst geschafft aus. Müsstest du nicht eigentlich eine überglückliche Braut der Oberschicht sein?«

»Pah«, entfuhr es Kathalea, »wie du vielleicht gemerkt haben dürftest, fand die Trauung nicht statt.«

»Haben wir gemerkt. Schließlich waren wir umsonst beim Standesamt. Dein Zukünftiger übrigens auch. Etwa gegen halb zwei kam ein vollkommen aufgelöster Chauffeur mitsamt Polizei und klärte uns alle über deine angeblich so brutale Entführung auf. Da niemand informiert war, ob das nun ein Scherz sein sollte oder nicht, wurde die Trauung abgesagt und die Polizei ist ausgeschwärmt.«

»Du solltest vielleicht lieber bei der Polizei anrufen und sagen, dass du wieder da bist«, schlug Stine vor und hielt Kathalea den Hörer hin.
Seufzend nahm diese das Telefon und wählte die Nummer des Polizeireviers.
»Hier ist Kathalea Pfennigbaum. Ich bin gestern vor der Trauung entführt worden. Die Entführer waren Freunde des Bräutigams und hatten den Zeitpunkt verwechselt«, erklärte Kathalea.
»Ist das ein Scherz?«, brummte der Beamte unwirsch.
»Nein. Oder ja. Keine Ahnung. Auf jeden Fall bin ich wieder auf freiem Fuß«, stotterte Kathalea herum.
»In Ordnung. Ich werde die Kollegen fragen, ob noch eine Aussage von Ihnen erforderlich ist. Wenn dem so sein sollte, melden wir uns bei Ihnen, Frau Pfennigbaum.«
»In Ordnung.« Stöhnend legte Kathalea das Telefon auf den Wohnzimmertisch.
»Willst du Edward nicht auch noch anrufen? Oder ihm eine Nachricht zukommen lassen?«, fragte Stine besorgt.
Kathalea schüttelte den Kopf. »Nee, der hat sich bereits getröstet. Ich war eben bei ihm. Und dort habe ich ihn in einer ziemlich eindeutigen Situation mit einem MANN gesehen. Ist es für euch in Ordnung, wenn ich heute bei euch bleibe und auch bei euch schlafe? Ich glaube, ich kann jetzt nicht allein sein. Ich fahre morgen zu Edward und gebe ihm den Ring zurück.«
»Natürlich.« Stine holte Bettwäsche aus dem Schrank und scheuchte Rolf vom Sofa. »Wieso muss ich weichen? Es ist früh am Morgen. Reicht es nicht, wenn du das Sofa heute Abend beziehst?«, beschwerte sich ihr Mann, zwinkerte Kathalea aber vergnügt zu.

Stine schnalzte mit der Zunge und wandte sich an ihre Freundin. »Süße, soll ich dir mal die ganzen Haarklammern aus dem Haar entfernen?«
Kathalea schüttelte den Kopf und war auch schon in Tränen ausgebrochen.
»Oje, ich verziehe mich lieber! Das riecht nach Problemen.« Rolf hob einen Arm und verschwand im Büro.
»Was soll ich nur tun?«, schluchzte Kathalea.
»Ach, Schnucki, die Hochzeit mit Edward kannst du doch nachholen«, sagte Stine tröstend. »Nur weil du gestern entführt wurdest, wird er doch seine Meinung nicht ändern«, beharrte sie. »Wer hat dich überhaupt entführt?«
»Henrik.«
Stine schlug sich eine Hand vor den Mund. »Du wirst es kaum glauben, aber an ihn hatte ich als allererstes gedacht. Irgendwie kam mir die Vermutung spanisch vor, du seist Opfer geldgieriger Terroristen geworden.«
Kathalea verdrehte die Augen. »So brutal, wie Henriks Helfer vorgegangen sind, habe ich das auch zuerst gedacht. Stundenlang hat er mich im dunklen Zimmer gefangen gehalten. Dann bin ich eingeschlafen und plötzlich saß er vor mir.«
»Hast du ihm wenigstens eine gescheuert?«
Kathalea lachte leise und schüttelte dann den Kopf. »Nein, aber verdient hätte er es gehabt.«
»Unser Müllmann hat wohl ein paar Geheimnisse, was?«
Kathalea ließ sich aufs Sofa sinken. »Henrik ist gar kein Müllmann. Er heißt eigentlich Henrik Amandus Edmundus und ist Multimillionär. Er ist Ophelias Bruder und hat zig Firmen.«
Stine setzte sich zu ihr und nahm ihre Hände. »Heiliger Bimbam! Wer hätte das gedacht! Und nun?«
»Er sagt, er liebt mich.«

»Und du? Du liebst ihn doch auch!«
»Ja. Sehr sogar. Auch wenn ich das nur ungerne zugebe.«
»Warum? Du wolltest einen Millionär und der Sachbearbeiter im Universum hat dir endlich einen serviert«, feixte Stine. »Zögere nicht und greif zu!«
Kathalea grinste. »Stimmt. Ich muss trotzdem noch mit ihm schmollen. Er darf ruhig ein bisschen kämpfen, finde ich.«
Stine tätschelte ihre Hand. »Das machst du richtig. Nun ist Henrik dran und darf sich ins Zeug legen. Aber lasse ihn nicht zu lange zappeln!«
»Nein, nein, keine Sorge!«

***

»Henrik, mein Schatz, wie siehst du denn aus?«, begrüßte Cecile Edmundus ihren Sohn.
Henrik ließ sich küssen und sank auf das Sofa seiner Großmutter.
»Ich würde sagen«, schmatzte Oma Lisbeth, »Henrik war auf Abwegen. Ich dachte, du wolltest endlich zur Vernunft kommen?«
Vincent Edmundus ließ sich neben seinem Sohn auf dem Sofa nieder und klopfte ihm auf den Oberschenkel. »Ich würde sagen, es hat dir mal ganz gut getan, ganz unten anzufangen und das Leben eines hart arbeitenden Mannes zu erkunden.«
Überrascht blickte Henrik auf. »Woher weißt du…?«
Henriks Vater lächelte. »Glaubst du, ich weiß nicht, was mein Sohn treibt, wenn er monatelang kaum in der Firma ist?«
»Könnte mich mal jemand aufklären?«, schimpfte Henriks Mutter.

»Dein Sohn hat Müllabfuhr gespielt, Cecile«, platzte Oma Lisbeth heraus.
»Oh, Mutter, ich glaube kaum, dass das nur ein Spiel war. Henrik hat das wahre Leben kennengelernt, jenseits des goldenen Schreibtischstuhls«, warf Henriks Vater ein.
Henriks Mutter hob eine Augenbraue. »Du hast was?«
»Ich war bei der Müllabfuhr, Mama«, erklärte Henrik fast schon genervt und deutete ein verschämtes Lächeln an.
Cecile Edmundus fiel alles aus dem Gesicht. »Ernsthaft? Und DU wusstest das?«, wandte sie sich an ihren Mann.
Dieser lächelte. »Natürlich. Und ich finde es gut, dass Henrik etwas Neues ausprobiert hat.«
»Und wie lange willst du das noch durchziehen?«, fragte Henriks Mutter pikiert. »Du siehst schon fast krank aus!«
Henrik lehnte seinen Kopf gegen das Sofa. »Ich bin auch krank.«
»Was?«, quiekte seine Mutter erschrocken auf, als würde Henrik ihr gleich beichten, dass er an der unheilbaren, höchst gefährlichen Müllkrankheit litt.
»Mama«, Henrik öffnete ein Auge, »ich habe bereits wieder gekündigt.«
»Henrik ist liebeskrank«, klärte Oma Lisbeth Henriks Eltern auf.
»Woher weißt du das jetzt schon wieder, Oma? Wieso bin ich immer die letzte, die irgendetwas in dieser Familie erfährt?«, regte sich Cecile auf.
Ihre Schwiegermutter grinste breit. »Weil du dich immer so furchtbar über alles aufregst.«
»Und wer ist deine Auserkorene?«, hakte Henriks Vater nach.
»Kathi«, sagte Ophelia leise.
Ihr Vater blickte seine Tochter fragend an. »War das nicht die Kleine, die Edward heiraten wollte?«

»Und gestern nicht zur Trauung gekommen ist, weil sie ANGEBLICH entführt wurde?«, fügte Henriks Mutter hinzu.
»Wir wissen doch alle, wer hinter der ›Entführung‹ steckte«, sagte Oma Lisbeth genüsslich. Sie nippte an ihrem Cocktail und freute sich, dass sie schlauer war als der Rest der Familie.
»Und wer?« Fragend blickte Henriks Mutter in die Runde, bis ihr Sohn schließlich eine Hand hob. »Ich.«
»DU?«, platzte seine Mutter heraus.
Henrik nickte. »Ja, ich.«
Henriks Vater klopfte seinem Sohn erneut auf den Oberschenkel. »Super Idee! Hätte von mir sein können.«
»Vincent!«, empörte sich Cecile Edmundus. »Das kannst du doch nicht auch noch gutheißen!«
Ihr Mann zuckte nonchalant mit den Schultern. »Ach, Schatz, ich finde das eigentlich sehr romantisch. Und seien wir doch mal ehrlich, Kathi passt doch gar nicht in Edwards Beuteschema.«
»Ist hier von mir die Rede?«, fragte Edward. Mit einem sehr attraktiven Mann im Schlepptau betrat er das große Wohnzimmer der Edmundus.
»Wenn man vom Teufel spricht…«, sagte Oma Lisbeth leise.
»Edward! Wie geht es dir, mein Junge?«, fragte Cecile anteilnahmsvoll.
Edward zuckte mit den Schultern. »Ich bin in Ordnung. Schätze, die Hochzeit mit Kathi wäre ohnehin ein großer Fehler gewesen.« Verliebt blickte er zu dem Mann an seiner Seite.
»Und wer ist dieser nette junge Mann, den du uns noch nicht vorgestellt hast?«, bohrte Oma Lisbeth nach.

Edward fasste seiner Begleitung lächelnd an den Oberarm. »Das ist Timothy. Ich habe ihn vorgestern kennengelernt. Er gehörte zum Cateringteam.«
»Nun ja, dein Frust hat ja nicht lange angehalten«, entfuhr es Oma Lisbeth.
»Man muss die Dinge eben so nehmen, wie sie sind«, entgegnete Edward cool. »Ich denke, ich sollte die Hochzeit organisieren, weil ich Timothy sonst nie begegnet wäre. Es ist alles Schicksal.«
»So einfach ist das?«, hakte Oma Lisbeth nach.
Edward nickte.
»Du bist ein Arsch!«, platzte Henrik heraus. »Statt deine Braut zu suchen, die brutal entführt wurde, wirfst du dich dem nächstbesten Kerl an den Hals. Was bist du nur für ein Mensch?«
Edward öffnete den Mund, um sich zu verteidigen, doch Ophelia hob nur eine Hand. »Edward, warum hast du nicht gesagt, dass du mit der Hochzeit übers Ziel hinausgeschossen bist?«
»Weil mir der Gedanke erst vorgestern kam, als Kathalea mich vor dem Altar hat stehen lassen«, antwortete Edward ehrlich.
»Erstens«, mischte sich Henrik ein, »hat Kathalea dich nicht stehen lassen, weil das implizieren würde, dass sie dich aktiv nicht heiraten wollte - schließlich ist sie entführt worden…«
»Was erst noch zu beweisen wäre«, sagte Timothy und lächelte entschuldigend.
Henrik verdrehte die Augen. »Und zweitens«, fuhr er fort, »hast du nicht kirchlich heiraten wollen und standest somit nicht vor einem Altar.«
»Woher willst du wissen, dass sie wirklich entführt wurde?«, wandte sich Edward neugierig an seinen Cousin.

Henrik tat so, als inspizierte er seine Fingernägel. Schließlich schaute er auf. »Weil ICH die Entführung veranlasst habe.«
»Ha!« Edward zeigte mit dem Finger auf ihn. »Wusste ich es doch! DU stecktest dahinter! Das habe ich mir schon gedacht. Du warst schon als Kind immer der Räuber!«
Nun war es Henrik, der mit den Schultern zuckte. »Im Gegensatz zu dir habe ICH mich wirklich in Kathi verliebt.«
»Ich war auch verliebt!«, verteidigte sich Edward.
»Wohl eher in die Idee, ein normaler Familienvater zu werden«, knurrte Henrik.
»Und was ist daran so verkehrt?«
»Dass du jede andere dafür hättest nehmen können, aber nicht die Frau, die ICH zufälligerweise liebe. Du wusstest das! Schließlich habe ich versucht, mit dir zu reden. Aber du warst ja viel zu blasiert, um mir zuzuhören.« Verärgert musterte Henrik seinen Cousin.
Edward zuckte erneut mit den Schultern. »Du kannst sie haben.«
»Danke! Wie gnädig von dir«, sagte Henrik pikiert.
»Das finde ich auch«, ertönte eine weibliche Stimme.
Erschrocken wirbelte Edward herum. »Kathi! Was machst du denn hier?«
»Ich wollte zu dir und habe gesehen, dass du mit dem Auto weggefahren bist. Also bin ich dir gefolgt. Überrascht? Wie ich sehe, hast du mich nicht einmal vermisst - an deinem Hochzeitstag gestern. Du hast dir ja gleich einen Ersatz gesucht.« Angefressen verschränkte Kathalea die Arme vor der Brust und musterte ihren Verlobten. Dann zog sie sich den Ring vom Finger und reichte ihn Edward.

»Du kannst ihn behalten. Als Erinnerung«, sagte Kathalea.
Diese zog den Ring jedoch nicht zurück. »Nein, danke. Ich glaube, das ist keine schöne Erinnerung.«
Zerknirscht blickte Edward auf den Ring.
»Keine Entschuldigung für dein Benehmen? Keine offizielle Trennung? Macht man das so in deinen Kreisen?« Auffordernd sah Kathalea Edward an.
»Ähm, nun…«
»Nein, das macht man auch in unseren Kreisen nicht so«, mischte sich Henrik ein und erhob sich vom Sofa. Er ging auf Kathalea zu. »Darf ich dir den Ring abnehmen?«
Kathalea reichte ihm den Verlobungsring, den Henrik sogleich Edward in die Anzugjacke steckte.
»Darf ich dich zu einem kleinen Ausflug einladen?«, wandte sich Henrik hoffnungsvoll an Kathalea.
Überrascht blickte Kathalea ihn an. »Was für ein Ausflug?«
»Ein Vergiss-den-nächsten-Idioten-auf-deiner-Liste-und-mach-was-Schönes-mit-mir-Ausflug«, konterte Henrik grinsend.
Kathalea sah ihn nachdenklich an. Dann wandte sie sich an Edward. »Warum hast du mir keinen reinen Wein eingeschenkt, Edward? Wäre ER da mein Hochzeitsgeschenk gewesen?«
Edward ergriff nun doch ihre Hände. »Liebe Kathi, wie mein Cousin schon ganz richtig erkannt hat, bin ich ein Vollidiot, weil ich so eine tolle Frau wie dich sausen lasse. Aber als du vorgestern auf dem Standesamt nicht aufgetaucht bist, ist mir aufgefallen, dass ich total erleichtert war. Ich glaube, ich eigne mich nicht für die Hetero-Ehe.«
»Wie das klingt!«, empörte sich Oma Lisbeth.

Edward machte ein entschuldigendes Gesicht. »Tut mir leid, Oma!« Er wandte sich wieder an Kathalea. »Tut mir leid, Kathi! Die ganzen Hochzeitsgeschenke müssen wir natürlich zurückgeben, aber ich habe trotzdem noch ein Abschiedsgeschenk für dich.« Er angelte in seiner Tasche nach einem Schlüssel und überreichte ihn Kathalea. »Das ist der Schlüssel für einen Opel Adam. Ich fand das Auto so putzig und es passt irgendwie zu dir.«

»Du schenkst mir ein AUTO?«, fragte Kathalea fassungslos.

Edward zuckte mit den Schultern. »Kleine Entschädigung für die entstandenen Unannehmlichkeiten.«

»Sehr großzügig. Danke!«

»Nimm ihn an!«, sagte Henrik mit Bestimmtheit. »Du solltest lernen, Geschenke jeder Art NIEMALS abzulehnen!« Er ergriff Kathaleas Hände. »Darf ich dich nun entführen?«

Kathalea lächelte. »Du darfst. Ich glaube, ich brauche wirklich eine kleine Luftveränderung. Außerdem bin ich dir noch ein Date schuldig.«

»Und ich dir einen Einblick in mein wirkliches Leben«, sagte Henrik und zog sie aus dem Raum.

Höchst zufrieden grinsend blickte Oma Lisbeth Kathi und ihrem Enkel hinterher.

Auch Ophelia hob einen Daumen, während Henriks Mutter genervt die Augen verdrehte. Das war ihr alles viel zu viel Aufregung.

***

»Würdest du auch mit mir ausgehen, wenn ich ein armer Müllschlucker wäre?« Fragend blickte Henrik zu Kathalea, die neben ihm auf dem Beifahrersitz saß.

Diese musterte ihn und grinste schließlich. »Ja, würde ich. Bin ich ja auch schon. Ich fand dich toll, so wie du warst. Oder vorgegeben hast zu sein. Denn du hast mir ja bisher eine vollkommen falsche Seite von dir gezeigt. Ach, was sage ich«, sie winkte ab, »du hast mir eine Seite von dir gezeigt, die es überhaupt nicht gibt.«

Henrik verdrehte die Augen. »Ich weiß, ich bin ein totaler Idiot. ABER«, er hob einen Finger, »ganz so ist es nicht. Ich habe dir zwar etwas vorgemacht, was meinen Berufsstand und meine finanzielle Situation anbelangt, aber ich habe trotzdem ein und denselben überragend guten Charakter.«

Kathalea lachte auf. »›*Überragend gut*‹?«, wiederholte sie. »Du bist ja überhaupt nicht von dir eingenommen. Wohl dem!«

Henrik blickte sie ernst an. Die ersten Autofahrer hupten schon ungeduldig, da die Ampel auf Grün umgesprungen war, aber das interessierte ihn nicht. Er blieb ruhig. »Ich weiß, dass die meisten Menschen ihr Licht unter ihren Scheffel stellen. Bloß nichts an einem selber hübsch oder toll finden und das auch noch äußern, damit man nicht als überheblich oder gar arrogant rüberkommt. Aber weißt du was?«

Jemand klopfte an die Fensterscheibe.

Genervt hob Henrik einen Arm und bat den verärgerten Autofahrer so um Geduld. »Es ist überaus wichtig, dass wir uns selbst lieben. Das klappt sicherlich nicht in jedem Punkt, denn wir finden immer etwas an uns, was wir bemängeln. Aber wir sollten dennoch ganz wir selbst sein, egal, wie die Welt uns sieht. Wenn du hier eine Falte und da ein graues Haar hast, ist das eben so. Und wenn deine Nase drei Millimeter zu weit nach links ausgerichtet ist, mag das vielleicht ein Schönheitsfehler sein, aber deshalb bist du als Mensch doch nicht weniger interessant. Heutzutage posten die Leute nur noch getürkte Bilder von sich, weil sie es nicht wagen, sich so zu zeigen, wie sie wirklich sind.«

Der Autofahrer hämmerte nun wütend gegen die Fensterscheibe. Henrik zückte sein Portemonnaie und holte einen 200-Euro-Schein heraus. Er ließ die Fensterscheibe heruntergleiten und wedelte mit dem Geld. »Hier! Kaufen Sie sich eine Tüte Geduld! Ich fahre gleich weiter.«

Verdutzt nahm der Mann den Schein entgegen und trat einen Schritt zurück. Stirnrunzelnd blickte er erst auf das Geld, dann auf Henrik. »Sie bezahlen mich dafür, dass ich warte?«

Henrik nickte. »Ja. Sie haben ja ganz offensichtlich keine Zeit oder Lust, fünf Minuten zu warten. Also besteche ich Sie, da ich gerade etwas elementar Wichtiges zu klären habe mit der Frau, die ich liebe.«

Kathalea machte große Augen.

Der Autofahrer nickte plötzlich verständnisvoll und ging zu seinem Wagen zurück.

Henrik gab Gas und fuhr in die nächste Parkbucht. »So, nun noch einmal zurück zum Thema...« Er lächelte und nahm Kathaleas Hand. Doch bevor er weiterreden konnte, holte sie tief Luft. »Ich weiß, was du meinst. Aber wenn wir unsere ›wahren‹ Gesichter im Internet ablichten, beachtet uns doch niemand. Würdest du mich ›liken‹, wenn du mein Foto unverschönert sehen würdest? Ich habe immerhin einen schiefen Eckzahn.«

»Sofort! Der ist nämlich ganz besonders süß, weil er zu dir gehört.«

»Du lügst. Aber danke für deine charmante Lüge!«

»Nein, ich lüge ausnahmsweise mal nicht. Aber okay, du veränderst also deine Fotos für die Öffentlichkeit. Gibst vor, hübscher zu sein, als du in Wahrheit glaubst zu sein. Aber was ist, wenn der Mensch, der dein Bild online faszinierend findet, im reellen Leben auf dich trifft? Dann wird er enttäuscht sein, weil du nicht so aussiehst, wie du vorgegeben hast zu sein.«

Kathalea lächelte. »Genau das hast du getan. Du hast zwar nicht dein Foto im Internet gefälscht und mir vorgegaukelt, dass du hübscher bist als in echt, aber du hast vorgegeben JEMAND anderes zu sein! Du hast quasi ein Bild erzeugt, um weniger darzustellen, als du tatsächlich bist. Dabei ist das überhaupt nicht notwendig, denn wenn du die Richtige triffst, nimmt sie dich, egal, was du verkörperst.«

»Ich weiß und es tut mir auch leid. Ich war einfach so frustriert von den Frauen, die ich bisher kennengelernt hatte, dass ich mir fest vorgenommen hatte, die nächste Frau so lange zu belügen, bis ich sicher sein konnte, dass sie mich und meinen Charakter liebt und nicht mein Geld. Und leider warst ausgerechnet DU die nächste Frau, die mir begegnet ist. Ich konnte ja nicht wissen, dass du Mrs Right bist.«

»So schlimm waren deine Ex-Freundinnen?«

»Ja.« Henrik seufzte. »Du machst dir kein Bild davon, was ich für Aasgeier an der Angel hatte.«

»Obwohl du in ›*deinen Kreisen*‹ gewildert hast?«, witzelte Kathalea.

Henrik schmunzelte. »Genau. Obwohl ich in ›*meinen Kreisen gewildert*‹ habe. Man sollte es kaum glauben, aber gerade in der Oberschicht gibt es einen Haufen oberflächlicher Gestalten, die nur darauf achten, WAS du darstellst, nicht WER du tief in deinem Herzen bist.« Henrik startete den Motor und fuhr die restlichen Meter zu seinem Bürohaus am Hafen.

»Was ist das für ein Gebäude?« Kathalea blickte an dem hohen, modernen Glaskasten hoch.
»Das ist meine Unternehmensberatung«, antwortete Henrik. Er parkte, rannte um den Wagen herum und hielt ihr galant die Tür auf. »Das ist zumindest eine meiner Firmen.«
Sie betraten die Eingangshalle. Ein Pförtner hob lächelnd die Hand und grüßte sie freundlich. Im obersten Stockwerk angekommen, lächelte ihnen eine Dame entgegen.
»Herr Edmundus, Sie sind wieder da?«
Henrik nickte. »Ja, ich grüße Sie, Frau Mendris. Ab heute bin ich wieder regelmäßig hier.«
»Das ist schön. Wollen Sie einen Kaffee?«
»Nein. Wir hätten gerne beide eine heiße Schokolade mit Sahne«, erwiderte Henrik.
Die Dame sprang sofort auf. »Oh Gott, wir haben gar keinen Kakao im Hause.«
Henrik hob lachend eine Hand. »Das war ein Scherz, Frau Mendris. Bleiben Sie bitte sitzen! Wir bleiben heute nicht lange. Ich will nur kurz etwas erledigen. Ab morgen früh bin ich wieder voll einsatzbereit.«
Sie gingen einen langen gläsernen Gang entlang, von denen einzelne Büros abgingen. Henrik hob hier und da eine Hand zum Gruß, bis sie sein Büro erreichten.
»Wow! Du hast ja eine herrliche Aussicht über den Hafen«, sagte Kathalea fasziniert.
»Ja. Und wenn die Sonne auf die Scheibe knallt, tönen sie sich dunkel. Es muss auch Vorteile haben, wenn man über ein wenig Geld verfügt.«
»Was machst du hier den lieben langen Tag?«, fragte Kathalea neugierig.

»Ich kaufe Firmen, die so gut wie am Ende ihrer Kräfte sind, und schaue mir an, ob sie in der Form, in der sie existieren, noch zu retten sind.«
»Und dann rettest du sie?«
Henrik zog sie in seine Arme. »Ich rette sie nur, wenn noch etwas zu retten ist. Oft muss ich alles komplett neu ordnen, weil das versäumt wurde. Je strukturierter ein Unternehmen ist, umso besser stehen die Chancen, dass alles wie am Schnürchen läuft. Aber natürlich setzt das auch voraus, dass die Geschäftsführung in der Lage ist, die Geschäfte zu führen. Leider ist das in den meisten Firmen, die baden gehen, nicht der Fall. Wenn wirklich nichts mehr zu retten ist, zerstückele ich sie und verkaufe die Einzelteile weiter.«
»Das geht?«, fragte Kathalea und rümpfte pikiert die Nase. »Klingt irgendwie schrecklich.«
Henrik lachte leise. »Ja, das geht. Wenn man ein Händchen dafür hat, kann man damit richtig Geld verdienen. Und schrecklich ist das nur für die vielen Angestellten, die die Firma nicht behalten kann. Aber jedes vermeintlich schreckliche Ende ist oftmals ein toller, neuer Anfang.«
Kathalea musterte ihn. »Ich hatte leider schon öfters das Pech, in so einer unstrukturierten Firma zu arbeiten, die dann den Geist aufgegeben hat und saß jedes Mal auf der Straße. Siehst du dir auch wirklich die Menschen an, denen du das antust?«
»Ganz so kannst du das nicht betrachten. Ohne mein Zutun geht die Firma ja auch bankrott. Und so haben zumindest ein paar von ihnen die Chance, weiter zu existieren. Einige Firmen kann man wirklich gut umgestalten, System reinbringen oder Mitarbeiter anderweitig einsetzen. Ich stelle immer wieder fest, dass es Menschen an der

Führungsspitze gibt, die von ihrem Geschäft keine Ahnung haben und von einer ordentlichen Mitarbeiterführung schon gar nicht. Es gibt auch viele Arbeitnehmer, die in anderen Positionen viel besser aufgehoben sind. Die setze ich dann um.« Henrik streichelte ihr übers Gesicht.
»Macht dir dein jetziger Job in der Werbefirma Spaß?«
»Spaß bei der Arbeit wird überbewertet«, knurrte Kathalea und verdrehte die Augen.
Henrik musterte sie. »Okay, das ist Antwort genug. Aber weißt du was? Spaß ist ein überlebenswichtiger Faktor. Wenn ein Mitarbeiter keine Freude an seiner Arbeit hat, dann bringt er auch keine Leistung. Er ist öfters krank und ist so gut wie gar nicht motiviert, über sich hinauszuwachsen. Wenn ein Mitarbeiter OHNE Motivation Leistung zeigt, dann nur, wenn er extrem diszipliniert ist. Und von diesen Pflichterfüllern gibt es nur wenige Exemplare. Vielleicht gerade mal fünf Prozent von der gesamten Weltbevölkerung.«
»So wenig?«
»Ja. Zu welchem Typ gehörst du denn?«, fragte Henrik neugierig.
Kathalea grinste. »Zufälligerweise bin ich ein Pflichterfüller.«
»Wirklich?«
»Ja. Ich habe gerade erst einen Test mit Stine zusammen gemacht. Meine Freundin hatte sich ein Buch zu dem Thema gekauft und wollte wissen, welcher Charaktertyp sie ist.« Kathalea zuckte mit den Schultern. »Und ich habe mich gleich mitgetestet.«
»In welchem Beruf würdest du denn gerne arbeiten, Frau Pflichterfüllerin, wenn dir die Werbebranche nicht so viel Spaß macht? Oder liegt es eher an deiner Position als Außendienstler?«

»Außendienst ist überhaupt nichts für mich«, sagte Kathalea bedauernd.

»Was ist denn deine Bestimmung, wenn du ganz tief in dich hineinhorchst?«

Kathalea machte ein nachdenkliches Gesicht. Dann erhellte sich ihre Miene. »Am liebsten würde ich ein Unternehmen gründen und selbst die Fäden in der Hand halten. Ich glaube, ich habe Führungsqualitäten. Aber bisher hatte ich leider noch nie die Chance, diese unter Beweis zu stellen.«

»Und was für eine Firma würdest du leiten wollen?«

»Eventmanagement. Da hätte ich quasi alles, was Spaß macht. Das Geschäft wäre ein bisschen kaufmännisch, rechtlich, wirtschaftlich und mit den Veranstaltungen hat es auch Spaßcharakter.« Kathaleas Augen leuchteten.

»Da hast du doch deine Bestimmung bereits gefunden«, sagte Henrik vergnügt.

Kathalea schnaufte. »Ja. Wenn ich es recht überlege, habe ich das. Aber was nützt mir das, wenn ich keine Möglichkeit habe, das umzusetzen?«

Henrik gab ihr einen zärtlichen Kuss auf den Mund. »Es gibt immer einen Weg. Du musst ihn nur entschlossen verfolgen! Hast du es denn nie versucht?«

»Nein, mir fehlte der Mut.«

»Ich hätte das was für dich!«

»Echt? Was denn? Einen Kuss?«, feixte Kathalea.

»Ja, den auch.« Henrik gab ihr einen Kuss, der ihren ganzen Körper in Schwingungen versetzte.

Mühsam riss sich Henrik schließlich von ihr los. Er zog sie zu seinem Schreibtisch und ließ den Computer hochfahren. Kaum war die Maschine einsatzbereit, öffnete er zielstrebig eine Datei. »Das ist meine neueste Errungenschaft! Eine Eventfirma, deren Chef keine Ahnung von

Wirtschaft und Personalführung hatte. Ich habe die Firma gekauft und den Chef entlassen. Es gibt noch eine Grafikerin, eine Sekretärin und mehrere Mitarbeiter, die im Eventbereich vielfältig als Kinderbetreuung, Servicekraft oder Entertainer eingesetzt werden können. Außerdem könnte man einen Pool an geringfügig Beschäftigten aufbauen.« Er zog Kathalea auf seinen Schoß und knabberte an ihrem Nacken. »Was würdest du davon halten, wenn ich dich als Geschäftsführerin einsetzen würde?«
Überrascht drehte sich Kathalea zu ihm um. »DAS würdest du tun? Ohne meine Zeugnisse, Abschlüsse oder sonstiges gesehen zu haben.«
Henrik lächelte. »Ja, ich habe großes Vertrauen in dich. Ich brauche keine Zeugnisse, um Menschen einschätzen zu können. Zeugnisse empfinde ich persönlich als Momentaufnahmen.«
Kathalea umarmte ihn stürmisch. »Das wäre ja phantastisch!« Sie gab ihm einen Kuss, der es in sich hatte.
»Holla, die Waldfee! Was war das denn für ein Kuss? Der zieht mir ja gleich die Schuhe aus! Soll ich das Büro abschließen?« Er zwinkerte ihr zu.
Kathalea grinste. »Klingt verführerisch.«
Henrik zog sie in seine Arme und küsste sie noch einmal mit aller Leidenschaft, die er aufbringen konnte. Dann beugte er sich vor und drückte auf einen Knopf.
»Was war das denn?«, fragte Kathalea verwundert.
Henrik zuckte mit den Schultern und lächelte spitzbübisch. »Ich habe die Bürotür abgeschlossen.«
»Ohne Schlüssel? Ohne aufzustehen?«
»Wunder der Technik.«
»Wahnsinn!«
»Du bist der Wahnsinn!«

»Apropos, was ist eigentlich aus dem rosa Müllauto geworden?«
Henrik, der mit den Gedanken bereits ganz woanders war, flüsterte: »Der gehört zu deiner neuen Firma.«
»Cool!« Kathalea wackelte mit den Augenbrauen.
Henrik zog sie zum Sofa.
»Wird das jetzt ein Einstellungsgespräch?«, witzelte Kathalea.
»Ja. Aber nicht für die Harbour Event GmbH, sondern für den ›wahren‹ Henrik Amandus Edmundus.« Henrik beugte sich vor und verführte Kathalea mit allen Mitteln der Kunst.

Wunder(-frauen)

»Ich kann es gar nicht glauben, dass du schon seit SECHS Monaten mit Henrik zusammen bist UND noch immer deinen Job hast. Aber«, Stine hob einen Finger, »du hast nicht IRGENDEINEN Job. NEIN!« Sie seufzte theatralisch. »Du hast den WELTBESTEN Job aller Zeiten geangelt!«
»Nun krieg dich mal wieder ein, Schatz«, sagte Rolf und blickte seine Frau kritisch an. »Oder willst du deinen gut bezahlten Job bei der Krankenkasse hinschmeißen und bei Kathi einsteigen?«
Stine grinste. »Vielleicht.«
Rolf verdrehte die Augen. »Herr im Himmel! Kathi bringt echt nur Aufregung in unser Leben.«
»Danke«, beschwerte sich Kathalea. »Aber dir sei verziehen, du bist ja ein Mann. Du kannst unsere Euphorie nicht nachempfinden.«
»Genau«, stimmte Stine ihrer Freundin zu.
»Ach! Ich habe also kein Einfühlungsvermögen, weil ich keine Frau bin?«, hakte Rolf nach und verschränkte beleidigt die Arme vor der Brust.
Stine verdrehte die Augen. »Nun sei nicht so überempfindlich, Rolf! Überlege doch bitte mal, wie oft Kathi auf unserem Sofa saß und Trübsal geblasen hat, weil sie mal wieder einen Job verloren oder von einem Kerl verarscht worden ist.«
Rolf nickte. »DAS vergesse ich ganz bestimmt nicht. Unser Haushaltskonto ist seit sechs Monaten mal wieder im

Plus, weil wir kein Trösteressen mehr kochen oder backen müssen.«

Stine nahm ihren Filzpantoffel und schleuderte ihn in Rolfs Richtung. »Herr Appelton, Sie sind unmöglich! Als wenn Kathi uns die Haare vom Kopf gefressen hätte. Das warst jawohl eher DU, du Vielfraß! Denn schließlich hast du jedes Mal ordentlich mitgeschlemmt.«

Rolf griff sich ins volle, rote Haar und grinste. »Habe ich das?«

Voller Empörung schnappte Kathalea nach Luft. »Und ob du das hast!«

Stine legte ihrer Freundin eine Hand auf den Arm. »Reg dich nicht auf, Kathi! Rolf hat schlechte Laune. Das ist NICHT deine Schuld! Du hast uns noch NIE auf der Tasche gelegen. Eher wärest du verhungert. Wie oft habe ich dir Geld angeboten, damit du über die Runden kommst und du hast es jedes Mal abgelehnt.«

»Nun entspannt euch mal, Mädels! Das war nur ein Scherz«, stöhnte Rolf genervt.

»Schlechter Scherz, mein Lieber. Das kostet dich einen Monat lang Sexverbot.«

Rolf zuckte mit den Schultern. »Mir doch egal. Ich habe ja schließlich zwei gesunde Hände.«

Stine grinste. »Ich werde dich daran erinnern.«

»Und ich darf dich daran erinnern, dass du Kinder haben wolltest. Das geht natürlich mit Sexentzug schlecht«, versuchte Rolf seinen Trumpf auszuspielen.

Stine lächelte. »Kein Problem.«

Rolf stutzte. »Wie jetzt, kein Problem? Willst du etwa keine Kinder mehr mit mir haben?« Voller Entsetzen blickte er seine Frau an.

»Fang jetzt nicht an zu heulen«, platzte Kathalea heraus. »Schließlich mangelt es DIR an gewissem Charme!«

»Ich gelobe Besserung«, platzte Rolf mit aufsteigender Panik heraus.
Stine grinste noch breiter. »Das ist auch gut so, mein Lieber. Ich habe außerdem NIE gesagt, dass ich keine Kinder mehr von dir will.«
»Hast du nicht?«, bohrte Rolf weiter.
Stine angelte etwas aus ihrer Handtasche und reichte es Rolf.
»Was ist das?«
»Öffne die Schachtel, dann weißt du Bescheid!«
Rolfs Hände zitterten, als er versuchte, den Deckel der kleinen Schachtel abzuziehen.
»Sind wir ein wenig nervös?«, neckte Stine ihn.
Rolf schnitt eine Grimasse. »Zugegeben, ja.« Endlich hatte er sie öffnen können und fischte zwei kleine Schühchen heraus. »Schuhe?«
Kathalea schnappte nach Luft. Dann fiel sie ihrer Freundin um den Hals. »Stine, du bist schwanger!«
Endlich kam die Botschaft auch bei Rolf an. Er wurde leichenblass, dann sank er ohnmächtig in die Sofakissen.
Verdutzt schauten sich die beiden Freundinnen an.
»Das ist jetzt nicht sein Ernst, oder?«, fragte Stine pikiert. »Ich dachte immer, Männer fallen im Kreissaal um, aber so weit sind wir doch noch gar nicht.«
Kathalea lachte leise. »Ich befürchte schon. Oder er tut nur so!« Sie sprang auf und hob Rolfs Arm hoch, um den Puls zu messen. »Er lebt noch. Aber ich glaube, er ist wirklich ohnmächtig.«
Stine verdrehte die Augen. »Herr im Himmel! Ich werde also meinen Enkelkindern in fünfzig Jahren erzählen müssen, dass ihr Opa damals ›ohnmächtig‹ wurde vor Schreck. Wie soll er bloß die Geburt überstehen?«

»Gehen wir mal davon aus, dass ihn die Freude übermannt hat«, verteidigte Kathalea Rolf. Dann klopfte sie ihm gegen die Wange. »Rolf! Wach auf! Oder soll ich einen Krankenwagen bestellen?«
Rolf schreckte hoch. »Wie? Was? Wo bin ich? Bin ich tot?«
Stine verdrehte erneut die Augen. »Mensch, Rolf! Geht es etwas weniger theatralisch?«
»Was ist passiert?«, fragte Rolf verwirrt.
»Du hast erfahren, dass du Vater wirst und bist zusammengeklappt. Herzlichen Glückwunsch!«, sagte Kathalea.
»Du gratulierst mir fürs Ohnmächtigwerden?«, fragte Rolf konsterniert.
»Nein, ich gratuliere dir, weil du es geschafft hast, Stine ein Baby zu machen.«
»Wie das klingt«, beschwerte sich Rolf benommen.
Stine lachte leise. Dann stand sie auf und umarmte ihren Mann. »Geht es dir gut, Schatz?«
Rolf erwiderte die Umarmung. »Es ging mir nie besser. Mann, bin ich ein Held!«
»Nun ja, SO schwer ist das Kindermachen nun auch wieder nicht«, warf Kathalea ein.
Rolf zeigte mit dem Finger auf die Freundin seiner Frau. »Mach das erstmal nach, meine Liebe! Dann unterhalten wir uns weiter.«
Kathalea grinste. »Kein Problem.«
»Wie jetzt, kein Problem? Herr im Himmel, könnt ihr vielleicht alle mal Klartext reden?«, protestierte Rolf.
Stine blickte Kathalea überrascht an. »Du etwa auch?«
Kathalea hob beide Schultern, dann grinste sie fast entschuldigend. »Ist irgendwie passiert. War gar keine Absicht. Ich hatte doch bei der einen Veranstaltung den Kaviar nicht vertragen und durch die Spuckerei war die Pille

außer Gefecht gesetzt. Naja, ich habe dann im Eifer des Gefechts nicht daran gedacht, ein Kondom einzusetzen.«
Stine flog nun ihrer Freundin um den Hals. »Das ist SO cool! Wer hätte gedacht, dass wir zwei Heldinnen mal GEMEINSAM schwanger sein würden?«
»Ehrlich?« Kathalea blickte Stine mit ernster Miene an. »Ich nicht. Nach den vielen männlichen Katastrophen habe ich in diesem Leben nicht mehr damit gerechnet, überhaupt einen anständigen Fisch an die Angel zu kriegen, der auch noch erfolgreich laichen kann.«
»Da kannst du mal sehen«, mischte sich Rolf ein, »auch ein blinder Fisch findet irgendwann einmal den Angelhaken.«
Stine winkte ab, als Kathalea kontern wollte. »Ignoriere ihn! Und, weiß Henrik schon Bescheid?«
Kathalea schüttelte den Kopf. »Nein. Ich hatte noch keine Gelegenheit.«
»Wie weit bist du denn?«
»Achte Woche.«
»Genau wie ich«, kreischte Stine so laut, dass sich Rolf die Ohren zuhielt. »Manno, willst du das Baby aufwecken, oder was?«
Stine gluckste. »Das hat doch noch gar keine Ohren, du Schnacker!«
»Wann wirst du Henrik denn die frohe Botschaft übermitteln?«, fragte Rolf neugierig.
Kathalea sackte in sich zusammen. »Ehrlich gesagt, traue ich mich überhaupt nicht, ihm davon zu erzählen. Schließlich bin ich erst seit einem halben Jahr Geschäftsführerin von Harbour Event. Und nun bin ich schon schwanger. Er wird mich köpfen.«
Stine grunzte. »Ganz gewiss NICHT, meine Liebe. Da wäre er ja schön blöd.«

»Außerdem kannst du doch auch MIT Baby weiterarbeiten«, warf Rolf ein. »Ab ins Tragetuch und ran an die Buletten.«
»Stimmt. Richtest dir einfach eine kleine Babyecke in deinem Riesenbüro ein und so fällst du nur für kurze Zeit aus. Außerdem glaube ich kaum, dass Henrik sauer wird«, beruhigte Stine ihre Freundin.
»Na, hoffentlich«, stöhnte Kathalea mit klopfendem herzen.

***

»Was ist das?«, fragte Annemarie, Kathaleas Sekretärin. Sie stand an der großen Fensterfront von Kathaleas Büro und deutete auf das Nachbargebäude. Es gehörte zu Henriks Familie und beherbergte die Reederei, die Ophelia seit ein paar Wochen als neue Eigentümerin leiten durfte. Darauf hatte sie lange hingearbeitet und letztendlich hatte Henrik sich für sie eingesetzt und seinen Vater davon überzeugt, dass Ophelia in der Lage war, das Unternehmen alleine zu führen.
Neugierig kam Kathalea näher. »Ach herrje!«
Am Gebäude hing ein riesiges Transparent mit der Aufschrift ›Rettet die Delphine‹. Das riesige Stück Stoff hing aber nicht an Seilen, sondern wurde von zwei Personen getragen: ›Wonder Woman‹ und ›Supergirl‹.
Kathalea kniff ihre Augen zusammen, um gegen die Sonne anzublinzeln. »Ist das Ophelia mit blonder Perücke? Oh Gott, das ist doch Oma Lisbeth!« Erschrocken schlug sich Kathalea eine Hand vor den Mund. Eilig zückte sie ihr Handy und rief Henrik an, der ein Stockwerk über ihr arbeitete.
»Hallo Süße, Sehnsucht?«, quatschte er gleich drauflos.

»Hi Schatz! Immer. Aber guck vorher mal aus dem Fenster! Gen Westen«, forderte Kathalea ihn auf.
Henrik schien aufzustehen, dann hörte Kathalea einen Aufschrei. »Oh mein Gott! Was haben die beiden denn jetzt schon wieder vor? ›Rettet die Delphine‹?«
»Das ist deine Großmutter, Henrik! Wir müssen sie da runterholen! Sie ist weit über siebzig. Sie kann unmöglich in fünf Meter Höhe an einer Glasfassade hängen«, sagte Kathalea nervös.
Henrik stimmte ihr zu. »Ich komme. Treffen wir uns beim Fahrstuhl?«
»Gerne.«
»Komm, Annemarie! Wir gehen mal runter.«
»Und das Telefon?«, fragte Kathaleas Sekretärin nervös.
Kathalea winkte ab. »Schalte bitte die Rufumleitung auf mein Handy ein!«
Beim Empfang sprang ihnen Henrik von der Treppe entgegen.
»Bist du gelaufen?«, fragte Kathalea und holte sich einen Kuss ab.
»Ja. Ging schneller. Der Fahrstuhl steht außerdem gerade auf deinem Stockwerk.«
Sie betraten den Fahrstuhl und waren in Nullkommanix unten. Draußen angekommen, wurde Henrik sofort von Presseleuten umringt, die ihn als Miterben der Reederei sofort erkannt hatten und interviewen wollten.
Kathalea stellte sich mit Annemarie etwas abseits hin und blickte nach oben.
Oma Lisbeth hatte sich als ›Wonder Woman‹ verkleidet und Ophelia als ›Supergirl‹. Die beiden sahen phantastisch aus, fand Kathalea. Trotzdem machte sie sich Sorgen um Henriks alte Großmutter, die wie ein junger Gott an

zwei Seilen festhing, die unterhalb des Daches fixiert waren.

Die ersten Polizeiautos trudelten ein, aber es gab nicht wirklich viel zu tun. Das Gebäude befand sich auf Privatgelände und es war nicht verboten, sich an Seilen an einer Hausfassade anzuhängen. Ebensowenig war es verboten, für eine Sache zu demonstrieren.

Annemarie deutete auf den rosafarbenen Müllwagen, der nahe der Reederei geparkt war. »Wieso parkt unser Müllwagen hier und steht nicht auf dem Fuhrpark der Firma?«, fragte sie verwirrt.

Kathalea zuckte mit den Schultern. »Keine Ahnung. Lass uns erstmal einen Weg zur Reederei bahnen!«

Annemarie nickte und folgte ihrer Chefin. »Weiß dein Freund eigentlich, dass du in anderen Umständen bist?«, fragte sie leise, als sie die Menschentraube durchquert hatten.

Verdutzt blieb Kathalea stehen. »Woher weißt du denn das?«

Annemarie lächelte. »Morgens trinkst du keinen Kaffee mehr. Stattdessen verlangst du nach Unmengen an heißem Kakao - mit Lakritzsirup. Kein Mensch trinkt Kakao mit Lakritz! Zumindest kenne ich niemanden. Und zum Mittag hast du ständig Appetit auf Schnitzel mit saurem Gurkensalat oder Spaghetti mit Lakritzsirup.«

»Echt? Ist mir gar nicht aufgefallen«, druckste Kathalea herum.

»Keine Sorge, ich verrate nix«, sagte Annemarie lächelnd.

»Danke!« Erleichtert atmete Kathalea auf. »Ich habe einfach noch nicht den richtigen Zeitpunkt gefunden.«

»Du hast Schiss!«, stellte Annemarie fest.

Kathalea seufzte. »Ja, und wie! Aber verrate auch das bitte nicht weiter!«

»Ich schweige wie ein Affe.«
Kathalea lachte leise. »Klingt gut.«
Der Müllwagen ließ seine melodische Hupe ertönen und lenkte die Aufmerksamkeit auf sich.
Plötzlich legte sich ein Arm um Kathaleas Hüften. Erschrocken wirbelte sie herum. »Ach, Gott, DU bist das!«
»Entschuldige, habe ich dich erschreckt?«, fragte Henrik und lächelte entschuldigend.
»Nicht so schlimm. Wusstest du von der Aktion deiner Schwester und deiner Großmutter?«, fragte Kathalea leise.
Henrik schüttelte den Kopf. »Nein, Ophelia hat mich nicht eingeweiht. Ich hätte das auch nicht befürwortet. Eine vierundsiebzig Jahre alte Frau hängt man nicht an Bergsteigerseilen an eine Glasfassade in fünf Meter Höhe auf.«
Kathalea blickte ihn lange an.
»Was? Findest du, dass ich Unrecht habe?« Henrik konnte ihren komischen Blick nicht einordnen.
Kathalea schüttelte den Kopf. »Nein, ich schaue dich an, weil ich dich gerne anschaue. Habe ich dir heute schon gesagt, dass ich dich liebe?«
Henrik grinste. »Nein. Aber das darfst du gerne nachholen.«
»Ich liebe dich!«
Henrik sank augenblicklich auf die Knie.
Erschrocken holte Kathalea Luft. »Was hast du vor, Henrik? Steh wieder auf! Die Leute gucken schon!«
Neugierig kamen die Journalisten näher.
»Sollen sie ruhig gucken«, schmunzelte Henrik. Er rückte sich seine rote Krawatte zurecht.
Plötzlich flog ein rotes Tuch von der Hausfassade.

»Leg dir das Tuch um, Henrik«, rief seine Großmutter lachend. »Wir sind doch eine Familie, Superman!«
Erstaunt nahm Henrik das Tuch in beide Hände. »Ist das ihr Ernst?«
Kathalea kicherte. »Ich befürchte schon!«
Henrik zuckte mit den Schultern und seufzte ergeben. Eilig band er sich das Tuch um den Hals. »Na gut! Ist dir klar, dass du dich mit einer total verrückten Familie eingelassen hast, Kathi?«
Kathalea nickte. »Ja. Vollkommen klar. Und ich möchte nicht einen Augenblick missen.«
»Ah ja, das führt mich wieder zu dem eigentlichen Sinn meines Niederkniens…« Henrik räusperte sich. »Kathi, meine Süße, jetzt hast du sechs Monate lang Zeit gehabt, um dich in meinem ›wahren‹ Leben umzusehen und von meinem ›wahren‹ Ich zu überzeugen. Ich hoffe sehr, dass dir das Netz der Wahrheit gefällt…«
Kathalea nickte lächelnd. Eilig wischte sie sich eine Träne aus den Augenwinkeln. Sie war total gerührt. »Ja, das habe ich. Und ja, du bist zauberhaft. Aber das war mir von Anfang an klar.«
»Echt? Von Anfang an?«, fragte Henrik überrascht.
Kathalea nickte. »Ja. Ich hätte dich auch als Müllmann genommen.«
»Na, dann…«, Henrik winkte ab. »Dann kann ich ja all mein Hab und Gut verschenken.« Er wischte sich den imaginären Schweiß von der Stirn.
»Das könntest du. Aber vielleicht solltest du dir das noch einmal überlegen in Anbetracht neuer Umstände«, deutete Kathalea wage an.
Henrik hob eine Augenbraue. »Wieso?« Er vergaß, was er hatte fragen wollen und erhob sich.
Kathalea deutete auf ihn. »Erst bist du dran! Sprich!«

Henrik holte tief Luft und kniete sich erneut hin. »Gut. Besser, ich beeile mich ein wenig. Wer weiß, wie lange meine verrückte Großmutter dort oben noch hängen kann.«

»Nun ja, zumindest sind die Presseleute momentan abgelenkt«, feixte Kathalea und deutete auf die Schar der Journalisten und Fotografen, die sich nun um sie versammelten.

»Du hast mein Herz von Anfang an berührt und wenn ich neben dir aufwache, geht die Sonne auf«, fuhr Henrik fort. »Ich bin so unendlich erleichtert, dass ich seit sage und schreibe sechs Monaten der Mann an deiner Seite sein darf.«

Kathalea lächelte.

Es ging ihr haargenau so.

»ENDLICH hat der Sachbearbeiter im Universum - wie du immer betonst - ein Einsehen gehabt und mir die richtige Frau an die Seite gestellt. Du bist die umwerfendste, tollste, schönste und humorvollste Frau, der ich je begegnet bin. Ich bin der glücklichste Mann auf Erden und darum frage ich dich nun«, er schluckte erneut und wischte sich dieses Mal echten Schweiß von der Stirn, »willst du mich heiraten?«

Kathalea legte den Kopf schief und holte tief Luft. »Bevor ich dir eine Antwort gebe, habe ich noch eine Beichte abzulegen...«

Henrik erhob sich. »Oh Gott, was kommt denn jetzt?«

»Ich muss bestimmt drei Rosenkränze beten...«, sagte Kathalea mit zerknirschter Miene, während sich Annemarie schmunzelnd wegdrehte.

»Hast du mich etwa betrogen?«, platzte Henrik heraus.

»NEIN!«, antwortete Kathalea empört. »Was du gleich denkst! Wie kommst du denn auf SO einen Blödsinn?

Warum sollte ich meinen Superhelden betrügen? Ich habe mit Abstand den besten Mann des Universums erwischt. Im Vergleich mit meinen bisherigen Freunden musst du ein Außerirdischer sein, weil du viel zu gut bist, um wahr zu sein.«

Henrik lachte leise und ließ den kurzen, roten Umhang flattern. »›Superman‹ eben!« Er ergriff Kathaleas Hände und küsste sie. »Was ist es dann?«

»Nun«, druckste Kathalea herum, »ich habe nicht ganz aufgepasst…«

»Mit was?« Henrik war einer Ohnmacht nahe. Warum machte Kathalea so ein Theater und kam nicht gleich auf den Punkt?

»Erinnerst du dich an das Malheur mit dem Kaviar auf der Feier einer meiner Veranstaltungen vor ein paar Monaten?«

Henrik verdrehte die Augen. »Oh Gott, erinnere mich bitte nicht daran! Du hast gespuckt wie ein Walross!«

Kathalea lachte auf. »Netter Vergleich, danke!«

»Jederzeit. Aber ich verstehe nicht, was deine Allergie mit Sünde zu tun hat oder weshalb musst du sonst Rosenkränze beten?« Er runzelte die Stirn. »Ich wusste im Übrigen gar nicht, dass du katholisch bist.«

»Bin ich auch gar nicht. Das war ein Scherz.« Kathalea holte noch einmal Luft, dann platzte sie heraus. »Ich bin schwanger.«

Es dauerte mehrere Sekunden, bis die Nachricht in Henriks Großhirn ankam. »Schwanger?«

»Ja. Durch die allergische Reaktion hat die Pille nicht mehr gewirkt. Ich hätte daran denken und wir hätten Kondome nutzen müssen«, gestand Kathalea zerknirscht.

Henrik blickte sie ungläubig an. »ICH werde VATER?«

»Ja.«

Henrik ließ Luft ab. »Wow!«

»Nun sag endlich, ob dein Heiratsantrag noch gilt!«, platzte Kathalea ungeduldig heraus.

Henrik schaute verwirrt aus der Wäsche. »Das willst du nicht ernsthaft wissen, oder? Wie kannst du an meiner Liebe zweifeln?« Er schloss kurz die Augen. Als er sie wieder öffnete, lächelte er breit. »ICH werde Vater! DU bekommst MEIN Baby! Das ist das größte Geschenk, das du mir machen kannst! Natürlich will ich dich nach wie vor heiraten. Jetzt erst recht! Also, willst du? Willst du meine Frau werden? Bitte sag ›*Ja*‹! Bitte sag ›*Jaaaa*‹!«

»Ja, ich will.« Kathalea fiel Henrik um den Hals und Henrik drückte sie, als wenn er befürchtete, dass sie sonst wegflog.

»Na, endlich!«, rief Oma Lisbeth von oben und hob die Hände gen Himmel. Dabei verrutschte das Transparent ein wenig und sie verlor an Halt.

Ein paar der Schaulustigen schrien ängstlich auf, als sie einen halben Meter tiefer rutschte.

Einer der Polizisten rief durch ein Megaphon: »Nun kommen Sie endlich da herunter oder wir müssen die Feuerwehr rufen und Ihnen die Rettungsaktion in Rechnung stellen!«

Oma Lisbeth winkte ab. »Junger Mann, Geduld! Eine alte Frau ist kein D-Zug. Wir kommen.«

Erleichtert ließ der Polizist das Megaphon sinken und lächelte. »Na, Gott sei Dank!«

»Dann bist du nicht sauer auf mich, weil ich das verpatzt habe? Ich falle bestimmt für kurze Zeit als Geschäftsführerin aus«, sagte Kathalea und lächelte entschuldigend.

»Immerhin hast du mich erst vor sechs Monaten zur Geschäftsführerin von Harbour Event gemacht.«

Henrik lächelte. »Süße, die Firma ist mir total egal! Ich richte dir auch eine Babyecke in deinem Büro ein, wenn du willst. Wir besorgen ein Kindermädchen. Egal. Ich mache alles, was du willst. Ich passe auch gerne auf die Früchtchen meiner Lenden selbst auf. Das Baby ist kein Problem und alles andere total nebensächlich. Gott, ich freue mich RIESIG, dass wir Nachwuchs kriegen.« Henrik jubelte laut. »Das ist SO toll!«
Ophelia und Oma Lisbeth kamen schließlich angelaufen, nachdem ein Mann sie von der Bergsteigerausrüstung befreit hatte.
»Dürfen wir gratulieren?«, fragte Henriks Großmutter aufgeregt. »Wird endlich geheiratet?«
»Ja. In doppeltem Sinne dürft ihr gratulieren«, sagte Henrik strahlend.
Perplex hielten Ophelia und Oma Lisbeth inne. Man konnte förmlich sehen, wie es in ihrem Oberstübchen ratterte.
»Wie, im doppelten Sinne?«, fragte Ophelia schließlich.
Henrik legte einen Arm um Kathalea. »Kathi hat nicht nur meinen Antrag angenommen.«
Oma Lisbeth schlug sich die Hand vor den Mund. Dann flog sie auf Kathalea zu und umarmte sie stürmisch. »Ha! Ich wusste es! Ich habe es in deinen Augen gesehen«, behauptete sie, während sie mit dem Finger auf Kathaleas blaue Augen deutete. »Du bist schwanger! Außerdem trinkst du keinen Kaffee mehr. Das hat dich verraten.«
»Was? Was ist los?«, sagte Ophelia genervt.
»Mensch, Ophelia, bist du begriffsstutzig heute. Kathi ist schwanger. Wir bekommen ein Baby! Du wirst Tante!«, erklärte Henrik mit stolz geschwellter Brust.

Erfreut lächelte Ophelia. »Echt? Das ist ja der Hammer! Herzlichen Glückwunsch, Ophelia!« Sie klopfte sich selbst auf die Schulter.
Verwirrt schauten alle sie an.
»Was soll das denn jetzt heißen?«, fragte Henrik konsterniert. »Wieso gratulierst du dir selbst? Ich wusste gar nicht, dass Tanten an der Zeugung ihrer Neffen und Nichten beteiligt sind.« Henrik lachte leise.
Kathalea lachte ebenfalls.
Henriks Schwester klopfte sich auf die Brust. »Na, immerhin habe ich Amor beigestanden und euch beiden auf die Sprünge geholfen.«
»Geholfen? Du hast uns beinahe entzweit mit deinem Edward-Schachzug«, knurrte Henrik.
Ophelia winkte ab, breitete die Arme aus und umarmte Kathalea und ihren Bruder gleichzeitig. »Ich freue mich ja so! Herzlichen Glückwunsch!«
Oma Lisbeth tätschelte Kathaleas Wange. »Bist du sicher, dass du uns heiraten willst?«
Kathalea drückte Ophelia und Oma Lisbeth einen Kuss auf die Wange. »Ich war nie sicherer. Ich finde es toll, dass ihr so seid, wie ihr seid. Ich bin ganz verrückt nach euch und freue mich riesig, dass ich Teil eurer Familie werden darf.«
Oma Lisbeth küsste Kathalea auf die Wange. »Ich wusste von Anfang an, dass du das fehlende Zahnrad in unserer Familie bist. Bin ich erleichtert, dass du Henrik heiraten wirst und dich nicht für Edward entschieden hast.«
»Ich bin auch froh«, sagte Kathalea und drückte sich an Henrik heran.
Henrik legte ihr einen Arm um die Schultern. »Ich würde dich jederzeit wieder entführen!«

Kathalea blickte zu ihm auf. »Na, vielleicht kriegen wir unsere eigene Hochzeit ja ohne Entführung hin.«
Oma Lisbeth wackelte mit dem Zeigefinger. »Hm. Also, wie ich Edward kenne, wird er sich rächen. Ich würde dir also empfehlen, heimlich zu heiraten und danach eine Hochzeit mit allen Familienmitgliedern vorzutäuschen. Oder du engagierst einen Bodyguard, der die nächsten Wochen auf deine schwangere Braut aufpasst, Henrik!«
»Echt? Edward ist rachsüchtig?«, fragte Kathalea verwundert. »Das hätte ich nicht von ihm gedacht. Er wirkt oft so desinteressiert und gelangweilt.«
Ophelia nickte. »Er macht nur den Anschein, sanft und harmlos zu sein. In Wirklichkeit hat er es faustdick hinter den Ohren.«
Plötzlich tauchte ein Lieferwagen auf und vier vermummte Männer sprangen heraus.
»Her mit dem Weib!«, schrie einer der Männer.
Kathalea verdrehte die Augen.
Es war haargenau dieselbe Szene wie vor ein paar Monate. Nur trug sie heute kein Hochzeitskleid, sondern eine praktische Hose.
Mit einem gekonnten Karategriff brachte sie den ersten ›Entführer‹ zu Boden.
Staunend beobachtete Henrik seine Verlobte. »Wow, Kathi! Das war richtig gut!«
Sofort trieben die Polizisten die Menschenmenge auseinander, damit sie an die bewaffneten Täter herankamen.
»Gehen Sie beiseite!«, rief einer der Polizisten, weil einige Journalisten nicht weggehen wollten und eilig Bilder schossen. »Stellen Sie das Fotografieren ein! Gehen Sie beiseite oder wir nehmen Sie fest! Behindern Sie nicht weiter unsere Arbeit!«

Die Polizisten zogen ihre Pistolen und zielten auf die drei Angreifer, die noch standen.

»Waffen runter oder wir schießen!«, drohte einer der Beamten.

Kathalea schlug das Herz bis zum Hals. Sie wusste, diese Entführung war nicht von Henrik eingefädelt und würde vermutlich weniger glimpflich ablaufen.

Oder steckte etwa Edward dahinter?

Einer der Täter sprang vor und wollte Kathalea gerade packen, als sie einen schnellen Karategriff anwendete und dem Täter die Sturmhaube vom Kopf riss. Gleichzeitig schoss einer der Polizisten in die Luft. Die Anwesenden schrien laut auf und zogen die Köpfe ein.

»Edward, bist du verrückt geworden?«, rief Oma Lisbeth empört, als sie den demaskierten Täter erkannte.

Edward grinste. »Herzlichen Glückwunsch, Kathi und Henrik! Schade, dass ihr mich enttarnt habt. Ich hätte mich gerne für meine geplatzte Hochzeit revanchiert.«

Verwirrt ließen die Polizisten die Waffen sinken. Doch sie verharrten nur für den Bruchteil einer Sekunde in der Starre und nahmen die anderen Täter sofort fest.

»Was wird das hier? Eine Zirkusveranstaltung der Oberschicht?«, knurrte einer der Polizisten, als Edward ihn bat, seine Freunde laufen zu lassen.

Die anderen drei Täter zogen sich die Sturmmasken vom Kopf.

»Das sollte eine Brautentführung werden, Officer!«, sagte Edward zu einem der Polizisten.

»Ich bin kein Officer. Wir sind doch nicht in den USA. Ich bin Polizeihauptmeister.«

»Was immer Sie wollen, Herr Polizeihauptmeister Meier«, sagte Edward, der den Namen des Beamten von der Uniform ablas.

Der Beamte wandte sich an Henrik. »Kennen Sie den Clown?«

Henrik nickte. »Der Clown heißt Edward Cornelius von und zu Hagendorn und ist mein Cousin! Es würde ihm zwar guttun, eine Nacht in Gewahrsam zu verbringen, aber die Mühe können Sie sich eigentlich sparen. Er ist harmlos.«

Kopfschüttelnd gingen die Beamten beiseite.

»Wage es nicht noch einmal, Kathi zu überfallen, Edward!«, warnte Henrik und stellte sich schützend vor Kathalea hin. »Meine Verlobte ist nämlich schwanger. Ich werde also auf sie aufpassen wie auf meinen Franz.«

Edward holte eine Schildkröte aus seiner Umhängetasche. »Ach! Du passt auf deinen Franz auf? Dann möchte ich lieber nicht in Kathis Haut stecken«, sagte Edward und zog grinsend eine Schildkröte unter seiner Jacke heraus.

»Du hast Franz entführt?«, fragte Henrik empört. »Wage es nicht, ihm etwas anzutun!«

Überrascht musterte Kathalea ihren Verlobten. Sie wusste, dass er verrückt war nach seiner steinalten Schildkröte, aber dass sie ihm derart am Herzen lag, hatte sie nicht einmal annähernd geahnt.

Edward verbeugte sich und überreichte seinem Cousin die dreißig Jahre alte Schildkröte. »Ich wusste ja, dass du Karate beherrscht, Kathi, und es schwierig werden würde, dich zu entführen. Also habe ich Franz entführt. Nur zur Sicherheit.«

»Falsch gedacht, Edward! Ich hätte Kathi niemals gegen Franz eingetauscht.« Henrik nahm seine Schildkröte entgegen und streichelte den Panzer. »So ein böser Edward. Schon in Kindertagen hast du sie ständig heimlich entführt, um mich zu ärgern.«

»Nur, weil du dich darüber lustig gemacht hast, dass ich in einen Jungen verliebt war«, verteidigte sich Edward.
Kathalea schüttelte den Kopf. »Das ist Kindergarten, Jungs! Ich denke, ihr zwei seid jetzt quitt. Keine Entführungen mehr! Versprecht mir das! Ich will nicht die nächsten Wochen bangen müssen, ob meine Hochzeit stattfindet, oder nicht.«
»Liebst du ihn denn?«, fragte Edward und deutete auf seinen Cousin.
Kathalea gab Henrik einen Kuss. »Ja, ich liebe ihn. Und ich will ihn heiraten.«
Henrik legte ihr einen Arm um die Schultern. »Und ich liebe Kathi. Sorry, Edward!«
Edward winkte ab. »Kein Problem. Ich heirate selbst«, sagte er und zeigte grinsend auf einen der ›Entführer‹. »Timothy kennt ihr ja bereits.« Dann hob er einen Finger. »Pass lieber auf, dass es Franz gut geht, Kathi, sonst wird dein Zukünftiger unausstehlich sein!«
»Ja, den Eindruck gewinne ich auch langsam«, stöhnte Kathalea.
Henrik beugte sich zu Kathalea hinunter. »Keine Sorge. Ich bin total entspannt. Edward übertreibt maßlos.«
»Tut er das?«, hakte Kathalea nach.
»Ja.«
»Ich will nicht die zweite Geige spielen. Gegen eine Schildkröte habe ich keine Chance«, feixte Kathalea.
Oma Lisbeth lachte leise. »Keine Sorge, Kathi. Franz ist keine Konkurrenz. Es wird Zeit, ihn loszulassen, Henrik.« Sie zwinkerte ihrem Enkel zu.
Dieser überlegte kurz, dann reichte er Franz weiter an Ophelia. »Hier, Schwesterherz, nimm du ihn! Er braucht jetzt eine Familie. Und du kannst etwas Glück gebrauchen.«

Ophelia zog beide Augenbrauen hoch. »Wirklich? DU willst mir dein Heiligtum überlassen?« Sie nahm die Schildkröte und kuschelte mit ihr.

»Nur so lange, bis du endlich Mr Perfect gefunden hast, Schwesterchen. Außerdem weiß ich doch, dass du schon so lange scharf bist auf Franz«, sagte Henrik lächelnd.

Ophelia zuckte mit den Schultern. »Stimmt. Er ist nämlich ein Glücksbringer. Bist du sicher, dass du mir das Glück übertragen willst, Bruderherz?«

Henrik nickte und drückte Kathalea an sich. »Ja, vollkommen sicher. Ich habe mein Glück bereits gefunden.«

»Na, dann komm, Franz! Es geht ab in dein neues Zuhause«, witzelte Ophelia, bevor sie von einigen Journalisten in Beschlag genommen wurde.

Kathalea wandte sich an Henrik. »Bist du sicher, dass du deinen Franz für mich aufgeben willst?«

Henrik gab ihr einen Kuss auf die Nasenspitze. »Ich gebe ihn nicht auf. Aufgeben heißt, etwas mit Herzschmerz zu verlieren und dann zu leiden. Ich gebe ihn frei. Ophelia wird sich rührend um ihn kümmern. Hat sie ohnehin schon immer heimlich gemacht.«

»Na, dann. Ich will nämlich nicht, dass unser Eheschiff unter der Last einer Bürde zusammenbricht«, sagte Kathalea leise.

Henrik umarmte sie fest. »Keine Sorge, Süße! Franz hat kleine, süße Babyschildkröten gemacht, die schon in ihrem neuen Zuhause herumturnen. Und ich habe endlich die Liebe meines Lebens geangelt.«

»Geangelt? Ich wusste gar nicht, dass ich am Haken hänge«, witzelte Kathalea.

»Aber so was von! Komm, mein Fischlein! Gehen wir was essen. Ich habe einen Bärenhunger nach all dieser

Aufregung. Worauf hast du Appetit?«, fragte Henrik, während sie auf das Bürogebäude zusteuerten.

»Wie wäre es mit Spaghetti, Thunfisch und Lakritzsoße? Dazu saure Gurken und Mayonnaise«, antwortete Kathalea und leckte sich gierig über die Lippen.

Henrik blieb stehen und musterte sie. »Ist das dein Ernst?«

Kathalea nickte grinsend. »Ja, das wird ein interessantes Kind. Es äußert schon jetzt mit einem Riesenappetit, dass es etwas ganz Besonderes ist.«

Henrik lachte leise. »Gut, dann bestelle ich jetzt Spaghetti mit Thunfisch, sauren Gurken und Mayonnaise. Ich gehe davon aus, dass du die Lakritzsoße in deinem Büro gebunkert hast.«

»Habe ich.«

»Na, dann! Auf, auf, das Essen ruft!«

Arm in Arm gingen sie ins Gebäude und fuhren in Kathaleas Büro, um sich nach all der Aufregung erst einmal zu stärken.

ENDE

Über die Autorin

Sobald Lilly Fröhlich das Schreiben und Lesen gelernt hatte, gab es kein Halten mehr. Nahezu jedes Buch wurde verschlungen und bereits in der dritten Klasse schrieb sie ihr erstes Kinderbuch. Jahrzehntelang schrieb sie für die Schublade, bis sie sich mit ihrem ersten Kinderbuch an die Öffentlichkeit wagte. Viele, viele literarische Schätze schlummern noch in ihrem Schreibtisch. Die nächsten Bücher dürfen also mit Spannung erwartet werden.

Mehr erfahrt ihr auf

www.lilly-froehlich.de

Als Taschenbuch und E-Book im Handel erhältlich

Als Melina Klein ihre Mutter auf einen 81. Geburtstag begleitet, ahnt sie noch nicht, dass es sich hierbei um eine coole Musiksession handelt, bei der sie Benjamin Müller begegnen wird, dem singenden Arzt mit dem schönsten Lächeln der Welt. Als Amor auch noch mit einem VERGIFTETEN Liebespfeil auf sie schießt, ist es um sie geschehen: sie verliebt sich Hals über Kopf in Benjamin. Zu dumm, dass der Liebesgott keine Kontaktdaten auf den Pfeil geklebt hat, denn Melina ist recht erfolglos bei ihrer Suche nach Mr Umwerfend.

Benjamin Müller ist leider nicht nur Ehemann und Familienvater - und damit ›besetzt‹ -, er ist auch ein (eineiiger) Zwilling. Vollkommen fasziniert von Melina, berichtet er seinem Bruder Henri brühwarm von seiner Begegnung mit dem ›*Schneewittchen*‹ namens Melina Klein.

Und wie das Schicksal es so will, trifft Henri, der Benjamin natürlich zum Verwechseln ähnlich sieht, Melina im Supermarkt und ist vollkommen hingerissen von ihr. Da Melina keine Ahnung hat, dass sie es mit Benjamins Zwilling zu tun hat, besorgt sie sich auch kein Gegengift für Amors Liebespfeil und verabredet sich mit Henri, den sie für Benjamin hält. Doch was passiert, wenn man mit dem Feuer spielt und Amors Opfer verwirrt?

ISBN: 9-783-740-75298-9

Als Taschenbuch und E-Book im Handel erhältlich

Anabelle Hausstein, 29, könnte mal ein Blind Date vertragen, findet ihr Bruder Hans und versucht, sie mit dem jüngeren Bruder seines Partners Sven zu verkuppeln. Doch Phineas, der mit zweitem Vornamen ›Thor‹ heißt, benimmt sich alles andere als heldenhaft oder gar charmant.
Phineas Thor Marvelin, knackige 30, ist ebenso wenig begeistert, dass er mit Anabelle anbändeln soll, denn mit ihrem Übergewicht fällt sie überhaupt nicht in sein Beuteschema, auch wenn sie tolle, lange, rote Locken und wunderschöne grüne Augen hat.
Und so endet das Date, bevor es überhaupt angefangen hat, denn es kracht ganz gewaltig zwischen dem schlagfertigen ›Nilpferd‹ und dem selbstbewussten ›Göttersohn‹.
Allerdings haben sie ihre Rechnung ohne Amor gemacht, denn dieser hat einen Sachbearbeiter im Universum beauftragt, nicht nur für viel Reibereien, sondern auch für ein wachsendes Interesse zwischen den beiden zu sorgen.
Aber können die zwei trotz des Fehlstarts noch zueinander finden?

ISBN: 978-3-740-75312-2

Als Taschenbuch und E-Book im Handel erhältlich

Susannah-Bücher

Band 1 - Bänker sind vom Schnöselplaneten - Echt!
(ISBN: 978-3-740733261)

Band 2 - Und Clowns sind aus dem All - Echt!
(ISBN: 978-3-74074309)

Band 3 - Kinder sind vom Mars - Echt!
(ISBN: 978-3-740743604)

Susannah Johnson hat eine Pferdemähne wie ein Haflinger, einen Hintern so groß wie ein Mini-Ufo-Landeplatz und als Tochter einer wirklich biestigen Mutter nimmt sie so ziemlich jedes Fettnäpfchen mit. Sie glaubt fest an das (australische) Rumpelstilzchen und natürlich an (verschlafene) Sachbearbeiter im Universum, die ihr ständig die falschen Typen vor die Nase setzen.
Aber dann endlich findet sie ihren Traummann und natürlich macht auch das Familienglück vor diversen Pannen kein Halt.

Urkomische, romantische Liebeskomödien von Lilly Fröhlich für alle, die mal wieder so richtig lachen wollen!

Ebenso im Handel als Taschenbuch und eBook erhältlich

Mia-Kinderbuchreihe

Band 1 - Eine Patchworkfamilie für Mia
(ISBN: 978-3-740-747596)

Band 2 - Mia und die Regenbogenfamilie
(ISBN: 978-3-740-747954)

Band 3 - Mia und die Flüchtlingsfamilie
(ISBN: 978-3-740-748005)

Band 4 - Mia und die Zirkusfamilie
(ISBN: 978-3-740-748043)

Egal, ob es um die Trennung von Mias Eltern geht, um das neue Zwillingspärchen mit den zwei lesbischen Müttern, um die Flüchtlingsfamilien im kleinen Bärenklau oder den Zirkus, bei Mia ist immer etwas los!

Kindgerecht aufklärende Kinderliteratur von Lilly Fröhlich, die nichts rosarot malt und doch ein Lächeln in das Gesicht der Leser zaubert!

Schau doch mal rein!

Ebenso im Handel als Taschenbuch und eBook erhältlich

Mia-Kinder-/Jugendbuchreihe

Band 5 - Mia und die Pflegefamilie (Mobbing)
(ISBN: 978-3-740-745974)

Band 6 - Mia und die Teeniefamilie (Teenagerschwangerschaft)
(ISBN: 978-3-740-746148)

Band 7 - Mia und die Adoptivfamilie (Transgender)
(ISBN: 978-3-740-749750)

Band 8 - Mia und die Stieffamilie (Drogen)
(ISBN: 978-3-740-750527)

Mia wird größer und plötzlich sind Probleme wie Mobbing, Sexualaufklärung und Teenagerschwangerschaften sowie Transgender und Drogen ein Thema in Mias Schulklasse. Sind das auch Themen, die dich interessieren?

Auch die Jugendbücher von Lilly Fröhlich sind jugendgerecht aufklärende Bücher, die nichts rosarot malen und doch so geschrieben sind, dass die Leser die Geschichten mit einem guten Gefühl abschließen können.

Schau doch mal rein!

Ebenso als Taschenbuch und eBook im Handel erhältlich

Körpertausch -
Sei vorsichtig mit deinen Wünschen…

Lea Hasenfleck hat eigentlich alles zum Leben, was man braucht: Einen Ehemann, zwei gesunde Kinder, ein Haus und einen langweiligen Teilzeitjob. Trotz Hamsterrad des Lebens hat sie allerdings noch etwas ganz anderes: zu viel Speck auf den Rippen. Und obwohl sie sich dafür schämt, hat sie weder Zeit noch Disziplin, ein paar Pfunde abzutrainieren.

Maja-Lena Marie hat fast alles, was sie zum Leben braucht: Einen heißen Verlobten, einen traumhaften Körper und mit ihrer Firma ›Modetipp‹ ist sie einer der erfolgreichsten Online-Versandhändler der Neuzeit.

Doch was passiert, wenn sich zwei so ungleiche Frauen begegnen und plötzlich den Körper tauschen?

Eine romantische, ehrliche und erotische Komödie von N. Schwalbe zum Thema Körperideale!

ISBN 978-3-740-73483-1

Ebenso im Handel als Taschenbuch und eBook erhältlich

Dornröschens Traum

Was macht man, wenn die Saurier-Ehe nach fast 20 Jahren einen Knacks hat und Amor den falschen Mann trifft? Milly Dreizack, noch-verheiratet, hat sich ausgerechnet in Tom verliebt, den besten Freund ihres Mannes. Nun steht sie vor der Wahl: Ihr Dornröschen aus seinem Jahrhundertschlaf wecken und um die Liebe kämpfen oder ihre Träume hinter der dicken Rosenhecke versauern lassen.
Millys Lebensberater, der Teufel Luzifer und das Engelchen Aurora, sind natürlich genau gegensätzlicher Meinung, also muss Milly ihre eigene Entscheidung treffen. Nur, was ist die richtige Entscheidung? Gibt es wirklich nur einen Weg zum Herzen des Mannes, wie Luzifer behauptet?

Die neue erotische Liebeskomödie von N. Schwalbe!

ISBN: 978-3-740-749491

Ebenfalls im Handel erhältlich als eBook und Taschenbuch

Antonio Hexenmacher, 36, Single, ist weder Zauberer noch Hexer. Eines Tages ist er es leid, von einem Bett ins nächste zu hüpfen. Er beschließt, den Hafen der Ehe anzusteuern. Doch Antonio will nicht irgendeine Frau. Er will eine Hexe. Als er Johanna auf dem mittelalterlichen Spektakulum zum ersten Mal begegnet, weiß er: Das ist sie! Johanna Orlando, 31, Single, ist eine freie und unabhängige - Hexe. Sie liebt und lebt die Traditionen der Wiccas im Kreise ihrer Familie nach den Regeln von Lady Gwen Thompson: ›Und schadet es niemand, tue, was du willst‹. Doch bevor die beiden endlich den Bund fürs Leben schließen können, bedarf es mehr als nur weiße Magie, um den schwarzmagischen Attacken von Tante Adelheide Mechthild Gardner auszuweichen, denn die alte Dame hat sich in den Kopf gesetzt, die Hochzeit ihrer Großnichte mit einem nichtmagischen Mann mit allen Mitteln zu verhindern.

Die hexenhaft, romantischen Liebeskomödien von N. Schwalbe!

Band 1 - Suche Hexe fürs Leben
(ISBN 978-1-518-715235)

Band 2 - Finde Hexe fürs Leben
(ISBN 978-1-518-715280)

Ebenso im Handel erhältlich als Taschenbuch und E-Book

Zabzaraks Spiegel

(Fantasybuch)

Die Erde war einst ein Ort, an dem Menschen und Lichtwesen friedlich miteinander lebten. Doch eines Tages erklärte der machthungrige Zauberer Tarek Su Zabzarak den Krieg. Er tötete das gütige Herrscherpaar Lady Tizia und Lord Kodron. Dann stahl er den Elben das Lachen und die Musikinstrumente, so dass sie keine Menschen mehr heilen konnten. Zabzarak krönte sich selbst und wurde zum Herrscher über Zaranien. Etwa tausend Jahre später half ein Junge namens Merlin seinen Freunden bei der Suche nach einem Kater. Dabei durchbrach er den Schleier des Vergessens. Jeremy und Lissy versuchten ihn aufzuhalten und landeten mit ihm in Zaranien, dem Land der Elben und Feen. Sind die drei Freunde tatsächlich die Auserwählten? Können sie es mit dem schwarzmagischen Zauberer und seiner Armee aufnehmen?

Das beliebte Fantasymärchen für Jung und Alt von Lilly Fröhlich!

ISBN: 978-3-740-745875